唐三重生

斗罗大陆

唐家三少 著

第1~13册全国热售中！第13册首批随书赠送《神印王座外传「天守之神」》96P独家精彩试读本！

唐家三少重磅作品，接档第四部，精彩延续！

王者归来 勇担重任 全新时代 热血开启

◀ 《斗罗大陆 第五部 重生唐三 13》内容简介 ▶

美公子述职进入最后一关，而在地狱花园之中的唐三终于要展开行动了，在另一个位面、另一个时空，他又一次朝着神级迈进。唐三渡劫必将引起轩然大波。他们能否渡过难关？

神印王座 外传

天守之神

唐家三少 著

哪怕是天谴之神，也不是最初就想要毁灭一切！

（封面以实际出版为准）

5月隆重上市

内容预告： 这是属于九头奇美拉，奥斯汀格里芬的故事。他身为创世神的反面，拥有最强大的毁灭之力，当他在第八次重生后依旧不可避免地长出第九个头时，他的兄弟、伙伴，辉煌与领袖之神印骑士龙皓晨应该怎么办？奥斯汀格里芬究竟是天谴之神还是天守之神，他为什么会存在于世？这本外传将为您讲述。

神澜奇域 Shenlanqiyu

圣耀珠 Shengyaozhu 1

唐家三少 著

黄河出版传媒集团
阳光出版社

图书在版编目（CIP）数据

神澜奇域. 圣耀珠. 1 / 唐家三少著. —银川：阳光出版社, 2022.4
ISBN 978-7-5525-6262-0

Ⅰ.①神… Ⅱ.①唐… Ⅲ.①长篇小说 – 中国 – 当代
Ⅳ.①I247.5

中国版本图书馆CIP数据核字(2022)第064068号

SHENLANQIYU SHENGYAOZHU 1

神澜奇域 圣耀珠 1

唐家三少 著

责任编辑　申　佳
装帧设计　杨　洁　曹希予
责任印制　岳建宁

黄河出版传媒集团
阳　光　出　版　社　出版发行

出 版 人　薛文斌
地　　址　宁夏银川市北京东路139号出版大厦（750001）
网　　址　http://www.ygchbs.com
网上书店　http://shop129132959.taobao.com
电子信箱　yangguangchubanshe@163.com
邮购电话　0951-5047283
经　　销　全国新华书店
印刷装订　湖南天闻新华印务有限公司
印刷委托书号（宁）0023460

开　　本　710 mm×1000 mm　1/16
印　　张　18
字　　数　230千字
版　　次　2022年4月第1版
印　　次　2022年4月第1次印刷
书　　号　ISBN 978-7-5525-6262-0
定　　价　34.80元

目 录
CONTENTS

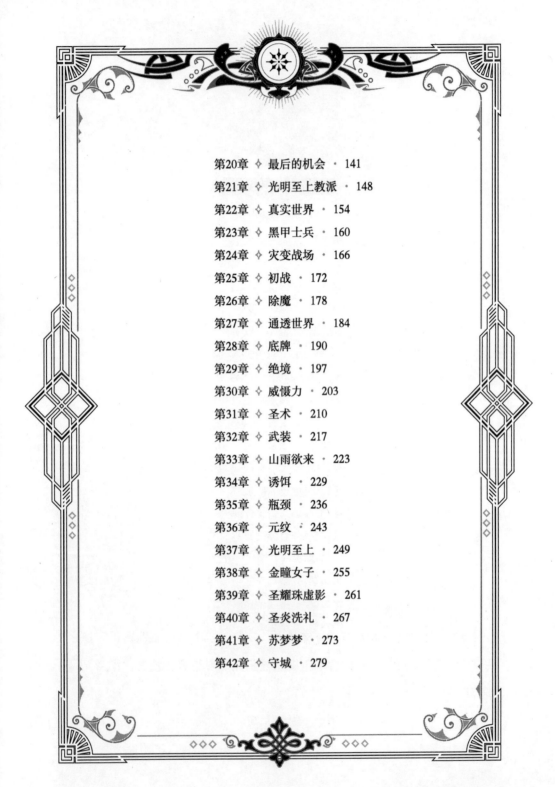

被选中的男孩

清晨的沙滩广场十分安静，上百个人有条不紊地排着队等待喊号。

这群人男女各半，衣着整洁，眉宇间流露出沉重之色。

"张昊廉。"

一道点名声突兀地响起，站在计嘉羽前面的男孩条件反射般地喊了声："到。"

"进来吧。"

男孩闻言，赶紧一溜小跑地进了不远处的白色建筑中。

伴着他消失的身影，大门缓缓关闭。

身前再无一人的计嘉羽忍不住握紧双拳。他旁边负责维持秩序的工作人员转过头，上下打量着他。她虽然已经偷看他好久了，但仍然忍不住感叹："好好看的男孩子！"

而后，她又露出复杂的神色："只是可惜了……"

计嘉羽约莫一米七高，身材健硕，鼓鼓的肌肉把身上纯白色短袖撑得平平整整的，裸露在外的古铜色皮肤被阳光照射得有些油亮，浑身充满了活力。

他有着一头黑色的短碎发，鼻梁高挺，脸庞棱角分明，黑白分明的双眸清澈干净。

如果仅看这些，他无疑是一个年轻的运动系帅哥，可美中不足的是，他的额头处竟有着一块婴儿巴掌大小的不规则红色印记，如同生长在皮肤上的珊瑚，微微凸起，一直蔓延到左眉。如果不仔细看的话，任谁都会以为那是一块被烫伤后留下的伤疤。

联想到计嘉羽孤儿的身世，工作人员已经在脑海里想象出了一个悲惨的故事。

看着他握得几无血色的双拳，工作人员忍不住轻叹一声，而后朝他微笑道："你不要害怕，就算没有通过测试，我们也会对你负责到底的，不会再让你过以前那种生活了。"

计嘉羽听到她讲话，轻轻松开拳头，抬头看着眼前身材略胖，脸上长满雀斑，约莫三十岁的女子，笑道："谢谢小姐姐的安慰，我一下子就不害怕了呢。"

"嘴巴真甜。"工作人员闻言愣了一下，旋即笑得眼睛都眯起来了。只是，她压根儿没意识到，计嘉羽根本不是在害怕。

他当然不用害怕。

那个双手被金色绳索束在身后的眯眯眼阿姨在"忽悠"他来参加测试的时候，可是跟他打过包票的，要是他没通过初始测试，她就一年不洗头。

起初计嘉羽还觉得她不太靠谱，但随着后来多次目睹她展现过人的能力，以及她为数众多的属下向她表现出崇拜和尊敬之情，计嘉羽逐渐明白了她的地位和能力，继而相信了她的话。

他刚才握拳，只是因为激动罢了，最多有一丝丝紧张，毕竟事关重大。

想着想着，他不禁又握紧了双拳。

唉，长得再好看，到底还小，爱嘴硬逞强。工作人员见状，心想。

不过，计嘉羽越是这样，她倒越心疼计嘉羽了，于是她继续安慰计嘉羽道："你能被选中来天堂岛参加测试，说明你能感知到圣徽的概率非常大，真的，你也别太担心啦。"

"……"计嘉羽一怔，紧跟着飞快松开拳头，不敢再握紧了。

"好的，小姐姐。"

他话音刚落，白色建筑的大门忽然打开，张昊廉被一个工作人员带了出来，边走边面无血色地大喊道："放开我，我不要去孤儿城！"

听到叫喊声，计嘉羽神情不变，倒是他身边的工作人员有点尴尬，甚至有点不敢正眼看他，只用眼角余光去瞥他，发现他没看她，这才松了口气。

这时，计嘉羽转过身，看了一眼正在排队的其他人，发现他们全都噤若寒蝉，显然是对张昊廉的遭遇感到恐慌。

这些人跟计嘉羽一样，都是孤儿，眼见目前唯一一条出路也有可能被堵死，他们当然会害怕。

"计嘉羽。"忽然间，白色建筑内传出一道悦耳的声音。计嘉羽听到喊声，缓缓转过身，深吸了一口气。

工作人员低头看向他，朝他握了握拳："小家伙，去吧，加油！"

看着她白净的拳头，计嘉羽握起左拳轻轻跟她碰了下，笑了笑，旋即在她微愣的表情中，步伐坚定地朝白色建筑走去。

两人的拳头一碰即离，望着计嘉羽的背影，这名工作人员突然觉得这个男孩似乎跟其他人不太一样。

计嘉羽推门进入白色建筑后，发现脚下是一条步道，步道尽头站着一名身穿白色圣袍的女子。

这名女子年纪三十往上，身高一米六左右，身材丰满，皮肤细嫩，黑色长发及腰，举手投足间尽显成熟风情，绝美的脸上那双弯月牙似的眯眯眼却给她增添了几分狡黠与可爱。她耳垂上戴着一对金色镰刀状的耳环，双手背在身后，手腕被一条金色绳索束缚着，显得有些奇怪。

她叫陈妙一，正是她把计嘉羽从蓝域光明城带到了此处。

陈妙一看到计嘉羽，眯着眼睛笑起来："等急了吧？过来吧，我现在就给你测试。"

计嘉羽闻言，快步走到陈妙一身边，呼吸略有些急促。

只见她左手边竖着一根象腿粗、半人高的圆柱，其顶部直立着一根顶端镶嵌有金色宝石的水晶杖，阳光透过穹顶的洞口照射在水晶杖上，让它熠熠生辉。

"这就是我之前跟你说过的圣物。"陈妙一道，"在我们神圣王国，所有人都能通过触摸圣物感知圣徽，从而修炼神圣之力。但你们蓝域人族和我们光明族人体质不一样，要测试过后才知道能不能修炼神圣之力。"

计嘉羽眼神火热地说道："修炼神圣之力，就能拥有你展示的那些能力吗？"

陈妙一笑了笑："可以是可以，但需要时间。"

她顿了顿，又道："很长的时间。"

计嘉羽问道："很长是多长？"

"快的话几十年，"陈妙一道："慢的话，下辈子吧。"

计嘉羽直接惊呆了。他才十几岁，几十年和下辈子对他来说，都是极其陌生的词。

"你先别想那么远，先把测试完成了再说。"陈妙一道，"去，用双手握住圣物就行。"

计嘉羽看着水晶杖，深吸了一口气，有些激动和紧张，刚要伸手去握水晶杖，忽地又转头问道："我不用知道圣徽长什么样子吗？"

"我会帮你辨认的。"陈妙一道。

"好。"

计嘉羽闻言再无疑虑，双手缓缓地朝水晶杖握了过去。

在他紧握水晶杖的那一刹那，一道金色的光芒瞬间从杖尖的宝石中迸发而出，覆盖了小半个房间。

光芒中，有一个纯白色的光团在上下浮动。

看到白色光团，陈妙一笑着道："这是圣光圣徽，你通过测试了。"

她的话音落下，计嘉羽心中微喜，旋即定睛去打量那个白色光团。

正在这时，那纯白色光团旁忽然又涌现出一道白光，白光闪烁变形，最终凝成了一节骨头。

陈妙一眯眯眼微睁，惊讶地说道："圣骨圣徽，双生圣徽！

"你的天资比我想象中的还好啊。"

"什么是双生圣徽啊？"计嘉羽有些不解地问道。

陈妙一张了张嘴，正要解释时，那个光团忽然朝纯白圣骨飞去，顷刻间便将圣骨包裹住了。二者似乎合二为一了，但隐约间又能看到那节圣骨。

陈妙一猛然间失望了，片刻后，她忍不住轻叹一声："圣徽纠缠现象。"

计嘉羽抬起头，问道："什么又是圣徽纠缠现象啊，妙一姐？"

问这句话时，计嘉羽双手背在身后，左手死死地握住右手，握得指节通红。

他又不傻，从陈妙一短短几秒钟内的情绪变化中，他察觉出了不对劲。

陈妙一感知到了计嘉羽的情绪，想要解释，但犹豫了一下，选择了不解释。

对于计嘉羽来说，圣徽纠缠现象是什么不重要，他只关心结果。那么，她要给他什么样的结果呢？

神圣澄海光明族人的修炼途径分为两条，能感知到圣光圣徽的是神职者，能感知到圣骨圣徽的是圣职者，感知到双生圣徽的则可以两者兼修。

可是，双生圣徽如果纠缠起来的话，会极大地影响修炼效果，甚至连单一途径的修炼都可能会变得困难起来。

"圣骨若隐若现，圣光倒是很明亮，朝神职者方向发展应该没有太大的问题。"

陈妙一仔细观察了几秒后，忽地朝计嘉羽笑道："差点就要一世英名尽毁了，幸好你的身体争气啊！忘记我刚才说的话吧，你通过测试了，一会儿会有人带你去选拔营地的。"

"呼……"计嘉羽松开双手，深深地呼出一口气。

虽然他知道陈妙一向他隐瞒了一些事情，但正如陈妙一所想的那样，对他来说，能修炼的结果才重要。

"妙一姐，谢谢你了。"计嘉羽朝陈妙一说道。

"不用谢，这是我的工作嘛。"陈妙一笑道，"倒是你，接下来加油吧，我只能给你提供一个机会，但最后能不能完成你的目标，就全靠你自己了。"

说完，她朝右侧抬了抬下巴。

一个身穿白色圣袍的女子立刻从阴影中走到计嘉羽身前，留下个背影给他："跟我来吧。"

计嘉羽闻言，先是抬头看了看陈妙一，而后才紧跟白衣女子离开。

几秒钟后，两人从侧门走了出去。

白色建筑后面有片椰树林，椰树林后则是一座小镇。小镇很安静，没什么人气。

很快，两人来到小镇北面一座巨大院落的铁门前。门内有一块宽敞的草坪，中央坐落着一座三层高的白色小楼，楼面覆盖有大片的绿色植物，草坪的左右两边种植着两株大树。此时正有十九名选拔者聚在草坪上，有的在认真看书，有的在嬉戏玩闹。

他们看到计嘉羽后，纷纷放下手头的事，露出了打量的神色。

"这是最后一个啦？"

计嘉羽正在观察院子，一道如洪钟般的声音忽然从身后响起。

白衣女子和计嘉羽骤然听到声音，全都吓了一跳，下意识转头看去。

只见一个身穿紫袍的老奶奶佝偻着身躯，正微微抬头看向白衣女子。

白衣女子当即露出恭敬的神态，大声应道："是的，何助祭。"

虽然他们几人离得很近，但紫袍老奶奶的声音依旧像是在吼一样："你去忙吧，他交给我就行了。"

"好的，何助祭。"

白衣女子大声说完就匆匆转身走了，边走还边掏耳朵，显然她的耳朵被震到了。

白衣女子远去时，何依则弯着腰凑近了计嘉羽。她目光转动间，看到了计嘉羽额头的疤痕，但她没有流露出任何异色，而是慈祥地笑着问道："小家伙，你叫什么名字呀？"

两人离得越近，她的声音便越有压迫性。

计嘉羽被高音轰炸，后脚跟微抬，下意识想后退两步，但脑子里念头转动，他又止住了步伐，大声回答道："我叫计嘉羽。"

听到计嘉羽的声音，何依微微一愣，旋即笑道："我的声音是不是太大了？吓到你了吧？"

她背起双手，呵呵笑着："没办法，早些年伤了耳朵和喉咙，听力不行了，音量也很难控制。小家伙，就麻烦你体谅体谅我这把老骨头了。"

"奶奶，您这是哪里的话！"计嘉羽大声道。

"哈哈哈，好，小羽，那我以后就叫你小羽吧，你可以叫我奶奶，也可以叫我何奶奶。"何依笑着摸了摸计嘉羽的脑袋，后者有些不习惯，但是没有移开头。

接着，何依打开铁门，走进院子，并朝草坪上喊了声："孩子们，都过来吧，奶奶今天就正式教你们修炼了。"

"修炼！"

计嘉羽听闻此声，心中猛地燃起一团火。

历时一个月，从蓝域光明城辗转来到神圣澄海天堂岛，他终于要开始修炼了！

一想到这里，他就止不住地感到激动。

在十九名同龄人兴奋地围过来的时候，计嘉羽转头望向来时的方向，黑白分明的双眸内闪着坚定的光。他的目光仿佛能跨越神圣澄海和无尽蓝海，直抵蓝域的光明城。

"方大哥，你就放心吧，我很快就会修炼有成，回到光明城的。到时候，我会完成你的遗志，尽自己所能，把那片肮脏的黑暗照得透亮！"

观察使

在计嘉羽四岁那年，一场工作意外导致他的父母双亡，尚没有生存能力的他被送往光明城城北一家名叫乐居的孤儿院。

虽然那里名为乐居，可实际上，在乐居孤儿院成长的孤儿并不快乐。

已经建成三十多年的乐居孤儿院非常老旧，由于经费常年不足，没办法翻新，几十个孩子只能拥挤地生活在一座三层小楼中。

这家孤儿院除了院长外，没有严格意义上的工作人员，大多是临时招募来的员工或突然起意过来帮忙的义工，以及年纪稍大又没有心理、生理问题，但无法正常融入社会的孤儿。

他们作为"哥哥姐姐"，承担了照顾年纪小的"弟弟妹妹"们的责任，但从未受过正统教育和正确引导的他们，根本不懂得怎么照养几十个问题小孩，而且猝然获得的"权力"也腐蚀了他们的内心。

于是，对他们来说，照养一个年幼的孤儿跟喂养一只兔子、一条狗没什么区别。喂饱了饿不死就好，有病了治疗一下就好。

至于教育，他们自己都没接受过，拿什么来教育别人？

院内的一日三餐非常简陋，基本就是粥，再配上一点花花绿绿的蔬菜，一年三百六十五天，天天如此。

生活在这样的地方，计嘉羽本应会养成阴沉、孤僻、冷漠的性格，但全职护工方醒的到来，为计嘉羽这批新到的孤儿带来了一缕明亮的光。

方醒性格乐观开朗，有着强烈的正义感。

计嘉羽才到孤儿院时，被一群"老人"逼到二楼墙角，他们要他把带来的小熊玩具交给他们。

那个小熊玩具是院长唯一准许他带进孤儿院的东西，也是他父母留给他的遗物。他虽然害怕，虽然无力，但还是死死抱着小熊玩具，任那些大孩子怎么拳打脚踢都不给。眼看着那些大孩子逐渐失去了理智，下手越发没有轻重，一道高大的身影忽然站到他的身前，愤怒地制止了那群大孩子对他的欺辱，并对他们施以了一顿惩罚。

计嘉羽永远都不会忘记那一刻，在他最孤立无助的时候，那个阳光开朗的青年朝他伸出手，把他从地上拉起来，轻轻拍净他身上的脚印，又带他去水房把小熊玩具洗干净晾晒起来。

在之后的时间里，方醒几乎像计嘉羽等孩子的亲哥哥一样，在孤儿院的大孩子面前保护着弱者，并不厌其烦地教导他们护佑弱小的道理。他从院长那里给他们争取更多权益，从社会人士那里为他们募捐到更多资源，教他们读书识字，为他们遮风挡雨。

也正是在这样一个大哥哥的照看下，计嘉羽才得以健康成长。

直到一个多月前，方醒忽然满身是血地撞进计嘉羽的寝室，用全身最后的力气告诉了计嘉羽一个惊天的秘密。

原来方醒来自蓝域南方的绮霞城，是一名游侠。早些年他得到匿名消息，光明城的所有孤儿院都和一家大型人贩商行有勾连。在强烈的正义感的驱使下，他隐藏实力，潜入乐居孤儿院，成了一名全职护工。经过多年的潜伏侦察，他终于拿到了实质性的证据，也正因如此，他被人贩商行发现并追杀。

方醒虽然实力不俗，但比起在光明城内盘根错节的恶势力，终究是无力且弱小的。

临死前，方醒把他多年搜集到的证据告诉了计嘉羽，并嘱咐计嘉羽赶紧跑，在没有能力之前，绝不能返回光明城，也不许去举报城内的恶势力。如果计嘉羽一辈子都没有能力，那就把这件事永远烂在肚子里，不能做无谓的牺牲。

怀抱着方醒满是鲜血的尸体，计嘉羽自出生以来，第一次被愤怒和痛苦淹没，紧接着他便失去了意识。

等清醒过来的时候，他震惊地发现乐居孤儿院及其周边区域已经成了一片千疮百孔、毫无生机的黑色荒地，仿佛被火烧了几百遍，被冰冻了几百遍，又被风吹了几百遍一样。

也正是在那次事件后，计嘉羽遇到了前来探察情况的陈妙一，并被她发现了他额头上突然出现的疤痕。

从陈妙一那里，他得知了一些事情的真相。再然后，他就来到了神圣澄海天堂岛，来到了这处选拔营地。

院落中，草坪上。

计嘉羽正回忆得出神，众人已经围聚到何依身边，翘首以盼。

何依看了一眼仍然神思不属的计嘉羽，没有特意照拂，而是转头笑盈盈地说道："光明族人的修炼方式很简单，回忆圣徽的样子，只要成功了，你们的身体就会自行吸收神圣之力。"

"但我想不起它的样子了啊。"一个女孩子闷闷地说道。

"不会的，你们曾经感知到过它，它就永远存在你们的脑海中了，只要努力回忆，就都会记起来的。"

何依说完，看向计嘉羽，道："小羽，你刚刚才感知过圣徽，回忆起来应该会容易点。"

唰唰唰，其余十几人齐齐望向计嘉羽。计嘉羽这才回过神来，他张了张嘴，刚想说话，何依却拍了拍手，把大家的注意力给吸引了过去，道："好啦，那你们现在就试试吧。

"首先，用最舒服的姿势待着，躺着、坐着都行，然后放松全身，把注意力集中在某个事物上，或者什么都不想，直到完全平静下来，再回忆圣徽的样子。"

大家都听话地依言而行。

作为孤儿，他们没有一般同龄人的娇贵和小脾气，生活早就教会了他们察言观色。

一下子，草坪上就安静了。

计嘉羽也听话地躺倒在草坪上，闭上眼睛，尝试着什么都不想。可如同他一整个月来做的噩梦一样，浑身是血的方醒又出现在了他的眼前。

不过，这次计嘉羽没再感到害怕，而是"看着"方醒空洞的双眼，认真地道："方大哥，你放心吧，我会好好修炼的，一定为你讨回公道！"

计嘉羽说完这段话，方醒那狰狞的面孔继续盯着计嘉羽，可是看着看着，他的表情渐渐变得柔和起来，直至整个面孔变淡、消失。

与此同时，在小楼第三层最左侧的房间里，五名白袍女子正站在窗前往外望，她们一手捧着书，一手握着笔，不时低头书写着记录。

"太无趣了！"忽然，一个短发、大眼睛、约莫二十岁的女子放下笔，瘫坐在沙发上。

"玲玲，你这才来几天就觉得无趣了，那以后的日子可怎么过啊？"体形微胖，年长些的女子罗璇和善地笑道。

"观察使这份工作就是这么无趣，观察、记录、打分，然后换下一组，直到那个人出现为止。"第三个说话的女子叫孔雪，有着一头长发，眉目偏冷。

“可四十多年来，选拔者早就有五十多万了吧！还没找到，这样下去啥时候是个头啊？”短发女子冯玲抱怨道。

“总之工作就是这么个工作，也没办法，你要是嫌弃，就换份工作呗。”另一个名叫孟玖的粉发年轻女子道。

“换工作是不可能的，不然我家那位不得说死我。”冯玲叹了口气，眼睛一转，忽然兴奋地说道，“要不我们来打赌吧？”

“赌什么？”罗璇来了兴趣。

“赌叶子航冥想到圣徽，开始吸收神圣之力的具体时间。”冯玲道。

“我赌一天半。”孟玖立刻响应。

“一天半？”之前一直沉默的女子谢婷突然出声了，她伸手推了推鼻梁上架着的晶片镜，道，“在有记载的四十九年的选拔中，最快冥想到圣徽的人用了一天零四个小时，而那已经是二十三年前的事了。虽然在初步测试中，叶子航的表现很优秀，但从概率上讲，可能性很小。”

“只是瞎猜嘛。”孟玖笑道。

“我也猜叶子航第一，但时间嘛，两天吧。”罗璇道。

“从天赋上讲，他的确超越了我们大部分族人，但我认为至少要两天零六个小时。”谢婷道。

“一天！”冯玲的声音引起了其他四人诧异的注视。

她话音落下，孔雪道：“一天零十个小时。”

“最慢也是两天，看来大家都对叶子航很有信心嘛。”冯玲道。

“截至目前，本月的选拔者已有九百三十九人，从先前的情况来看，他应该是最优秀的了。”谢婷道。

“那你们觉得他能创造奇迹吗？”孟玖饶有兴味地问道。

“希望渺茫。”孔雪道。

“我们选拔的人，要各方面都很优秀，光修炼天赋高没用。”罗璇说完顿了顿，"不过当然，修炼天赋是第一道门槛，如果连这个门槛都跨不过，其他的也都别说了。"

"也不知道大先知到底要选拔出一个什么样的人，这个人有这么重要吗？耗费这么多人力、物力和宝贵的时间，难啊，真难啊！"冯玲再次叹气。

其余几人皆默然。

就在五名女子聊天时，计嘉羽眼前的黑暗尽去，他先前才见过的圣光圣徽以及被它包裹的圣骨圣徽缓缓呈现在他的视线中。那圣骨圣徽如在雾中一般，若隐若现，很难看清。

看着它们，计嘉羽很惊讶，他以前也刻意回忆过许多事情，但从未这么清晰地呈现过。

圣徽真神奇啊！而且果然像何奶奶说的那样，自己很容易回忆起圣徽。计嘉羽在心里感慨道。

那自己的身体开始自行吸收神圣之力了吗？

计嘉羽眼皮轻颤，睁开眼睛，他抬头看了看，没有光芒，低头看了看，也没有光芒，不禁有些奇怪。

"小羽，怎么，静不下心？"何依的声音在计嘉羽身边响起。

计嘉羽被她的大声惊得一哆嗦，转头看着她，摇了摇头，道："不是啊，何奶奶，我想看看我开始吸收神圣之力了没有。"

何依哑然失笑："哪有这么快啊！你要先感知到圣徽才能吸收神圣之力啊。"

计嘉羽道："我已经看到圣徽了啊。"

"怎么可能？"何依不假思索地说道，"你只是以为自己看到了。你要记住，回忆和冥想感知是不一样的，回忆是模糊的，是没有颜色和光芒的，只是一种记忆。冥想感知不同，它会把事物呈现在你眼前，刚开始时像透过湖水去看水草，只能隐隐约约地看见，不过随着能力的提升，以后就会看得非常清楚了。"

计嘉羽似懂非懂，紧跟着，他想把自己清楚地看到圣光圣徽的画面告诉何依，但何依摆了摆手，道："一定要有耐心，不要着急，初次通过冥想感知圣徽，少说也要两三天，现在才过去半个小时，你应该还没入冥呢。"

见何依如此笃定，计嘉羽不禁自我怀疑起来。难道自己真的只是回忆，而不是冥想？

他毕竟才接触修炼，而何依显然是一名强者，同时也是营地的管理者，他才来，不能让固执成为何依对他的第一印象。

于是他点了点头，道："好的，那我再去试试。"

何依对计嘉羽的态度很满意，道："去吧，要有耐心。"

两人交谈时，小楼三层最左侧的房间内，鼻梁上架着晶片镜的谢婷走近窗台，看向正盘膝而坐，再度闭眼的计嘉羽，神情有些疑惑。

她刚才似乎在计嘉羽身体周围感受到了一丝神圣之力。

难道是错觉吗？

谢婷摇了摇头，离开了窗边。

草坪上，计嘉羽闭上了眼睛，两分钟后，眼前黑暗世界里又出现了圣光圣徽和圣骨圣徽。

眼前的景象和何依所说的两种景象都不太一样，既不是模糊的，也不是透明的，而是清晰可见的。

计嘉羽凑到圣光圣徽近处，甚至可以看清它是由一条条小鱼似的圆形光环组合而成的，那些光环环绕着圣骨圣徽，把它包裹住，让它动弹不得。

计嘉羽下意识伸出手去拨动它们，光环顿时向两边散去，露出圣骨圣徽的部分真容，只见圣骨表面流转着一条银纹，闪烁着微光。

不知怎的，计嘉羽脑中忽然闪过之前陈妙一所说的话——"圣徽纠缠现象。"

计嘉羽虽然不知道这个词语的具体意思，但有种预感，等他把圣光光环全部拨走，这个现象说不定就没有了！

他想到就做。

接下来，他像是一个深海渔人，穿梭在水草间，将那些光环一一拨开。

也不知道过去了多久，随着圣骨圣徽越发清晰，一道惊讶的声音在计嘉羽的耳边响起。

"他开始吸收了！"

计嘉羽闻言顿时大喜，可他睁开眼睛后，立刻就愣住了。只见包括何依在内，六名女子背朝他围着一个体形肥硕无比的男孩。

原来开始吸收神圣之力的，不是他计嘉羽。

第 3 章

分配

"十三个小时！这也太快了吧！比原纪录整整快了十五个小时！"冯玲道。

"在我族的最快入冥排行中也能稳进前一百名了吧！"孟玖道。

"准确地说，是光明族有史以来的第九十三名。"谢婷道。

孔雪、罗璇与何依也都惊讶不已。此时此刻，在她们六人眼中，四面八方如浮尘般游离在空中的神圣之力正受到吸力的影响，不断向体形肥硕的男孩叶子航汇聚，然后覆盖在他的体表，闪烁起微光。

"从神圣之力的引动范围来看，他的冥想程度很深。"

"嗯，非常深，多余的神圣之力都在他周围挤满了。"

"这要是有人在他身边修炼，得相当于抱着半块神圣晶石了吧。"

她们的交谈声不大，但也不小，立刻就打破了现场其他人的冥想状态，他们也和计嘉羽一起望向那个体形肥硕的男孩。

与最后才来这里的计嘉羽不同，另外十八个人看到令五名观察使和何依都惊讶不已的人是叶子航时，全都吃了一惊，而后神色复杂。

"怎么会是他……"有人不忿地说道。

"他怎么了？"计嘉羽闻言，凑过去低声问道。

"他简直是一只猪。"那人瞥了一眼计嘉羽，目光在他额头处的疤痕上停留了两秒钟，旋即才道，"这家伙刚上船的时候骨瘦如柴，像根竹竿儿一样，估计连八十斤都没有，但到下船的时候，体重已经涨到一百八十斤了，你敢信？"

计嘉羽望向叶子航的眼神顿时就变了，心中感慨道：这人牛啊，从光明城坐船到营地码头不过二十天，涨了整整一百斤，他这每天是吃了多少东西啊！

"在船上的时候他一天三顿，顿顿都是第一个到食堂，最后一个走。"

"那段时间，有船员说每晚都会莫名消失很多剩饭剩菜。他白天已经吃了那么多，我们就都没往他身上猜，直到下船前一天，有个船员实在好奇，半夜躲在食堂的厨房里，结果看见他在那疯狂地胡吃海塞。"

"来到这里后他更是像疯了一样，一天比一天吃得多！你说他不是猪是什么？猪都没他能吃！"

"这样一个人，怎么就第一个冥想成功了呢？"

计嘉羽闻言，轻轻地皱起了眉头。其实，在他来天堂岛乘坐的那艘船上，也有一个和叶子航很像的男孩子。他稍微了解过情况，那个男孩子之所以吃那么多，是因为之前在孤儿院饿坏了。在这里的十几人都有着相似的经历，为什么不能互相理解一下呢？

短暂的沉默后，他出声道："他能吃跟他的修炼天赋似乎也没有太大的关系吧？"

他的话一出口，现场立刻陷入了诡异的沉默，先前说话的人纷纷望向他。大家似乎都没料到这个新人会帮叶子航说话，即便他们都知道这句话很有道理。

他们说那么多，无非是想掩盖自己内心的羡慕、嫉妒和焦虑。须知，他们所在的地方是个选拔营，选拔选拔，选是挑选，拔是出类拔萃。

人家叶子航已经冥想成功，鹤立鸡群了，他们如果再不努力的话，可就要被淘汰了啊！而且，他们虽然不知道神圣晶石是什么，但从观察使的话也能猜得出，待在叶子航身边有助于修炼。

前提是他们得冥想成功，正式踏上修炼之路！

叶子航的一骑绝尘给所有人都带来了压力。

没人和计嘉羽争执。大家想通之后，纷纷闭上眼睛冥想，包括计嘉羽。

陈妙一给计嘉羽做过全面的检测，非常肯定他没有修炼蓝域元素的天赋，修炼光明族的神圣之力是他唯一的希望，是他打破额头的元纹诅咒活下去的希望，也是回到光明城为方醒讨回公道的希望。他无论如何也不能被淘汰，而且还要被选上，因为只有那样，他才能得到更多的修炼、教育资源。

闭上眼睛后的一分钟内，计嘉羽眼前又浮现出了圣光圣徽和圣骨圣徽。

此时圣光圣徽已不再是团状，而像是被东拉西扯过的不规则棉花糖。圣骨圣徽大半都脱离了圣光圣徽，但仍有少许被包裹着。

计嘉羽没法儿像何依所说的那样去冥想，只得继续分离它们。

也不知过去了多久，他总算成功了。圣骨圣徽如跃出海面般脱离了圣光圣徽的缠绕，两者各自成了独立的个体。

同时，计嘉羽的身体陡然爆发了一阵吸力，散发在院落中。环绕在叶子航身体周围的浓郁神圣之力顿时被吸扯到计嘉羽身边，覆盖在计嘉羽的皮肤表层，然后飞快地渗入进去，融入他的四肢百骸。

五名观察使和何依感受到神圣之力的异动，纷纷从小楼中走出来，围在计嘉羽身边。

"十七个小时，可真快啊！"冯玲惊叹道。

"他能这么快入冥，是我没料到的。"孟玖道。

"按理来说不应该啊。"谢婷皱着眉道，"计嘉羽的圣徽纠缠现象很严重，虽然可以修炼，但入冥本该很艰难才对。"

"既然发生了，那肯定有原因。"孔雪道，"上报给圣耀司吧，让她们派人来检测下，说不定会有些有益于解决圣徽纠缠现象的收获。"

"入冥很快，吸收的神圣之力也很多，叶子航聚集起来的神圣之力几乎都被他吸走了，但覆盖在他体表的却不多，看来有未知原因加剧了损耗。这应该跟他的圣徽纠缠现象有关吧？如果他往后的修炼状态也是这样，那估计成就一般。"罗璇道。

谢婷微皱着眉头，总感觉不太对劲。

跟之前一样，六人说话时，其他选拔者都醒了过来。

当他们听到计嘉羽入冥成功时，心中的紧迫感变得更强烈了，仿佛身后有狼群在追赶，但罗璇的叹息又让他们都稍微松了口气，他们旋即继续尝试入冥。

计嘉羽的修炼天赋再一般，他至少也比他们先冥想成功啊！他们哪能放松？

不过，有一个人没有继续冥想——叶子航。

已经入冥成功的叶子航同样很紧张，他领先了所有人，所以更害怕被追上。他的压力很大。

听到五名观察使对计嘉羽的评价，别人只是松了口气，叶子航心里却开心极了。

计嘉羽天赋一般好啊，都追赶不上自己才好呢！

他正要闭眼冥想呢，却看到计嘉羽睁开眼睛望向那几名女子，问道："神圣之力损耗大，有多不利于修炼啊？"

"当然会……"冯玲下意识地回答后，却猛地一惊，"你刚才听到我们说话了？"

"听到了啊。"计嘉羽不解地望着她，心想：这有什么问题吗？

"不应该啊，在深层冥想状态下，不可能听得到外界的响动。"谢婷道，

"但如果没有深层入冥，又没法吸收神圣之力。奇怪，真奇怪！"

她看着计嘉羽，眼中流露出跃跃欲试之色。

"你别乱来，我立刻上报，让专人来看看。"孔雪道。

"好吧。"谢婷有些失望。

"我们先回去吧，别打扰他们修炼。"罗璇道。

"有道理。"冯玲道。

"那这里就交给你了，何姨。"孟玖朝何依说完，和其余四人一起向楼内走去。

谢婷边走边回望着计嘉羽。计嘉羽有些摸不着头脑，站在风中，很是无奈。

合着到最后，她们五个也没回答他的问题啊，而且还给他带来了一个新的疑惑。

不过她们也都说了，会让人来检查他的，那他就等到那时再说吧。

五人离去时，何依伸出双手向叶子航和计嘉羽招了招手，两人立刻聚到她身前。何依道："真没想到你们两人都能这么快入冥，很棒，所以奶奶决定给你们一个奖励。"

叶子航大喜，道："修炼快还有奖励，这也太好了吧！能奖励点吃的吗，奶奶？"他说话时微喘，像是在负重前行一样。

计嘉羽在旁边稍微打量了叶子航一下，才发现叶子航的身高远超同龄人，达到了一米八，体重也是一骑绝尘，目测得有两百多斤。看样子来到营地后，叶子航仍然在疯狂进食。

不过叶子航全身上下最引人注意的并不是他的体重，而是他的嘴巴，只见他的嘴唇和嘴唇两侧赫然有一排明显是缝合留下的伤口。

伤口很新，估计才拆线不久，显得有些狰狞可怕，只是配着叶子航那张五官都挤在一起的大脸，又令他显得有些搞笑，像个小丑。

联想到他的暴食行为，计嘉羽对他以前的境遇大致有了猜测。

计嘉羽收回目光，继续望向何依。

何依直接无视了叶子航那句话，道："我打算让你担任咱们这支选拔队伍的队长，小羽当副队长。"

"太好了！"

叶子航开心极了，根据他过往的人生经验，拥有权力，约等于拥有更多的食物。

计嘉羽则很平静，他对当什么副队长没有太大的兴趣，他知道相应的权力必定会附带相应的职责，而他只想安心修炼。

果然，何依接着说："你们既然当了正、副队长，就要做好分内的工作，每天按时按量分配修炼物资。"

听到"修炼物资"四个字，叶子航更是大喜，点头如捣蒜，道："我会好好分配的！"

说完，他忽然想起一旁的计嘉羽，忙笑嘻嘻地补充道："我们。"

"我会完成好任务的。"计嘉羽也道。

"你们都是好孩子，我相信你们。"何依笑眯眯地道。

接着，何依又朝叶子航说道："另外，子航，你一直都没有室友，以后就让小羽和你同寝吧。"

计嘉羽来到院落后就开始冥想，到现在还没进楼呢。

"好的，奶奶。"

叶子航看向计嘉羽，嘴巴咧得大大的，得意地笑道："我比你入冥早，那从现在开始，我就是你的大哥了，以后在这选拔营地，我罩着你！"

计嘉羽闻言沉默了一下，然后才笑着道："你好，胖子室友。"

"是大哥。"叶子航纠正道。

"胖子。"计嘉羽道。

叶子航沉吟片刻，道："实在不行，胖子大哥也行。"

"大胖子。"计嘉羽道。

叶子航沉默良久，道："你就当我没说吧。"

"跟你开玩笑的。"计嘉羽忽然朝叶子航笑了，"认真介绍一下吧，我叫计嘉羽，来自光明城。"

"叶子航，我也来自光明城。"叶子航愣了一下，旋即笑道。

"以后就请多关照了。"计嘉羽笑得很开心。

之前那几名观察使说过，在叶子航身边修炼，相当于抱着半块神圣晶石，这让有心与他竞争的计嘉羽怎能不开心？

"我还要继续盯着他们，子航，你先带小羽回屋休息吧，初次修炼，时间不宜过短，但也不能太长，要劳逸结合，懂吗？"何依道。

"明白了，何奶奶。"计嘉羽和叶子航异口同声地说道。

话音刚落，叶子航忽然又举起手，朝何依道："奶奶，我修炼太久了，太饿了，想先去吃点东西，可以吗？"

"去吧去吧。"何依有点无奈。

"快走快走，我们吃饭去！"叶子航当即开心起来，拉着计嘉羽就朝小楼走去。

很快，两人穿过草坪，推开小楼正门，步入玄关。

换鞋的时候，叶子航欲言又止。

从玄关走向食堂时，叶子航也屡次想开口。

可直到两人抵达食堂，从自助区取完饭菜坐下，他才鼓足勇气，道："嘉羽，我有件事想跟你商量。"

"是修炼物资的事吗？"计嘉羽早就发现叶子航不对劲了，等着他开口呢。

"你怎么知道？"叶子航愣了一下，紧跟着有些兴奋，他以为计嘉羽跟他想到一块儿去了，当即压低声音，鬼鬼祟祟地说道，"你觉得我们该怎么分配？"

"你觉得该怎么分配？"计嘉羽不答反问，环抱着双臂，觉得有些好笑地看着叶子航。

"那当然是多分点给我们俩啊！"叶子航的眼睛都亮了。

计嘉羽似笑非笑地看着叶子航："胖子，你这思想很危险啊。"

叶子航闻言，顿时警惕起来。他刚刚认识计嘉羽，对计嘉羽一点也不了解，他也是壮着胆子才试探性问问的，而计嘉羽现在的反应，可不像是要跟他同流合污的样子。

略一思索，叶子航忽然从饭盆里抓起一只鸡腿递向计嘉羽，哈哈一笑，道："跟你开玩笑呢，我怎么会有那种自私卑鄙的念头呢?! 当然是按时按量公平分配啊！来来来，吃饭吃饭。"

计嘉羽道："我看你的面相，也不像是会做出那种事的人。"

叶子航听到这句话，本能地沉默了几秒钟，陷入了沉思：他是在嘲讽我吗？

好一会儿后，叶子航才摇了摇头，心想：算了，不想了，还是先吃饭要紧。

他见计嘉羽始终没有要接鸡腿的意思，于是又美滋滋地把鸡腿收了回来，一把塞进嘴里。吃着吃着，他不禁又有些忐忑地抬起头，看着计嘉羽，道："嘉羽，我刚才真是开玩笑的，你不会告诉何奶奶吧？"

"玩笑话而已，我没当真啊。"计嘉羽笑眯眯地说道。

"那就好……"叶子航虽然还是有点担心，但话都说到这份儿上了，他还能说什么呢？

第 4 章

修炼资源

接下来，气氛就有些尴尬了。

计嘉羽看着面前大口大口狂吃的肥硕男孩，轻轻地叹了口气。他其实很清楚刚才叶子航说那话是认真的，不过他并没有生气，也没有要告密的想法。

从叶子航嘴唇的伤口以及他暴食的行为来看，他之前在孤儿院或流浪途中，必然吃了很大的苦头，所以计嘉羽理解他。他无非是等到了机会，就想尽快改变和掌控自己的人生。

这也是计嘉羽首要考虑的事。然而，在成长的过程中，计嘉羽既感受过恶意，也感受过善意。

如果没有方醒，计嘉羽大概率会陷入泥沼，活不到现在。

正因如此，那些善意时时刻刻提醒着计嘉羽，尽管身处糟糕的境地，依旧要保持一颗善良的心。

而很明显，叶子航没有感受过善意，所以才打算多占些修炼资源。

不过计嘉羽也看得出来，叶子航是第一次做这种事，不对，是第一次想做这种事。他还有救，所以计嘉羽准备再给他一次机会，并且有帮助他改过自新的念头。

计嘉羽这边正想得出神呢，正在狂吃的叶子航忽然露出一个难为情的表情，有点不敢看计嘉羽的眼睛。

"那个……那个羽哥啊，我能再跟你商量个事儿不？"

"啥事？"

"你这个人浑身正能量，我跟你住在一起不舒服……"叶子航扭扭捏捏地说道，"我可不可以跟别人一个寝室啊？"

计嘉羽万万没想到叶子航说的是这件事，他沉默了好久才道："你下次找借口能用点心吗？不过，这是你的自由。"

叶子航不想跟他住，他也不强求，而且他大概猜得出叶子航打的什么主意——无非是想把自己室友的位置卖出去。

有五名观察使为他背书，他的室友位置还是有一定价值的，到时候他肯定能置换来一些资源，借此提升自己的修为。

叶子航有这种想法，倒也不能说是自私，真的是无可厚非。

听了计嘉羽的话，叶子航立刻容光焕发："谢谢羽哥，那我吃完饭就去跟何奶奶说，然后我收拾东西换寝室！"

"不用那么麻烦，我又没带东西，我换就行。"

"那就多谢羽哥了！"

正巧计嘉羽也吃得差不多了，他在水池边洗完碗筷后，转头就走，不过，刚走出几步，他又回过头望向喜滋滋的叶子航："我会一直盯着你的。"

话落，他推门而出。

叶子航听到这句话，表情瞬间呆滞，觉得手里的鸡腿都不香了："盯着我？盯着我干吗？我有什么好盯的啊？"

叶子航咬了几口鸡腿，心中忐忑不安，想了想后，端起饭盆走到窗边，朝草坪上望去。

虽然计嘉羽答应他不会告密，但谁知道计嘉羽是不是敷衍、撒谎呢？

在他的注视下，计嘉羽走到了何依身边。

"怎么啦？"何依听到脚步声，睁开眼，和蔼地笑道。

计嘉羽道："奶奶，我想换个寝室。"

何依怔了一下，问道："原因呢？"

计嘉羽道："刚才聊天时，叶子航说他呼噜声很大，我怕我睡不着。"

何依没想到会是这个理由，但旋即她深以为然地点了点头："他呼噜声是挺大的。

"那你就到二楼尽头的房间跟丁鹿一起住吧。"

何依看了计嘉羽一会儿，忽然抬起右手，指向草坪上一个身材瘦弱，头发泛黄的小男孩："他就是丁鹿。"

计嘉羽转头看了一眼丁鹿，把自己的新室友的长相记住了，旋即才道："谢谢何奶奶。"

何依笑道："没事，都是小事。那你早点回去休息吧。"

"您也是。"

站在食堂窗台边的叶子航看到何依跟计嘉羽聊完后神色平静，松了口气，但心里仍旧有些忐忑。事到如今他也没办法了，于是他赶紧又去把饭盆盛满，大口大口地吃了起来。

计嘉羽回到二楼后，开门进了廊道尽头的房间。

屋内干净整洁，有一张上下铺、一张书桌、两个衣柜，空气清新。

计嘉羽爬上空置的上铺，躺在上面，却一点困意也无。虽然何依刚才告诫他初次修炼不要太久，但他仍然忍不住再次进入冥想状态。

之前他刚刚入冥成功，就被观察使吵醒，没能仔细感受冥想状态，也不知道吸收神圣之力是什么感觉，他想再好好地感受感受。

闭上眼睛仅三秒，计嘉羽"眼前"的黑暗里便浮现出圣光圣徽和圣骨圣徽，紧跟着，如细沙般飘在空气中的神圣之力迅速汇聚到计嘉羽体表，一部分萦绕于体外，一部分渗入身体内。

处于冥想状态的计嘉羽看不见神圣之力，但能感受到有什么东西正覆盖在自己身上，钻入自己的身体内，温热舒服，让他沉醉其中。

这种状态持续了许久，当计嘉羽感到疲惫，退出冥想状态时，窗外的日光已然昏黄。

这意味着他至少冥想了十个小时。

"好吵。"

他甫一睁开眼，无数细微的声音便形成音浪传入他的耳中，让他感到头昏脑胀。

紧跟着，他看见一只蜜蜂在飞。

与平时看见的景象不同，此时的计嘉羽可以清晰地看见它飞快扇动的翅膀、腹节背板上的黄色环带、尾部尖锐的蜂针，以及体表黑色的绒毛。他的眼睛好似凭空有了放大和令其他动态之物减速的功能一样。

这样的变化让计嘉羽既惊讶又兴奋。

与此同时，三楼最左侧的房间里，五名观察使正在闲聊。

"十六个小时，只吸收了二十分之一轮的神圣之力，这效率着实有点低。"冯玲道。

"其实从他聚集的神圣之力的量来看，至少能达到十分之一轮，但那不知原因的损耗实在太大了。"孟玖道。

"看着好着急，好想去给他检查一下。"谢婷道。

"不能越界，我们只是观察者。"孔雪摇了摇头，"圣耀司那边回复了，初选日当天会来检查的。"

她顿了顿，看向谢婷，道："来的是你妈妈。"

"嗯，是我让她来的。"谢婷道。

"初选日，那还要两周啊。"罗璇看了谢婷一眼，道，"她们又在忙些什么？"

"不知道啊，圣耀司不是总这样吗？"谢婷道。

冯玲撇了撇嘴，紧跟着兴奋地说道："我们还是来赌一赌计嘉羽多久能适应增强后的身体吧。"

"他一点修炼知识和基础都没有，如果只是他自己琢磨，两个小时吧。"

"嗯，两个多小时。"

"我也觉得两个小时左右。"

"这没什么好猜的。"

"还不如猜猜叶子航第二次冥想能冥想多久，能吸收多少神圣之力！"

"现在已经十分之一轮了，我估摸着能到九分之一或八分之一。"

"更多也不是不可能，只是这个性格啊得改，贪婪、暴食，哪一个都很危险，相比起来，计嘉羽虽然天赋差了点，但秉性比叶子航好太多了。"

对于一个初窥门径的修炼者来说，吸收了神圣之力，最先受益的必然是身体素质。

神职者引动的神圣之力会覆于体表，首先增强的是皮肤的硬度和韧性，其次是视力、听力。

圣职者引动的神圣之力会渗入体内，能增强骨骼硬度、肌肉强度和全身力量。

观察使们聊着叶子航的同时关注着计嘉羽，天色渐渐变暗，三个小时过去了。

计嘉羽终于适应了自己增强了的视力和听力，观察使们也就不再继续观察他了。

对于修炼者来说，用了三个小时才适应第一阶段的改变，并不是一个很好的成绩。

可殊不知，此时计嘉羽的状态和观察使们想象的完全不同。

事实上，计嘉羽只用了半个小时就适应增强的视力、听力了，剩下的两个半小时，他是在适应自己暴涨的力气。

刚才他想翻身下床，可左手轻轻一握上铺边缘的铁质护栏，就在护栏上留下了五个指形凹痕。

为防直接把床铺弄坏，计嘉羽不得不缓慢地起身，爬下床铺楼梯走到地面时也是轻手轻脚的，生怕把地面踩出一个窟窿。

计嘉羽不明白自己此时的状况，还以为就是正常修炼带来的变化呢。

完全适应了自己增强的身体后，计嘉羽到小楼一层的食堂吃了顿饭，然后又回到房间内开始冥想起来。

只有十几岁的计嘉羽对通过冥想提升身体素质有点食髓知味的意味，他开始废寝忘食地冥想起来了。

于是，在接下来的两天里，计嘉羽每天除了吃喝拉撒就是在冥想，身体素质有了全方位的提升。

食堂品质不俗的免费食材给他提供了大量营养，补足了他前些年的缺失，身高、体重也在激增。

两天时间内，又有十三名选拔者入冥成功，开始了他们的修炼之旅，其中就有计嘉羽的室友丁鹿。两人相见相识后，相处得还算不错。

此外，一个叫胡杰的男孩也通过竞价，成了叶子航的室友。

大部分人都入冥成功了，自然要开始分发修炼资源了。

这天中午，计嘉羽正躺在床上冥想修炼，丁鹿的声音忽然响起："嘉羽，何奶奶叫你去趟她的办公室。"

计嘉羽睁开眼睛，瞥了他一眼，道："好。"

丁鹿比同龄人瘦弱许多，衣服穿在身上松松垮垮的，头发因营养不良而微微干燥、泛黄，全身上下包裹得严严实实的，连脖子上都套着围脖，除了手掌和脸庞外，几乎没有裸露的皮肤。可仅那一点露出的皮肤就有不少细长的伤疤，大概率是被锐器割划的。

显然，他也有着凄惨的过去。

如果仔细观察的话，还会发现，他时常刻意遮掩的右手有六根手指头，多了一根小拇指。

对此，计嘉羽已经见怪不怪了。孤儿院最不缺的就是身体有缺陷的遗弃儿了。

念头一转，计嘉羽心情有些沉重，旋即翻身下床，打着哈欠跟丁鹿打了个招呼后，推开寝室门向右转。

这时，叶子航恰好也推门而出，两人对视一眼，叶子航迅速收回目光，心虚地扭头就走。

不过两人的方向一致，目的地一致，都是何依的办公室。

何依的办公室与其说是办公室，不如说是藏书间。房间里，除了一张红色实木桌，到处都摆着书。

此时，何依正坐在桌后看书，桌上则堆着一堆绽放着炫目光彩的多边形晶石，晶石旁边还有几袋看上去像食物的干货。

计嘉羽和叶子航都开始修炼了，当然感受得到那堆晶石和干货中蕴含的神圣之力，不过，计嘉羽的目光停留在晶石上多一些，而叶子航的目光则停留在那几袋食物上多一些，目光竟有些狂热。

"来啦！"何依看到两人，把书轻轻放下，微微一笑，道，"这些是神圣晶石，帮助你们修炼的。这些呢，是蕴含神圣之力的益虫肉干，你们拿回去分给大家吧。"

"保证完成任务！"叶子航坚定地说道。

"我们会保证公平的。"计嘉羽看了叶子航一眼。

"去吧。"何依说了声。

话落，叶子航立刻走到桌前，把那几袋益虫肉干拎了起来。

计嘉羽见状，也走向前去，把那堆神圣晶石抱在了怀里，而后两人纷纷向何依道别，转身出去。

两人出门后，沉默着回到了二楼。

这时，叶子航拦在了计嘉羽身前，他身高体胖，犹如一块巨石堵在走廊上。

计嘉羽抬头看着他，问道："干吗？"

"羽哥，我之前的提议，你真的不再考虑一下吗？"叶子航眼神热切。

因为计嘉羽，叶子航本来都决定放弃之前的想法了，可怀里的益虫肉干实在太香了，他浑身上下每一处毛孔都渴望得到它们。在那种无法抗拒的欲望的诱惑下，他决定再冒一次险。

"听说你现在才积攒了七分之一轮神圣之力，这也太慢了！我已经积攒四分之一轮了，就连胡杰都达到六分之一轮了，比你多得多，他可是比你晚入冥一天半呢！你知道是什么原因吧？在我身边修炼就是快，相当于时刻都在用神圣晶石！

"何奶奶跟我说了，我现在的冥想程度很深，吸引来的神圣之力过多，身体吸收不完，所以这些晶石对我没用，我都给你好不好？但这些益虫肉干，我想多占些，你如果答应，我就让你搬回来跟我一起住，怎么样？"

叶子航说完，期待地望向计嘉羽。

撞击

"不行啊。"计嘉羽毫不犹豫地摇了摇头，"何奶奶让我们把神圣晶石和益虫肉干搭着用，肯定有她的道理。你要实在想多吃点益虫肉干，拿神圣晶石跟别人换，我不会说什么的，但如果你想多占，不行的。"

"什么？"叶子航怔住了，他没料到计嘉羽会是这种反应。

在他想来，面对后来者的超越、更好的修炼环境、更多的修炼资源、更高的被选概率，计嘉羽肯定会答应他的，但计嘉羽没有。

"计嘉羽，我发现你真的有点笨啊！"叶子航忍不住气急地说道，"你明明可以通过选拔，机会都摆在眼前了却不好好把握，你图什么啊？"

"图晚上睡觉不做噩梦吧。"计嘉羽道。

叶子航直接无语了，他觉得计嘉羽在敷衍他。

不过，计嘉羽是认真的。计嘉羽想，如果方醒知道他欺负其他孤儿，说不定会专门从地狱复活，拍他的后脑勺。

短暂的沉默后，计嘉羽缓缓地说道："我不知道你经历了什么，所以也没资格劝你善良。"

他顿了顿，盯着叶子航的眼睛认真地说道："但至少你不该像他们那样去欺负别人，毕竟你也清楚，这里的人以前都挺惨的。"

叶子航被计嘉羽直视着，有些心虚，但更多的是恼羞成怒："我跟他们才不一样呢！分！平分！你要是不平分我就跟你急！"

说完，他头也不回地敲响了其他选拔者的房门，把他们聚集到二层的公共客厅，然后气势汹汹地分发起修炼资源来。

看着叶子航硬塞过来的神圣晶石和益虫肉干，大家都有些呆了。

这个平时只会吃吃吃的胖子，到底抽什么风了？

不过这都不重要，重要的是，他们第一次获得了修炼资源！

在大家叽叽喳喳的兴奋的议论声中，计嘉羽也领到了属于他的那份物资，是叶子航重重地塞给他的，叶子航塞给他的时候还十分傲娇地哼了一声。

计嘉羽只当没听到。

一人份的修炼资源是两块神圣晶石、十块益虫肉干。前者蕴含着神圣之力，只能通过冥想直接吸收；后者则是拿来泡水喝的，可以通过身体消化吸收。

"丁鹿，回去修炼吗？"

拿到它们后，计嘉羽迫不及待想回去修炼，三步并两步地走到丁鹿面前，招呼了一声。

"正要找你呢。"丁鹿也很兴奋。

接着，两人几乎是跑回了寝室，各自握着一块神圣晶石躺到床上。

计嘉羽瞬间就入冥了，圣光圣徽、圣骨圣徽飞快显现。那一瞬间，他右手掌心的神圣晶石绽放出璀璨的白光，但白光还没能激射出去，就都被他吸入掌中，一部分顺着手掌的肌肤蔓延至全身，另一部分则渗入体内的骨骼、血液中。

随着时间流逝，神圣晶石的光芒逐渐变得暗淡，直至完全消失，晶石也化作灰黑色。

计嘉羽睁开双眼，双眼亮到几乎有一道光迸射出来。他把灰黑色晶石放在床边，几乎没有停歇，又把第二块神圣晶石握在手中，继续冥想修炼。

也不知过去了多久，第二块神圣晶石内的神圣之力也被他吸收殆尽，于是他翻身下床，拿出两块益虫肉干放入水杯。肉干甫一入水，立刻融化成精纯的神圣之水。

计嘉羽仔细看了看后，就端起水杯咕咚咕咚往嘴里灌。

计嘉羽一边喝一边观察丁鹿。

丁鹿睡觉的姿势很怪，他用背抵住墙壁，蜷缩着身体，左手握住仍然很明亮的神圣晶石，右手握拳朝外。

显然，他在睡觉时也很警惕。

"晶石里的神圣之力没消耗多少啊……"看着丁鹿手中的神圣晶石，计嘉羽暗道。

与此同时，他大幅增强的听力让他隐约听到了楼上传来的声音。

"计嘉羽吸收神圣之力的速度也太快了吧！"

"但损耗也同样严重，基本上一半的神圣之力都被损耗掉了。"

"他的身体到底怎么回事啊？"

"他秉性不错，如果能脱颖而出，只要他能吸收，吸收得快，消耗再多也没关系，圣耀司又不是养不起。但他要是没被选中，估计最多只能修炼到三阶明灵的境界。"

"可惜了啊！"

"叶子航的吸收速度也很快啊，而且几乎没什么损耗，照这个趋势下去，再过两天他就能攒满一轮神圣之力了。"

"一周内突破到一阶明灵，这天赋着实出众啊！"

"说起叶子航，圣耀司临时改派了人过来，说是想再检查下叶子航的天赋，检查计嘉羽倒是变成顺带的了。"

"圣耀司比较看好叶子航，也是理所应当的事。"

聊天中，谢婷抿着嘴，没有说话。

听着四名观察使的议论，计嘉羽的神情不变。

随着他对修炼了解越多，他也越明白吸收神圣之力时有过多损耗意味着什么。

别人积攒一轮神圣之力需要消耗五十块神圣晶石，他要消耗一百块，他要比别人多消耗一倍的资源。

如果不消耗资源的话，那就得花时间。但是，他哪有那么多资源和时间去消耗？

除非他能通过选拔！可他又的确不如叶子航优秀。但即使如此，他也没有想过要答应叶子航的方案。

虽然他有必须达成的目标，但有些事，绝不能用这样的方式去完成。

喝完神圣之水，计嘉羽又躺回到床上，开始冥想修炼，消化吸收水中蕴含的神圣之力。

等到他结束修炼时，下铺的丁鹿已经不见了，外面的天色也暗了下去。

"咕咕。"

计嘉羽应该是修炼太久了，肚子忍不住咕咕大叫起来。

于是他撑身而起，轻巧地跃过护栏，落到地上，然后推门而出，从二楼走向一楼的公共食堂。

他才来到一楼，便听到下方传来一道刻意压低音量的声音。

"只要你听本大爷的话，乖乖把益虫肉干给我，下次给你分配修炼资源的时候，我才不会手一抖，不会不小心出错，知道吗？别想着去告密！我比你强得多，懂吗?!"

"嘭！"这似乎是皮肉与木质物撞击发出的声音。

计嘉羽听着听着，不由得皱起了眉头。这声音很明显是叶子航的，这家伙还是不死心啊！

几乎没有犹豫，计嘉羽转了一圈，找到通往地下室的门，毫不掩饰地走了下去。

他刚刚走下最后一级台阶，丁鹿忽地迎面撞来，脸色苍白，举止仓皇。

丁鹿抬头看到计嘉羽，更加害怕了，可能在他眼里，共同掌握资源分配权力的计嘉羽和叶子航是一伙的吧。

"别走，跟我来。"

计嘉羽也没问发生了什么，直接拽住丁鹿的手腕，拉着他朝他跑来的方向而去，恰巧看到正往怀里塞东西的叶子航。

叶子航抬头看到计嘉羽，脸上闪过一抹慌张，飞快塞好东西，假装无事发生。

他虽然心里有些紧张，但表面上也还稳得住。他又不是傻子，之所以知道丁鹿是计嘉羽的室友还故意找丁鹿，就是看中丁鹿胆小如鼠，他赌丁鹿不敢吐露真相。

不知道内情，仅凭丁鹿的神态，计嘉羽能知道个什么呀？

想到这里，叶子航不着痕迹地看了丁鹿一眼，丁鹿被吓得往后缩了缩，忍不住想挣脱计嘉羽的手。

计嘉羽抓紧丁鹿的手腕，走到叶子航身边，道："还给他。"

"你在说什么？我听不懂。"叶子航嘴硬道。

"把益虫肉干还给他。"计嘉羽道。

叶子航没想到计嘉羽直接道破了真相，心里顿时忐忑起来，不过这样他就更加不能松口了："什么益虫肉干？你在说什么啊？我根本听不懂！我没拿他东西啊，我拿没拿他的东西，你问问他不就行了。"

计嘉羽转头看向丁鹿，丁鹿飞快地摇了摇头。

叶子航见状一喜，当即道："你看，根本就没有的事，你就别多管闲事了！"

话落，他转身就要走，可计嘉羽的手却搭在了他的肩膀上。

"你自甘堕落可以，但我希望你不要伤害别人。"计嘉羽认真地说道，"我最后说一次，还给他！"

被计嘉羽按住后，叶子航脸色一阵青一阵白的。

"算了吧，他没抢我东西。"丁鹿看情势不妙，低声道。

"你怕什么啊！"计嘉羽转头说道，"他不敢对你怎么样，何奶奶就在二楼。"

一听计嘉羽提到何依，叶子航顿时蔫了，他转过身，举起双手："好吧，我认栽行了吧！"

"还给你！还给你！都还给你！"

叶子航把怀里的益虫肉干塞回到丁鹿怀中，然后又朝计嘉羽道："我错了，我以后不会再犯了，你别告诉何奶奶行不行？"

"这次不行了。"计嘉羽道。

他已经给过叶子航两次机会了，再给第三次就是纵容了。

叶子航闻言先是一愣，旋即面色逐渐变红："当我求你了行吗？"

"不行。"计嘉羽摇了摇头。

"计嘉羽，你别逼我！"叶子航忽地愤怒了，"凭什么他们分配东西的时候可以私藏，我就不行？"

"他们不当人，你也不当人啊？"计嘉羽道。

"你才不是人呢！"叶子航低吼一声。

也就是这时，计嘉羽又听到了观察使们的谈话。

"看这架势，是要打起来了啊。"

"计嘉羽应该知道自己跟叶子航的差距吧？知道还要打，正义感很强嘛，也很有勇气，我喜欢。"

"但光有勇气和正义感没用，也得有智慧，懂分寸、知进退，这种情况，找何姨才是正解吧？"

"我倒是觉得他想得比你们深。面对霸凌者，找大人的用处其实不大，必须自己站出来说'不'才行。他是想给丁鹿勇气，让丁鹿学会勇敢和拒绝吧。"

"怯懦的确是丁鹿的弱点，这点他必须改掉，不然的话，别说选拔了，往后的生活都过不好。"

"那我们就看看丁鹿会不会勇敢起来吧。"

"啊？让丁鹿学会勇敢和拒绝，我还有这种想法？"计嘉羽有些发怔。

不过他转念一想，这不重要，重要的是观察使好像不准备帮他们啊！

这……哪有这么不靠谱的大人啊！

就在他仔细倾听，深感无语时，忽地听到一声尖叫。

尖叫声是丁鹿发出的。

计嘉羽抬头一看，只见叶子航那庞大的身躯正如一辆肉弹车似的朝他撞来。

叶子航虽然体形大，但奔跑速度极快，在狭窄的地下室狂奔，居然也掀起了一阵呼呼的风。

距离太近了，眼见计嘉羽避无可避，丁鹿不忍心地闭上了眼。

"啪！"

一道低沉的皮肉碰撞声响起，丁鹿的心都颤了一下。不过等了两秒钟后，他并没有听到计嘉羽的身体与墙壁撞击的声音，也没有听到惨叫声，不禁有些疑惑，旋即他缓缓睁开了眼睛，眼前的一幕让他惊讶得张大了嘴。

只见计嘉羽双手前撑，按在了叶子航的左右两肩上，后者如同犀牛一样疯狂往前顶，但无法前进分毫。

显然，计嘉羽力气太大了。

计嘉羽忽地松手，正使劲往前冲的叶子航猝然之下直接扑倒在地。

在地上趴了两秒钟后，恼羞成怒的叶子航怒叫一声，再次朝计嘉羽撞了过去。许是愤怒之下的无意识引动，他体表绽放出了白色的光芒。

计嘉羽见状，朝丁鹿说了一句："帮我！"

之后，他双手交叉呈"十"字，呈防御状。

"啊？"丁鹿整个人蒙在原地。下一秒，叶子航已经来到了他眼前。

"嘭！"又是一道沉闷的皮肉撞击声。

叶子航的身躯撞击在了计嘉羽的双臂上，计嘉羽站在原地，纹丝不动，仿佛撞击他的不是一座"肉山"，而是轻飘飘的柳絮。

"啊啊，好痛！"叶子航大叫出声。

"力气好小。"计嘉羽则感到很意外。

明明叶子航是跑过来撞击他的，而且还用上了神圣之力，但为什么力气这么小，像海绵一样？叶子航明明又高又重又强。

"这……怎么回事？"楼上，五名观察使也都傻眼了。

二阶明灵

"啊！"

叶子航抓着左肩倒吸一口气后，才用泛红的眼睛望向计嘉羽，等到痛感稍退，又立刻失去理智地朝计嘉羽扑了过去。

这次叶子航不再是撞过来，而是挥舞起拳头来，光芒闪烁间，每次都掀起了呼呼的风。但看似凶猛的拳头落在计嘉羽身上，却像是海绵砸在水中，计嘉羽连被蚊虫叮咬那么小的痛感都没有。

不仅如此，在经过最初的几拳后，计嘉羽开始闪躲起来。

于是，叶子航所有拳头都挥空了。

在计嘉羽眼里，移动的叶子航仿佛自带慢动作效果，速度慢得惊人。

"你怎么这么弱啊？"看着面前的叶子航，计嘉羽很疑惑。

他是真心疑惑，按道理来讲，这不应该啊，叶子航马上就要修满一轮神圣之力，晋入二阶明灵的境界了，而他自己还差得远呢。

表面上看来，两人间的差距是非常明显的。

可现在看来，这差距的确存在，但不是计嘉羽和叶子航有差距，而是叶子航跟计嘉羽有差距。这两者是截然不同的。

然而，叶子航仿佛没听到计嘉羽的话一般，越发不受控制地把拳头砸向计嘉羽。

嘭嘭嘭的皮肉撞击声和咚咚咚的脚步声，把在二层寝室内修炼的人全吵醒了，他们纷纷跑到地下室来察看情况。

当他们看到叶子航像疯了一样对计嘉羽拳打脚踢，甚至连牙齿都用上了时，不由得大感吃惊。

他们都知道叶子航是所有人里修炼最厉害的，但他打起架来怎么这么弱呢？按理来说不该是这样的啊。三阶明灵以下，不是谁的神圣之力越多谁就越厉害吗？

就在他们百思不得其解的时候，一直处于守势的计嘉羽忽然伸出双手，轻轻朝前一推。

只见在他的双手刚碰到叶子航胸膛的那一瞬间，叶子航庞大的身躯顿时像炮弹似的倒飞出去，撞到了墙上。砰的一声响起，整栋楼似乎都来回晃了晃，两秒钟后，叶子航的身躯才缓缓从墙上滑落下来。

计嘉羽完全没想到自己的力气竟然这么大，而叶子航又会那么弱不禁风。在短暂的失神后，计嘉羽三步并两步，飞快跑到叶子航身边，把他扶起来，道："你没事吧？"

叶子航本来正无神地瘫倒着，见计嘉羽弯腰近身，他瞳孔瞬间紧缩，忍不住大口大口地喘起粗气："你……你别过来啊！"

他内心恐惧无比。

"我就是想确认一下你有没有事。"计嘉羽道。

"不用确认了，我没事！"叶子航体内也不知从哪里涌现出一股庞大的力量，支撑着他站了起来，而后，他为了证明自己没事还转了两圈，道，"我没事！"

话音刚落，他脚一软，差点又倒在地上。

计嘉羽无语了，自己有这么可怕吗？

见此一幕，其他人都惊讶得张大了嘴，望向计嘉羽的眼神充满了震惊。

丁鹿更是骇然不已，看着计嘉羽时，他心里简直想尖叫："你这么厉害，哪里还需要我帮忙啊！"

与此同时，三楼最左侧的房间内，五名观察使久久无言。

"刚才发生了什么，你们看明白没？"

"计嘉羽的力气怎么这么大啊？"

"他的防御力也很惊人啊，叶子航的拳头打在他身上，就像给他挠痒痒一样。"

"他吸收的神圣之力在量上远不如叶子航，而且他没用任何技巧性的战术，这不符合常理啊。"

谢婷沉默了片刻，忽然道："我有一个猜测——计嘉羽不是双生圣徽吗？如果他是神圣双修的话，那他的力气以及神圣之力损耗的情况也就解释得通了。"

"这不可能，妙一姐跟我说过，他的两个圣徽纠缠得非常深，除非明神出手，否则凭他自身的能力，绝不可能解开纠缠的圣徽。"

"你这个想法过于异想天开了。"

"要是他……"谢婷还有话想说，但被打断了。

"我觉得他就是天生力气大了点。别想这么多了，等过几天圣耀司的人过来检测不就知道了吗？咱们只观察，不干涉。"

谢婷张了张嘴，欲言又止。其实她也觉得自己的想法有些不着边际了，毕竟计嘉羽只是个人族。

五名观察使交谈时，何依也来到了地下室，看到计嘉羽身边的叶子航，她神色平静。

叶子航看到何依就像看到救星一样，身体一软，坐在了地上。

计嘉羽见状，忙喊道："何奶奶，你快来看看他有没有事吧！"

他刚才真就是轻轻一推，没想到叶子航这么弱，这么不经打。

站在一旁的丁鹿也很紧张，他虽然没动手，却是引起这场争端的主角之一。

"没事，就是吓坏了。"

何依走到计嘉羽和叶子航身边，只是俯身看了一眼叶子航便收回目光。

何依的话音落下后，叶子航的脸色有些难看，他想证明自己没有被吓坏，可偏偏就是站不起来。

何依转过头看了一眼围观的人，说："你们快回去冥想吧。"

大家闻言，如蒙大赦，离开前，纷纷瞥过计嘉羽。

"你们仨跟我去办公室。"等大家全都离开了，何依又看向惴惴不安的丁鹿、神色略显紧张的计嘉羽和心有余悸的叶子航。

不等三人答话，何依走在了前面。

丁鹿看了一眼计嘉羽和叶子航，叶子航此时已挣扎着站起来，飞快地跟在何依身后，只是从走路姿态来看，似乎他的腿有些发软。

丁鹿和计嘉羽也都无声地紧跟上去。

一分钟后，三人走进何依的办公室，此时何依已经坐在椅子上了。

"何奶奶……"丁鹿最是忐忑。

"刚才发生的事，我都知道，你们不用说了。"何依摆了摆手，道，"首先，小羽，你没有做错，而且我很高兴。你虽然跟丁鹿不熟，却能为他挺身而出，尽管后来事情的发展有点失控，但在这里，我还是想对你说，请继续保持你善良、勇敢的品质。"

"啊？"计嘉羽一下子蒙了，他本以为自己要挨罚了呢。

紧跟着，他又听到何依的声音变得严肃："至于你，叶子航，无故抢夺同学的修炼资源，这种行为在我这里是坚决不被允许的！念在你是初犯，我就再给你一次机会，但从现在开始，我要撤除你队长的职务，以后分配修炼资源的事，全都交由小羽来办，你以后再也不许欺负其他人，如果被我知道，那么对不起，你会被开除出选拔营。明白了吗？"

"明白了……"叶子航脸色苍白，声音都颤抖起来，他本就不是一个胆大的人。

"还有你，丁鹿，要向小羽多学习学习，勇敢一点。"何依语重心长地说道。

"知道了，何奶奶。"丁鹿紧张地说道。

"都回去修炼吧，还有十天就要进行初选了，你们努力，加油。"

"是，何奶奶。"

何依挥了挥手，示意三人赶紧走。

三人闻言全都朝外走去。

正在这时，何依忽然道："对了，叶子航，记得向丁鹿道歉。"

接着，三人依次走出她的办公室。

才走出办公室，计嘉羽就站定不动了，丁鹿则埋头准备朝寝室的方向走，可他才迈出脚步就被计嘉羽拉住了衣领。

"怎么了？"丁鹿问道。

"对不起。"叶子航倒是很自觉，飞快地朝丁鹿说了声后，就扭动着肥硕的身躯转头跑掉了。

听到叶子航的道歉，丁鹿愣在了原地，好半晌后才看向满脸笑意的计嘉羽，道："谢……谢谢。"

计嘉羽笑着搂住他的肩膀，道："没事，我们是室友嘛，互帮互助是应该的。"

丁鹿闻言，先是笑了笑，旋即道："我看你的神圣晶石都用完了，那我把我的给你吧，我用得太慢了，到下次分配的时候也用不完。"

"我不要，你自己留着吧。"计嘉羽当即摇了摇头，"你不要误会，我不是为了你的回报才帮你的。"

见丁鹿还想说些什么，计嘉羽忙道："别多说了，你自己留着吧。"

话落，他们刚要朝寝室的方向走去，身后的门忽然开了。

何依拎着一个拳头大小的黑色布袋走了出来，有些难为情地朝计嘉羽笑了笑："老了老了，记性不好了，喏，这是你伸张正义的奖励。"

计嘉羽蒙蒙地接过布袋，打开一看，见是五块神圣晶石，当即喜笑颜开："谢谢何奶奶！"

"呵呵，这是你应得的。"何依笑了笑。

"那我们先回去修炼了！"计嘉羽拉着一旁局促的丁鹿，飞一般地跑回了寝室。

回到寝室后，计嘉羽立刻躺回床上，手握神圣晶石，开始冥想修炼起来。

刚才何依可说了，还有十天就要初选了，因此，从现在开始，每一秒钟都是极为宝贵的。

当天晚上吃饭时，计嘉羽和叶子航打架的原因传播开了。这让选拔营的人对叶子航少了几分才生出的敬畏，也对新来的计嘉羽多了几分好感。试问，谁会不喜欢善良、有正义感的朋友呢？

不过也仅此而已，毕竟对于这群人来说，好好冥想修炼从而通过选拔才是第一要务，交朋友是次要的。

同样是当天，最后几个人也都入冥成功。

整个选拔营二十人，都开始朝下一个目标发起冲锋——攒满一轮神圣之力，晋升为二阶明灵。

话说，神圣澄海光明族人的修炼和其他六海六域一样，共分为四境十二阶，一到三阶为明灵，四到六阶为明尊，七到九阶为明圣，十到十二阶为明神。

每一境、每一阶的差距和跨度都非常巨大。其中晋升一阶明灵的条件最简单，冥想成功后开始吸收神圣之力即可。

二阶明灵也不难，只需攒满一轮神圣之力。

所谓一轮，即把神圣之力覆满全身每一寸肌肤或骨骼。

也就在计嘉羽和叶子航打架事件发生的两天后，叶子航一马当先，晋升成二阶明灵。紧跟着，他的室友胡杰也成功突破。

这一现象证实了观察使所说的那句话，和叶子航在一起修炼，相当于时刻抱着半块神圣晶石。

又过了几天，其他人纷纷晋升为二阶明灵。大家都是光明族从蓝域的孤儿中千挑万选来的，要说修炼天赋，其实谁也不会差太多。

唯独计嘉羽例外。

他的修炼天赋其实不错，奈何他吸收神圣之力时损耗太大，大大延后了他晋升的时间，哪怕何依多给了他五块神圣晶石，他仍然没能赶上第一、第二梯队。然而时间不等人，就在他与二阶明灵只有一线之隔时，选拔营地的初选开始了。

初选

阳光明媚的清晨，院落的草坪上，何依正面向二十名选拔者讲话。

"初选规则很简单，你们以抽签的方式选定两名对手，然后用对决的方式来呈现你们这两周的修炼成果。五名观察使会从修炼天赋和战斗天赋两方面给你们打分，此外，还会加上占比很大的隐藏分，最终评分排名前十的即可通过初选。"

何依话落，下方顿时低声议论起来。

"要打两次啊，好难啊……"丁鹿脸色有些发白。

"我更难好吧！你们全都是二阶明灵，只有我不是。"计嘉羽拍了拍丁鹿的肩膀，道，"行了，别紧张了，何奶奶不是说了吗？除了修炼和战斗外，还有占比很重的隐藏分。"

丁鹿转头看了看神色平静的计嘉羽，好奇地问道："嘉羽，你都不担心的吗？"

计嘉羽道："担心啊，我怎么可能不担心，但担心有什么用？不如保持好心情，说不定能发挥得好一点，抽到一个弱一点的对手。"

"你说得好有道理！"丁鹿沉默了两秒，忽然双掌合十，低声嘀咕道，"千万不要抽中叶子航！千万不要抽中叶子航！"

听到丁鹿的祈祷，计嘉羽抬起头往右边看了看，正好与望向他的叶子航目光交汇。

叶子航迅速转头，但很快又转了回来，用带有挑衅意味的眼神望向计嘉羽，但他紧握的双拳却暴露了他的紧张。

那天的战斗给叶子航留下了深刻的印象，导致他现在还有些怕计嘉羽。

计嘉羽收回目光，面上不显，但心中自有盘算。

最近一周，随着实力的提升，他的视力、听力持续增强，他几乎听到了五名观察使的全部交谈，因此他比所有选拔者都更了解叶子航的实力。

叶子航不仅神圣之力要攒满两轮了，还自学了不少战斗技巧，吃饭、做梦时都想着要雪耻，想证明自己没被计嘉羽吓坏。可以说，叶子航是把计嘉羽当作对战目标在修炼。

而计嘉羽很清楚，现在再让他去和叶子航打架，他百分之七十是打不过叶子航的。

不说叶子航，其他十八个人，他也未必打得过。他们都攒满一轮神圣之力了，只有他还没有。

战斗天赋不好说，但在修炼天赋上，他已经落后其他人一截了。今天很可能就是他在选拔营地待的最后一天。

不过，他也不是完全没有机会。

计嘉羽自信满满。

这些天，观察使们在私下闲聊时，说过隐藏分的具体构成，在这方面，他的优势非常大，大到足以弥补修炼天赋上的不足。

所以，决定最终结果的，是他的战斗天赋！

在大家低声议论时，何依转身从楼中抱出一个塞满了纸团的木质签筒。

"好了，你们可以过来抽签了。"

她的话音落下，有人立刻起身，也有人留在原地不动。

"走吧。"计嘉羽招呼了声丁鹿。

"你先去吧，我等等看有没有人把叶子航抽走。"丁鹿道。

"胆子大点啊，你很强的好不好！"计嘉羽无奈，忍不住轻轻拍了拍丁鹿的后背，迈步走上前去，排在两个选拔者身后。

那两人很快抽完签，都没抽到太强的对手，顿时喜笑颜开。

轮到计嘉羽了。

他先看了一眼何依，然后把手伸进签筒随意捞了捞，抓出一个纸团，神色平静地退回到先前的位置。

"快看看是谁。"丁鹿立刻凑了过来。

"快去抽你自己的吧。"计嘉羽推开了丁鹿。

"看看嘛。"丁鹿又凑了过来。

"快走快走。"计嘉羽按住了丁鹿的眼睛。

"哼，小气。"丁鹿朝计嘉羽吐了吐舌头，旋即紧张地走向何依。

丁鹿走后，计嘉羽这才缓缓地打开纸团。

完全打开纸团，看到白纸上写的名字后，计嘉羽不禁苦笑了一声。

"叶子航。"

冤家路窄啊！

这时，丁鹿也拿着自己的纸团走了回来。看到计嘉羽手中白纸上的三个字，他的心情瞬间跌到谷底，差一点没忍住抱住计嘉羽大哭。

"我不想你走啊！"他可怜巴巴地看着计嘉羽。

"我为什么要走？"计嘉羽疑惑地说道，"我会赢的。"

丁鹿看着计嘉羽，不知道该说些什么了。

作为孤儿，他太懂什么叫事与愿违了。

"看完签就过来登记吧。"在计嘉羽和丁鹿无言沉默时，何依的声音响了起来。

话落，立刻有人拿起纸团去登记。何依以此排出对战表，贴在一张竖立的木板上供人观看。

叶子航也去了。他抽中的对手叫张琪，是一个入冥时间较短的女孩。

张琪看到对战表，当场就哇哇哭了出来。有两个跟她关系要好的女孩连忙跑过去安慰她，结果没说几句话，就被她带得也哭了起来，其他人纷纷对她们投以同情的目光。

抽中别人还好说，抽中叶子航，那真是一点胜算都没有。

半分钟后，叶子航的第二个对手也公布了。

计嘉羽。

看到两人的名字时，大家先是惊讶，旋即神情复杂。他们都知道计嘉羽跟叶子航的恩怨。

与他们不同，叶子航看到对战表后，心中既高兴又发怵。

上次计嘉羽那"轻轻一推"，可是在他心中留下了难以抹去的阴影。即便最近这段时间，他一直把计嘉羽当作假想敌，也确定自己比计嘉羽强很多，但此时仍旧有些紧张。

没过多久，登记结束，对决也正式开始了。

对决场地就是院落的草坪。

最先出场的是两名入冥时间都较早的男孩。

包括计嘉羽在内的人都睁大眼睛仔细观看起来。这可是他们人生第一次观看修炼者的战斗！

但对于五名观察使来说，区区二阶明灵的对战着实没什么看头，无非就是于体表覆盖神圣之力，然后你打我一拳，我踢你一脚，完全没有任何美感和战斗技巧可言，看得她们直打哈欠。

今天，除她们外，房间里还多了一个身穿白色长裙的年轻女子——来自圣耀司的检测者姚艺。

从抽签到头几场对战，她全程都坐在沙发上吃零食，百无聊赖地打了好几个哈欠。直到叶子航和张琪即将登场，她才终于稍微提起点精神，走到窗边观看起来。

下方草坪上。

"张琪。"

"叶子航。"

伴随着何依的喊声，叶子航和张琪各自走上前。

叶子航见张琪哭丧着一张脸，神色也暗淡了下来："你别哭了嘛，我最怕女孩子哭了！"

"那你能让我赢吗？"张琪泪眼婆娑地噘着嘴问道。

叶子航沉吟了片刻，问道："那你能管我一辈子饭吗？"

张琪一听，嘴一瘪，更想哭了。

这时，何依的声音响起："开始吧。"

两人顿时严肃起来。

这场战斗，关系着他们的命运！

"嗡！"

计嘉羽看到叶子航裸露在外的皮肤上浮现出的乳白色神圣之力，像流水似的朝叶子航的双手、双脚汇聚而去，散发出明亮的光芒，令叶子航的双手、双脚如同白色的球。

紧跟着，叶子航猛地一跺脚，身形化作光影，倏忽消失在原地，三秒钟后，他已经出现在张琪的面前了。

张琪也是二阶明灵，全身被神圣之力包裹着，因此勉强可以看清叶子航的移动轨迹，但反应就跟不上了，她只来得及抬起双手挡在身前。

"嘭！"

叶子航的拳头狠狠地砸过来，张琪的手臂立刻亮起白光。

与此同时，张琪感觉有一股巨大的力量不断地向她压来，她止不住地往后退，在草坪上踩出一个又一个深坑。

随着她的后退，她手臂上的神圣之光逐渐变得暗淡，可叶子航拳头上的神圣之光却依旧闪亮。

"已经修满两轮神圣之力了，而且还学会把神圣之力凝于一处了，仅凭这两点，他就能力压其他选拔者。"窗口前，姚艺边吃东西边点评着，"的确不错，是个好苗子。"

"只是性格有点缺陷。"冯玲道。

"那都是可以引导的。"姚艺瞥了她一眼。

"小艺，你觉得叶子航可以直接去一号营地吗？"罗璇问。

"应该可以，但要再看看。"姚艺转过头去，道。

"那就再看看吧，正好他下一场的对手是计嘉羽。"孟玖道。

"哦，就是那个有双生圣徽的男孩？"姚艺问。

"对，我觉得他可能会给我们一个惊喜！"谢婷接话道。

"他的圣徽纠缠现象影响严重，他到现在都还没修满一轮神圣之力，能给我们什么惊喜？"姚艺瞥了一眼谢婷，"谢婷，你想多了。"

"那要不我们打个赌？"谢婷回望过去。

"赌什么？"姚艺毫不犹豫地回道。

看到这一幕，其他四人都有些无奈。

姚艺和谢婷是老相识了，两人曾是同学院的同班同学，结业考核后，姚艺去了谢婷最想去的圣耀司本部工作，谢婷则来到选拔营地成了一名观察使。

谢婷对姚艺一直很不满，原因很简单——姚艺的学业和能力都不如谢婷，只不过生在一个好家庭而已。

"赌计嘉羽也有直升一号营地的天赋。"谢婷道。

"呵。"姚艺不禁冷笑了一声,旋即道,"我跟你赌,赌注是什么?"

"要是我赢了,你要保证你的母亲不仅得放弃竞争当计嘉羽的引导者,还要在一号营地的引导者会议上投我妈妈一票。"谢婷道。

"你想得也太远了吧!"姚艺多少有点无奈。

计嘉羽还没表现出能够直升一号营地的天赋呢,谢婷就在这里预设他被众多引导者哄抢的局面了,可真是异想天开。

"我妈那边我可以保证,那你要是输了呢?"姚艺问。

"你说。"谢婷道。

"我要你放弃继续申诉。"姚艺道。

"好。"谢婷毫不犹豫地道。

其他四人闻言全都震惊了。

谢婷始终认为学院在学员的工作分配上有不公行为,所以连着向执法机构申诉了两年多,每个月再忙再累,她都要回趟神圣城处理相关事务,其坚定、坚持的精神让许多人钦佩。但是,她现在居然会为了一个赌注放弃继续申诉。

她得多有信心啊!

连姚艺都被谢婷的果断搞得警惕起来,她皱着眉头问道:"你不会私底下已经询问、检测过了吧?"

"绝对没有。"谢婷道,"我是不会做违法乱纪的事的。"

谢婷说话时,目光死死地锁住姚艺。

姚艺听出了她的言外之意,冷哼了一声,道:"空口无凭,立个契约吧。"

"正有此意。"谢婷道。

"婷婷,你别冲动,要不要再考虑考虑啊?"见两人针尖对麦芒的架势,冯玲忍不住凑过来,低声劝道。

"我已经想好了,没关系的。"谢婷道。

话已至此，冯玲和其他三人也没话可说了。

紧接着，在她们四人的见证下，谢婷和姚艺签订了光明族约束力最高的神圣契约。

神圣契约受到神圣王国法律的保护，违约者将会被重罚。

契约既已签订，几人的目光尽数转向场中。

在她们的注视下，对决很快结束了。

叶子航没有搞太多花里胡哨的东西，直接用比张琪多了近一倍的神圣之力赢过了她。

胜利后，叶子航眉开眼笑，没去管大哭的张琪，而是望向在场边观战的计嘉羽。计嘉羽眉头微蹙，似乎有些疑惑，他这古怪的情绪让叶子航有些失望。

叶子航望着望着，肚子突然传来一阵咕咕叫声，他的脸色顿时变了。

周围有人听到咕咕叫声，全都疑惑地朝叶子航望去，只见叶子航脸憋得通红，双手捂住肚子，微夹着腿跑开了。

计嘉羽见此一幕，觉得有些好笑，心想：这家伙不会是吃坏肚子了吧？

他没注意到，他身旁的丁鹿看见叶子航的样子后，眼中闪过一抹冷光。

此时，丁鹿的心中产生了报复的快感。他用左手不着痕迹地摸了摸右手的第六根小拇指，嘴角微扬，安全感十足。

如果计嘉羽此时仔细观察的话，就会发现，在丁鹿那第六根小拇指骨节相连的地方，皮肤竟出现了细微的裂痕，就好像这根小拇指断裂了一样。

或者说，它本就是假的！

不过，计嘉羽现在的注意力全都在场上，倒是没发现这个异样。

叶子航和张琪之后，是其他几人的对决。

通过观看他们的战斗，计嘉羽对二阶明灵的实力渐渐产生了疑惑。

他们为什么看起来这么弱啊？自己是不是忽略了什么重要的东西啊？

等战斗结束了去找何奶奶问问吧。计嘉羽心想。

很快，又有两场对决结束了。

在众人的期待下，终于轮到计嘉羽和叶子航上场了。

第 8 章

浅层冥想

"叶子航。"

"计嘉羽。"

伴着何依的喊声，在场的人纷纷把目光聚焦在计嘉羽身上，至于叶子航嘛……

"叶子航！"何依又喊了一声。

"叶子航人跑哪里去了？"

"好像是去厕所了。"

"我刚才去厕所的时候，听到里面那个轰声如雷啊，简直了……"

"你别说了，画面感太足了啊！"

大家刚闲聊了几句，就看到叶子航满头大汗地跑了出来，他边跑边捂着肚子，样子凄惨极了。

"哎哟，哎哟。"肚子咕咕的叫声让他浑身都发紧。

"果然是吃坏肚子了，哈哈哈……"有人忍不住笑道。

听到笑声，叶子航的脸都绿了。他跑到何依面前，苦着脸道："何奶奶，我跟计嘉羽的对决能推迟一会儿吗？我……"

他话未说完，何依摇了摇头："不行，规矩就是规矩。"

叶子航没办法，只能捂着肚子，微弯着腰走向场中，看向计嘉羽。

因为肚子疼，叶子航面对计嘉羽时，反倒没有了之前的紧张。他深吸了几口气，强行忍耐住了那股子欲望。这毕竟是关系到他未来的一场战斗，他必须要克服！他要赢！

"来吧！"叶子航站定后，朝计嘉羽伸出右手，弯了弯除大拇指外的四根手指。

见叶子航的额头上有豆大的汗珠滴落，始终神色平静的计嘉羽忽然开口了："你去厕所先解决完吧，我等你。"

叶子航闻言，如蒙大赦般地转头看向何依。何依开口道："对决双方不限时，也不限地点。"

说着话时，何依也有点想笑。

叶子航听完这句话，立刻朝计嘉羽大喊了一声："羽哥，这情我叶子航承下了，待……哎哟……"他话还没说完，忽然面色一变，捂住肚子冲向小楼里的厕所。

不过，临进楼前，叶子航又生生止住了脚步，转头看向计嘉羽，脸色难看地问道："你不会趁我上厕所时偷袭我吧？"

计嘉羽道："再废话，那现在就开始战斗吧。"

"别，哥，我错了。"

话落，叶子航消失在了门口。

此情此景，让大家都纷纷议论起来。

丁鹿甚是不解，心中更是有些焦急。他可是冒着极大的风险才给叶子航使了绊子，计嘉羽怎么就不把握住机会呢？

计嘉羽当然有自己的想法。他的确很想赢，但对他而言，这么一场有失公允的战斗，不赢也罢。

方醒曾教导过他，规则和底线都是一点点被打破的，要想守住自己的底线，就要从每一件小事做起。

而且近段时间，计嘉羽从观察使那里获得了许多信息，她们打分时，从来不是只看个人实力，还会考虑各方面的品质。公平公正、正义勇敢、勤劳善良，这些都是加分项。

　　就这样，众人足足等了半个小时，才看到整个人都虚脱了的叶子航拖着巨大的身躯返回来。

　　已经给了叶子航半小时时间，何依这次不再留情，直接喊了声"开始"。

　　话音刚落，原本还面色苍白的叶子航浑身亮起神圣之力，整个人璀璨耀眼。而后，他像一头犀牛似的，双脚狠狠地蹬地，轰然一声，泥土飞溅，他整个人暴冲而出，速度比先前对战张琪时更快，几乎成了一道残影。他瞬间就来到了计嘉羽身前，右拳高高扬起，朝计嘉羽的脸庞砸去。

　　风都在猎猎尖啸。

　　"啊！"看到这一幕，大家全都惊呼出声，有几个甚至闭上了眼。

　　他们原本还以为刚刚解决完生理问题的叶子航实力会有所减弱，万万没想到，叶子航仍旧这么强。

　　经过长达两周的修炼，他们对神圣之力有了充分的了解。

　　神圣之力是一种可以增加速度、增强力量的神奇能量。

　　有的人尝试用被神圣之力包裹的拳头去捶打大树，竟然把大树捶出一个拳洞来；有的人尝试用拳头砸石头，在忍痛的情况下，轻松把一块石头砸成了粉末；还有几人玩闹时闹急了，用裹满神圣之力的拳头对打，却都没有受伤，甚至没怎么感到疼痛。

　　后来他们才知道，只有神圣之力才能对抗神圣之力。

　　正是因此，他们判断并没有修满一轮神圣之力、身体防御能力较差的计嘉羽，肯定不是叶子航的对手。

　　叶子航这一拳下去，极有可能把计嘉羽的牙齿给打掉，甚至能把他的脸给打烂。

可下一秒，让所有人感到惊讶的事发生了。

当叶子航的拳头即将落在计嘉羽脸上的时候，计嘉羽忽然伸出手握住了叶子航的拳头，就好像握住一颗丢来的西红柿那么轻松。

"啊！"叶子航痛呼出声。

怎么回事？计嘉羽为什么能握住我的拳头？我的速度那么快，拳头力气那么大，而计嘉羽本身又那么弱！

"咦？"窗前，冯玲惊讶出声。

其余三名观察使也都惊疑不定，唯有谢婷淡定地看了一眼姚艺。姚艺虽然神色平静，但内心却开始打起鼓来。

情况似乎不对劲啊！

她们都是明尊级强者，战斗经验丰富，看得出叶子航丝毫没有手下留情，拳头上凝聚着他目前所能聚集的最多的神圣之力。

不夸张地说，他一拳能打爆顽石，但这拳头落在计嘉羽手中，却像羽毛一样软绵无力。

众人也都惊讶无比。

紧跟着，在他们的注视下，叶子航朝计嘉羽砸出了左拳。

这一拳同样蓄满了神圣之力，也同样被计嘉羽轻易接住了。

计嘉羽按住叶子航的双拳，叶子航满脸通红，当即把身体其他处的神圣之力调向双拳，其双拳的力量再度增强。

他甚至大叫了起来，可是，身体没能前进分毫。

"不可能！这不可能！"叶子航大喊道。

现场一片寂静。所有人都知道这不可思议，但事实就是这么个事实，不会因为他的一两句话而有所改变。

随着叶子航不断将神圣之力输送至双拳，计嘉羽也渐渐感受到了些许压力。毕竟，他接拳并没有表面上看起来那么轻松。

略一思索后，计嘉羽借着叶子航向前冲的劲头，抡起叶子航的双手，把他朝着右边甩了出去。

叶子航有近两百斤重，可在计嘉羽手中，他仿佛是一个枕头，轻轻松松就被扔了出去。

"嘭！"

叶子航被摔在草坪上，翻滚了好几圈才停下来，整个身上全都是杂草和泥土，狼狈至极。

蒙了好几秒钟后，他终于从地上爬了起来，脸上写满了惊惧，对孤儿院的恐惧和对过往生活的恐惧让他再次站了起来，他朝着计嘉羽扑了过去。他将全身的神圣之力汇聚到双手，乱拳成影，还不时抬腿踢出，发出鞭子抽打空气般清脆的响声。

"嘭！嘭！嘭！"

计嘉羽一次又一次地接住了叶子航挥过来的拳头和踢出的腿，渐渐地不再那么轻松。

说到底，计嘉羽也是用神圣之力去抵御叶子航的攻击，而他的神圣之力又的确没有叶子航的多，一来一往之下，他的压力渐增。

看着场上不断挥拳接拳的两人，大家都惊呆了。他们试着想象了一下自己与两人对战的场景，忍不住脸色发白。

另一名抽中计嘉羽，自认为稳赢的男孩，此时也忐忑起来。

"我说过，他一定会带给我们惊喜的。"窗台前，谢婷淡定地说道，"虽然他的神圣之力没有叶子航多，但身体素质比叶子航强很多。"

"岂止是强很多……"冯玲看得非常清楚，叶子航拳头上的神圣之力，一半被计嘉羽的神圣之力所抵消，另一半则被计嘉羽的身体力量所抵消，而且计嘉羽的身体内似乎也有神圣之力。

"你们确定当初检查计嘉羽的身体的时候，他的情况正常吗？"姚艺终于稳不住了。

"和其他人一样，完全正常。"罗璇道。

"会不会真的是双修啊？"冯玲看了一眼姚艺，似乎想得到她的解释。

"不可能。"姚艺道。

"我也就是提供一条思路嘛。"冯玲道。

"完全不可能。"姚艺道，"在没有外力帮助的情况下，想要解除圣徽纠缠现象，除非他天生就觉醒了精神力，有第二视觉。"

"天生就觉醒精神力，还有这种变态？"孟玖咋舌道。

"有，但非常少。"谢婷道，"咱们光明族自有历史记载以来，也只有一百多人天生觉醒了精神力，那群人里有十分之一最终成神了。"

"所以，绝不可能。"姚艺道，"人族的祖源血脉很弱，根本不足以出现天生觉醒精神力的后裔。"

"万事都有例外。"谢婷道。

"经你们这么一说，我倒是觉得之前计嘉羽的表现，的确很像是有第二视觉。"罗璇道，"你们还记得吗？他深层冥想的时候，居然可以听到我们讲话。"

"当然记得。"谢婷看着姚艺。

"绝对是意外。"姚艺道。

她的话多少有点死鸭子嘴硬的意味，所以她在感受到其他四名观察使的目光的时候，补充了一句："我宁愿相信他那时就自悟了浅层冥想，只是不清楚自己的状态。"

"他到底有没有第二视觉，我们待会儿不就知道了吗？"

"呵呵。"谢婷笑道。

她笑了一声后，现场陷入了短暂的沉默。

好一会儿，冯玲才出言打破这尴尬的气氛，道："说起来，这次对决，现在你们觉得谁会赢？"

"那肯定还是叶子航，就算计嘉羽真的有第二视觉，一直在神圣双修，也是他输。"孟玖道，"因为他不懂得利用那份储存在身体内的力量。"

"肯定是叶子航。"姚艺也道，她看着下方的叶子航，颇有些惊讶，"刚说到浅层冥想，他就领悟了。"

"浅层冥想？这么快！"罗璇往下方看了看，忍不住惊讶地道。

"这一届真是人才辈出啊！"孟玖道。

在六人猜测、争论时，计嘉羽和叶子航的对决逐渐进入了白热化阶段。在叶子航的攻击下，计嘉羽的神圣之力渐渐开始枯竭，叶子航倾尽全力疯狂攻击，本身消耗也极大，两人都快要"油尽灯枯"了。

一旦神圣之力完全被消耗完，两人比拼的就是纯粹的肉体力量了。在那种情况下，胜负就不可预知了，毕竟两人是同龄人。

四周的人全都紧张得要死。任谁都想不到，这场对决居然进入了胶着状态。不过他们也都看得出来，对决马上就要结束了。

可是，就在下一秒钟，令他们感到不解且惊讶的事又发生了。

虽然两人尚在激烈地战斗，但游离在空气中的神圣之力居然朝着叶子航汇聚了过去，覆盖在他的体表，又被他调向双拳。紧接着，叶子航挥拳砸向计嘉羽。

近距离观察到叶子航的状态，计嘉羽心中咯噔一下，感到了不妙。同时他也很不解，为什么会这样啊？

"没想到吧！"叶子航狂笑起来，"我刚才领悟了浅层冥想，在战斗中也能吸收神圣之力。计嘉羽，我不怕你，知道吗？你输定了！"

叶子航最后说的四个字多少有点此地无银三百两的意味，但观战的人根本不在意，而是开始激动地讨论起浅层冥想来。

这时，何依的声音响了起来。

"冥想有三种状态，第一种是深层冥想，修炼者必须高度集中精神才能冥想出圣徽的样子。

"第二种是浅层冥想，经过一段时间的冥想，修炼者记住了圣徽的样子，已经不需要高度集中精神了。在这种状态下，修炼者时时刻刻都在吸收神圣之力，身体的'续航能力'得到了极大的提升，这也是你们所有人的下一个目标。"

"时时刻刻都在吸收神圣之力，这么厉害？"

"那计嘉羽岂不是输定了？他的神圣之力马上就要耗尽了啊！"

大家在交谈着。

丁鹿握紧了拳头，比自己上场都紧张。

可正在这时，意外又发生了。

游离在空中的神圣之力也开始朝计嘉羽汇聚了过去。

第 9 章

灵视

看到这不可思议的一幕，叶子航先是一怔，旋即脸色苍白："这怎么可能？你怎么可能也领悟了浅层冥想……"

"这不是很简单吗？"计嘉羽道。

此前，由于没有接触到相关修炼书籍，计嘉羽修炼时严格遵守着何依的教导，每次冥想时都是躺在床上，以最舒服的姿势，摒除所有杂念进行的。

直到刚才，听了何依的话，他才知道原来冥想可以不用最舒服的姿势进行，也不用清空大脑、集中精神，只要想象出圣徽的模样，就能吸收神圣之力。

那不是有脑子就行？

计嘉羽天天近距离观看圣光圣徽、圣骨圣徽，早就把它们的样子记得清清楚楚了。回忆它们？那太容易了啊！

想到了，他也做了，于是圣光圣徽、圣骨圣徽就出现了，游离在空气中的神圣之力朝他汇聚而去。

"计嘉羽居然也领悟了浅层冥想！"

"而且他吸收的神圣之力怎么比叶子航还多啊？"

有人观察仔细，看出了差别，不由得大感吃惊。

其他人闻言，纷纷定睛打量，也都发现了这一点，不由得倍感吃惊。

看着下方发生的一切，窗台后，谢婷转头看向姚艺，问道："现在你还像刚才那么坚定吗？"

姚艺回看了谢婷一眼，眯了眯眼睛，没有说话。

虽说领悟浅层冥想并不算难，但何依刚刚解释一番，计嘉羽就忽然开悟了，是不是太巧了点？

而且，他吸收的神圣之力为什么比叶子航更多？

须知，吸收的神圣之力的数量和质量，跟冥想中感知到的圣徽的清晰度息息相关。

换言之，计嘉羽冥想到的圣徽比叶子航冥想到的要完美。这更加意味着，计嘉羽深层冥想的状态也比叶子航完美。

然而，计嘉羽却没有晋升为二阶明灵。

这不符合常理！

可如果他有第二视觉，那一切就说得通了。

他早就利用第二视觉解除了圣徽纠缠现象，然后开始了神职者与圣职者的双修之路。正因如此，他修炼时才会比其他人多损耗一倍的神圣之力。

想通这些后，另外四名观察使忍不住望向姚艺。

姚艺则盯着计嘉羽，死死地盯着，像是要把他整个人看穿一样。

草坪中央，对决依旧在继续，但胜利的天平已经在朝着计嘉羽倾斜了。

计嘉羽的身体素质超乎寻常的强，强到可以抵消他与叶子航在神圣之力数量上的差距，而他吸收神圣之力的速度又比叶子航快，他怎么可能输？

许多道理大家都懂，叶子航也懂，可不到最后，他就是不死心。他不断地挥拳踢腿，光芒绽放间，消耗着大量的神圣之力，计嘉羽则防得滴水不漏。

眼见叶子航的神圣之力越来越少，计嘉羽终于开始反击。同样一拳又一拳，一脚又一脚，同样蕴含了充裕的神圣之力，在计嘉羽超强体质的加持下，威能却更胜一筹。

承受着计嘉羽的攻击，叶子航开始被动地防御，甚至很快便收敛了所有攻势。他的脸色越发苍白，恐惧再度侵袭他的心。

计嘉羽的拳头如雨般落下，砸在叶子航的双臂上，沉闷的皮肉撞击声响起。

他一拳比一拳用力，渐渐地，叶子航挡不住了，整个人开始艰难地后退，每次落脚，都在草坪上踩出一个深深的脚印。

很快，叶子航就被逼到围观的人的身前了。计嘉羽再度抬起手，右拳闪烁着明亮的光芒，即将重重砸下。

叶子航忍不住闭上眼睛，但等了许久，都没等到计嘉羽的拳头，等他睁开眼时，发现计嘉羽正站在他的身前。

"就到这里吧。"何依的声音响了起来。

这一刻，叶子航一下子松了气，整个人瘫软在地。

计嘉羽朝他走了过来，弯腰伸出手。

叶子航看着计嘉羽，愣住了。

"手给我啊。"计嘉羽道。

叶子航闻言仍然没动，只是茫然地看着计嘉羽。

计嘉羽见状，无奈地笑了笑，道："别记恨我了好不好？告诉你一件事，我做饭其实很好吃。"

计嘉羽话音刚落，叶子航立刻握住了他的手，整个人噌的一下就起来了，看着他的眼睛都在发亮："真的？"

"真的。"计嘉羽料到了叶子航的反应，但没想到他反应这么迅速。

"只要你饭做给我吃，从现在开始，你就是我大哥了！"叶子航神情激动。

"只要你不再欺负别人，我就做饭给你吃！"计嘉羽道。

"不欺负了！绝对不欺负了！"叶子航疯狂摇头。

何依撤除了他队长的职务，计嘉羽把他压在身下狠狠地打，他还有啥能力和威慑力去欺负别人？况且，这段时间他也发现了，只要好好修炼，修炼资源根本就用不完。

"还要再去给丁鹿道一次歉。"计嘉羽看着他道。

"为什么啊？"叶子航苦着脸道，"我上次不是道过歉了吗？"

"要真诚一点。"计嘉羽语重心长地说道，"我这是为了你好。"

"啊？"叶子航蒙了。

计嘉羽轻叹一声，回忆起昨晚半夜丁鹿出去上厕所时的场景，丁鹿出去的时间、轻巧的脚步声、回来时的笑容、角度稍微有些变化的第六根手指，诸多线索汇合起来，让计嘉羽明白了一件事。

表面上胆小怯懦、身材矮小的丁鹿，绝不像表面上那么好欺负。惹到他的人，可能会连怎么死的都不知道！

计嘉羽摇了摇头，也没过多解释，就朝着人群走去。

"羽哥，记得给我做好吃的啊！"叶子航朝他挥着手。

计嘉羽也背朝叶子航挥了挥手。

"嘉羽，你也太厉害了吧！"丁鹿迎面跑过来，一把抱住了计嘉羽。

"我也不知道我这么厉害啊。"

计嘉羽挠了挠头，看向不远处的何依，他很想立刻去问问何依到底是怎么一回事，但何依没看他，而是继续安排剩下的选拔者进行接下来的对决。

与此同时，其他人也纷纷围了过来。

"嘉羽，你是怎么修炼的啊？明明不是二阶明灵还这么厉害。"

"你可不可以告诉我怎么进行浅层冥想啊？"

"一边战斗，一边通过冥想吸收神圣之力，也太酷啦！"

大家七嘴八舌地说着，计嘉羽一时间不知道该回谁的话，又回些什么。

而就在计嘉羽手忙脚乱地应付大家的问题的时候，小楼三层最左侧的房间内，姚艺的脸色渐渐变得苍白。她终于意识到自己可能犯了个大错，一个让她母亲无法提升地位的错误！

须知，一号营地引导者的地位与被引导者息息相关，被引导者的潜力、天赋越高，引导者培养得越合适，得到的奖赏就越多。而一旦培养出的是最终的选拔者，她们就会得到大先知给予的超乎常人想象的奖赏。这也是那么多优秀的光明族人争先恐后地去一号营地当引导者的原因。

虽然都是负责选拔的工作人员，但一号营地的引导者和其他营地的观察使，地位不可相提并论。

"计嘉羽肯定觉醒了精神力，开启了第二视觉！"冯玲断然道。

"婷婷，你是怎么看出来的啊？"孟玖看向一开始就立场坚定的谢婷，问道。

"就是一开始他跟何姨说他已经入冥成功的时候。虽然很微弱，但我的确感受到了神圣之力的波动。还有就是，他进入深层冥想时能听到我们说话啊，他的超强体质啊，他那精确的损耗啊……"谢婷道，"其实疑点很多，只是咱们灯下黑，不愿相信人族能天生觉醒精神力而已。"

"的确是我们疏忽了。"孔雪道。

"天生觉醒精神力，双生圣徽，这是天才中的天才啊！"罗璇看了一眼姚艺。

这种天才进入一号营地，绝对会引起引导者哄抢的，很可惜的是，姚艺的母亲没这个机会了。

姚艺和谢婷已经签订了神圣契约，除非姚艺的母亲放弃姚艺，否则的话，她还得按照契约内容去投谢婷的妈妈一票。

姚艺可真是赔了夫人又折兵啊！难怪她现在脸色难看得不行。

就在几名观察使思虑谢婷和姚艺的得失的时候，谢婷忽然道："看完刚才计嘉羽和叶子航的对战，我才发现，我还是低估了计嘉羽。"

"怎么说？"冯玲问道。

姚艺也不动声色地望向她。

"天生觉醒的精神力也分强弱，弱一点的只是有第二视觉，可以看见圣徽的样子，让修炼者从踏上神圣之路开始就占据优势；强一点的则有灵视，灵视者不仅可以看到圣徽的样子，还能看见神圣之力。"谢婷道，"你们仔细回忆回忆，刚才计嘉羽反击叶子航的时候，他的拳和腿攻击的位置，是不是叶子航神圣之力的薄弱处？叶子航一直都在恢复神圣之力，薄弱处始终在变，但计嘉羽的攻击却很精准，这说明了什么？"

他是一个灵视者……姚艺在心中回答了谢婷的问题，她的胸口像是被狠狠捅了一刀那么难受。

计嘉羽是天才中的天才啊！

然而，这还没完。

"不论是第二视觉还是灵视，对精神力的消耗都是非常大的，但到目前为止，你们发现计嘉羽有精神力衰弱的迹象吗？"谢婷问道。

"他生龙活虎得很哪！"孟玖看了一眼下方人群中的计嘉羽，道。

"他觉醒的精神力的强度可能超乎我们的想象了。我建议将此事上报给圣耀司，让圣耀司派一个真正靠谱的人对他的精神力进行一次深入的检测！"谢婷看了一眼姚艺，在"真正靠谱"四个字上用了重音。

这时姚艺已经被气得、后悔得说不出话来。

"不过在此之前，我们还是先初步问询一下吧。"

谢婷说完，没等孔雪说出那句"只观察，不干涉"的话来，就伸手打开了窗户，向下方的计嘉羽喊道："计嘉羽，你上来一下。"

听到喊声，众人闻声望去，当他们看到说话者是谢婷的时候，都露出了羡慕和好奇的神情。

他们虽然对谢婷她们不太了解，但都清楚她们是营地里的观察使，是决定他们未来命运的关键人物。现在，她们之中的一位叫了计嘉羽的名字。

计嘉羽也有些激动，他深吸了一口气后才朝小楼走去。片刻后，他登上台阶，敲响了小楼三层最左侧的房间的门。

房间内，六人正四散站立着，全都注视着他。

"别紧张，我们叫你来，主要是想问你点事。"谢婷道。

话落，谢婷走向计嘉羽。

"嘉羽，你好，我叫谢婷。"谢婷笑道，"你可以叫我婷婷姐。"

"婷婷姐。"计嘉羽道。

谢婷见状，笑了笑，道："我现在要你仔细描述一下你从最开始修炼到现在的全部过程。"

第 10 章

一号营地

"啊，最开始？从第一次冥想开始吗？"计嘉羽愣了一下，问道。

"对。"谢婷点头道。

计嘉羽虽然有些疑惑，但还是在略作回忆后说道："当时我闭上眼睛，只过了一会儿，眼前就浮现出圣光圣徽和圣骨圣徽的样子，之后的每一次也都差不多，就是它们出现的速度会更快一些。"

只听这段话，现场六人就能百分之百肯定，计嘉羽绝对是个天生的精神力觉醒者，他一开始说的是真话！

她们不禁艳羡计嘉羽。

天生就觉醒了精神力，这在光明族中也是绝世的天才啊！

顿了顿后，谢婷接着问："你修炼前力气大吗？"

"不大啊。"计嘉羽道。

他顿了顿，又道："但最近越来越大了，可这不是修炼带来的吗？"

谢婷怔了怔，叹了口气，道："是，也不是。我们这儿是个神职者的选拔营地，虽然神职者的修炼会帮助修炼者增大力气，但这种提升很快就会达到上限，最后最多只能聚集神圣之力，为晋升到三阶打基础而已。"

"那我为什么会力气变大啊？"计嘉羽不解地问道。

"圣职者的修炼才会增大力气。我们推测你是在进行神圣双修。"谢婷道。

"神圣双修？"计嘉羽更疑惑了。

谢婷没有回答，而是问道："你最开始看到圣光圣徽和圣骨圣徽的时候，圣光圣徽是不是包裹着圣骨圣徽的？现在呢？"

"对啊对啊，一开始是那样。"计嘉羽点点头道，"但后来我就把那些圣光都给拨开了。"

"拨开了?!"谢婷六人闻言，惊讶无比。

"用了多久？"谢婷刚问出这句话就意识到自己犯傻了。

计嘉羽用了多久拨开圣光，这还用问？

十七个小时！

现场六人都知道这个答案，于是全都震惊、无语。

如果没有明神级强者插手的话，圣徽纠缠现象只有天生觉醒了精神力的修炼者可以解除，解除的速度跟精神力的强度成正比。

计嘉羽的圣徽纠缠现象极严重，解除时间却这么短，他先天觉醒的精神力之强，可想而知，说不定比她们还强许多！

在短暂的震惊、沉默后，谢婷接着道："我们基本可以确定你天生就觉醒了精神力，然后无意间解除了圣徽纠缠现象。在没有圣徽纠缠现象干扰的情况下，你进行正常的神圣双修，这在我族也是极为罕见的路子。"

听完谢婷这番话，计嘉羽有点蒙。

"天生就觉醒了精神力？神圣双修？"这些对于计嘉羽来说，都是全新的名词。

不过，原来我是天才？计嘉羽心想。

谢婷给了计嘉羽一点反应时间后，才问道："嘉羽，你的修炼状态异于常人，你怎么不说呢？"

"我说了啊，我刚开始学习冥想的时候，就告诉何奶奶了。"计嘉羽道。

"我不是说冥想，我是说你能看见神圣之力！"谢婷道。

"啊？"计嘉羽怔了一下，旋即疑惑地问道，"难道别人看不见吗？我还以为是正常现象呢。"

六人皆无言。

要是每个人族都能在明灵阶段就用肉眼看到神圣之力，那么那个人岂不是早就被选出来了？

真是搞笑！

无言了好半晌，谢婷没有再继续询问，而是转头望向其余四名观察使："接下来怎么说？"

"还能怎么说？以他的天赋，当然是直接晋入一号营地咯。"冯玲说完，环视了一圈，"你们怎么说？"

"我同意。"孔雪道。

"我同意。"罗璇道。

"我也同意。"孟玖道。

"那我现在就去上报圣耀司。"谢婷道。

"小艺，你说呢？"罗璇没接谢婷的话茬，而是看向姚艺。此时姚艺正脸色苍白地沉默着，连罗璇问她话她都没听到。

"小艺？"罗璇又叫了一声。

"啊？"姚艺这才反应过来。

"我们正在表决计嘉羽是否直接晋入一号营地。"罗璇道。

"当然直接晋入。"姚艺说完这句话后，飞快地看了谢婷一眼，旋即匆匆地说道，"我还有事，就先走了，计嘉羽晋入一号营地的事，我会上报圣耀司的。"

话落，姚艺没给五名观察使说话的机会，直接拉开房门，就这么走了。

"这……"冯玲怔了两秒，看着谢婷道，"婷婷，你说她会不会输不起啊？"

"契约上的内容，她肯定会遵守的，但我了解她，她肯定不会这么轻易让我好过的。"谢婷道，"所以我要赶在她前面到圣耀司。"

眼见谢婷也要走了，计嘉羽忙问道："婷婷姐，我想问一下，一号营地是什么地方啊？"

从她们几人的交谈可知，一号营地是天赋高者才会去的地方。

谢婷闻言，笑着道："那是所有优秀的选拔者最终要去的地方，是最后的选拔场所。"

果然！计嘉羽高兴不已，旋即发现了盲点，于是问道："正常情况下，还要经过几轮选拔才能进一号营地啊？"

"三轮。"谢婷道。

"下一次如果我再通过选拔的话，会去哪儿呢？"计嘉羽问道："要是没通过呢？"

"通过？"

听到这两个字，几名观察使对视了一眼，神情多少有些复杂。

这么多年来，进入一号营地的选拔者没有一千也有八百，纵使计嘉羽的天赋非常高，在数十万名选拔者中可以名列前茅，但他会是那个人吗？

五名观察使也不清楚。

沉默了几秒钟后，谢婷笑道："你就放一百个心吧，先不说成功，即便失败了，你也不用担心将来，以你的天赋，圣耀司绝对会好好培养你的。"

听到这句话，计嘉羽骤然松了口气。

其实对他来说，最终选拔成功与否那都是次要的，只要能获得强大的力量就行。既然谢婷说他的天赋奇高，圣耀司肯定会培养他，那他未来的修炼、教育资源肯定不会差吧。

如此一来，计嘉羽对自己修炼有成的信心又多了一分。

"好了，我先走了，如果不出意外的话，我两天后就回来，到时候圣耀司的人也会跟我一起来带你去一号营地的。"谢婷道，"所以这两天你就抓紧时间和朋友们道别吧。"

"道别……"计嘉羽神色微黯。

刚才太兴奋了，直到谢婷提醒，他才意识到自己又要跟刚熟悉的朋友道别，然后去新的环境了。

"那我先去找他们了啊，婷婷姐。"计嘉羽看向已经站起身的谢婷。

谢婷朝他摆了摆手："去吧。"

"几位姐姐再见。"计嘉羽又朝其他几名观察使挥了挥手，然后转身推门而出。

他走之后没多久，谢婷也出发去神圣城了，其余四名观察使则继续关注着草坪上的对决。

与此同时，回到下方草坪的计嘉羽再一次被围了起来。

"嘉羽，观察使姐姐们找你什么事啊？"

"是不是因为你赢了叶子航啊？"

"你通过选拔了吗？"

大家叽叽喳喳地问了起来，有人无心，有人有意。

"呃……"

面对他们的问询，计嘉羽不知道该说些什么，毕竟这件事着实有点复杂。

好在丁鹿跑过来帮他解了围。

"嘉羽累啦，我们要先回去休息啦。"丁鹿边说边拉起计嘉羽的手往小楼里跑。

"你不比了吗？"计嘉羽忙问道。

"我比完啦！我赢了！"丁鹿喜滋滋地说道。

"真棒！"计嘉羽也露出了笑容。

等两人回到寝室里坐下后，计嘉羽也不等丁鹿说话，直接道："刚才观察使姐姐跟我说，我通过选拔啦，过两天就要去一号营地了。"

"真是羡慕啊！"丁鹿顿了一下，紧跟着毫不掩饰地说道，"不过你别得意，我很快也会通过选拔的。"

"那你可能要先去练练胆了。"计嘉羽笑道。

"瞎说什么呢你！"丁鹿脸一红。

"哈哈哈哈。"计嘉羽大笑起来。

两人闲聊了一阵后，又都投入了专注的修炼中。这一场初选过后，计嘉羽的待遇让两人都对修为、实力有了更深的认知，于是他们修炼起来越发刻苦了。

不过，没多久，计嘉羽又被何依给叫了下去，他差点都忘了自己还有一场对决呢。

但这第二场对决着实没有什么悬念可言，计嘉羽轻松赢过了对手，获得了胜利。

没多久，对决全都结束了。

何依站在树下，面对着二十名选拔者，忍不住轻轻地叹了口气。她虽然跟他们相处的时间不算长，而且每隔一段时间就会送走一批人，可也许是年纪大了吧，她仍然会有些伤感。

但伤感又能怎么样呢？

她吸了口气，然后念出了一个个名字。

"程雨彬。"

"潘行纬。"

"杜择。"

……

"叫到名字的人，我很遗憾，你们没有通过初选，接下来会有人安排你们去启明城的。"何依道。

启明城，也就是那个叫张昊廉的男孩口中的孤儿城。据陈妙一说，那是一座专门为选拔失败者建立的城市。

被念到名字的十个人有些发愣，有的脸已经垮了下来，有的还没意识到发生了什么。

"放心吧，那是一座很棒的城市，你们在那里会生活得很好的。"何依道。

"啊——"忽然间，有一个男孩号啕大哭起来。

他的哭声瞬间引起了连锁反应，其余九个被淘汰的人也忍不住大哭了起来。

听着他们的哭声，十个通过选拔的人也不再高兴或庆幸，而是沉默着。接下来他们还要继续进行选拔呢，说不定下一个哭的就是他们了。

虽然他们一直都知道这场选拔不是开玩笑的，但总归要事到临头，那种无可奈何的感觉才会格外深刻。

引导者

在哭声中，几名工作人员推开了院落的铁门，在十名淘汰者不情愿的挣扎下，把他们全数带走了。

尽管知道他们去了启明城后，会得到比在蓝域孤儿院时好得多的待遇，甚至可以继续修炼，拥有改变命运的能力，可余下的十个人，包括计嘉羽在内，还是忍不住心有戚戚。

他们生来孤独，寄人篱下，尝尽冷眼，难免有兔死狐悲之感。

"咔咔。"

铁门缓缓关闭，现场气氛严肃。

面对剩下的十个脸色微显苍白的人，何依有些心疼。她轻咳一声，吸引了他们的注意力，然后道："还有一个好消息。"

大家顿时紧张地竖起耳朵。

"计嘉羽通过选拔了。"

话音落下，九道目光立刻朝计嘉羽望去。

虽然丁鹿提前从计嘉羽那里知道了这件事，但听计嘉羽讲是一回事，听何依讲又是另一回事，他脸上不能免俗地露出了一丝羡慕。

其他八个人有羡慕的，也有嫉妒的。

在羡慕、嫉妒甚至恨的同时，他们纷纷有了强烈的紧迫感，同时忍不住腹诽：这算什么好消息啊！须知，一个选拔营地只有两个选拔名额，计嘉羽占了其中之一，那就只剩下一个了啊！

不过，叶子航的反应不像其余八人那样大。

他虽然败给了计嘉羽，但作为整个营地天赋、修为最高者，拿下第二个名额的概率仍然很大。

就在众人心思各异的时候，何依接着道："他通过选拔的原因比较特殊，所以不占咱们营地的选拔名额，也就是说，接下来，你们九个人中，还是有两个选拔名额。"

听到这番话，大家先是一愣，旋即全都欢欣雀跃起来，但紧迫感并没有因此减少。

毕竟哪怕依旧剩下两个名额，想要得到其一仍然不容易。他们也都明白，叶子航有极大可能会占据一个名额。

"好了，下一次选拔会在一周后进行，你们该休息的休息，该修炼的修炼吧。"

何依说完，朝计嘉羽招了招手："小羽，你过来。"

计嘉羽应了一声，然后转头看向丁鹿。丁鹿朝他眨了眨眼，便和其他人一起散去了。

计嘉羽回过头，小跑到了何依身边，何依轻轻拉起他的手，在洒满夕阳余晖的草坪上慢慢地走了起来。

最后，何依拉着他坐在树下的椅子上，看着他道："小羽，之前是奶奶疏忽了，没有看清你的天资，耽搁了你的修炼，在这里，奶奶要向你道歉。"

计嘉羽忙道："何奶奶您别这样，这怎么能怪您呢！"

"就是怪我啊，终究是年纪大了，有点跟不上世界的变化了。"何依轻叹一声，"这些年我虽然对外界关注得少，但也听说人族三域都在迅猛发展，所以才能出现你这样的后裔。"

计嘉羽沉默着没说话。

说实话，别说人族三域了，他对自己出生的蓝域都不甚了解。

"总之，到了一号营地，好好努力。"

说这句话的时候，何依心中轻嘲一声：虽然努力也可能没什么用。

她不是在嘲讽计嘉羽，而是在嘲讽整个选拔者计划。毕竟，这么多年过去了，那个人始终没有出现。随着年纪越来越大，她时不时就会怀疑一下这个计划的正确性。

计嘉羽看得出何依只是在说些客套话，但他还是看着她，认真地说道："何奶奶，放心吧，我一定会努力，不会让您失望的！"

虽然他们相处的时间短，但何依对他着实不错，他是一个知恩图报的人。

"你们十个通过初选的人，每人都有五块神圣晶石的奖励，我放在办公室的桌子上了，你去取了分发一下吧。"

说完这句话，何依松开计嘉羽的双手，向他挥了挥。

"好的，奶奶再见。"

计嘉羽也朝她挥了挥手，转身向小楼走去。

走到门口的时候，计嘉羽回头，只见何依沐浴在夕阳的光芒下，有种暮气沉沉之感。

多少年来，何依一直在等待那个人的出现，其间也遇到过许多奇才，好几个都只比计嘉羽差一线，可终究不是那个人。

她已经老了，去见太阳女神前，也不知道还能不能等到那个人。

"唉。"

也不知道是不是错觉，计嘉羽听到了一声沉沉的叹息。

放心吧，何奶奶，我不会让您失望的！计嘉羽在心里说道。

小楼中，除叶子航外的人都在等计嘉羽。看到计嘉羽推门进来，大家立刻围了上去，兴致勃勃地问询起来。

"嘉羽，观察使是怎么跟你说的啊？"

"选拔成功后是要去哪里啊？"

"何奶奶为什么会说你通过选拔的原因比较特殊啊？"

面对大家的热情问询，计嘉羽仍然不太好解释——总不能告诉他们自己跨越了好几轮选拔，直接去了一号营地吧！

他只能领着众人去何依的办公室，把何依准备好的神圣晶石一一分发，安抚住了众人。

众人见问也问不出来什么，心里都有了些小情绪。有人觉得计嘉羽小气，有人觉得他可能被选去了不好的地方，但这些也都只是猜测，最终大家都带着不同的心思回去修炼了。

计嘉羽通过选拔了，他们可还没有呢！

之后的一天时间，计嘉羽在修炼的同时，也给丁鹿传授了自己的修炼经验。

两人虽然相处的时间不算长，但已经结下了友谊。

就在初选结束的第二天下午，夕阳西下，十个选拔者正在食堂吃饭呢，忽然间，他们齐齐朝着西边望去。

随着日夜不停的修炼，他们对神圣之力逐渐有了更深的认知，因此可以感知到西边正有十几道带着磅礴神圣之力的身影飞速而来。

小楼三层的观察使们也纷纷望向西边。

"怎么回事？"

四人都有些搞不清情况。

她们都是六阶明尊，具备超越常人的精神力，所以比选拔者们更能清楚地感知到，那十几道身影，每一个带有的神圣之力都比她们全身蕴含的多得多。

换言之，来者必然是明圣级别的强者！

"不会是一号营地的引导者吧？"孟玖猜测道。

"很有可能。"冯玲点了点头，"虽然快了点，但也在合理范围，计嘉羽是有这么抢手的。"

"但是明圣级强者也没法来这么快吧！"

"七阶明圣可能不行，但八阶、九阶就说不准了。"罗璇道。

"明圣快归快，姚艺和婷婷去神圣城哪有这么快啊？"

就在四名观察使交谈的时候，那十几道身影越来越近，逐渐在她们四人的感知中显露出了真容。

原来那不是一位位明圣级强者，而是一道道纯粹由神圣之力凝聚而成的人形光影。

"神圣降临！"

"圣纹投影！"

四名观察使见状都惊讶无比。

神圣降临和圣纹投影分别是明圣级强者才能修习的圣术、圣技，虽然名称不同，但都是利用神圣之力凝聚出类似于身外化身的手段。

这身外化身只有本尊五分之一的实力，但强在更加契合天地，拥有更快的移动速度，可以主导施展一些难度较高的组合圣术。

不过，由于每次使用都至少需要一周的时间恢复神圣之力，所以在正常情况下，鲜少有明圣会使用。

"看来一号营地的引导者们对计嘉羽的重视程度还超乎我们的想象啊！"冯玲不禁感叹。

"据说这跟魔域近些年的异常活跃状态有关，高层在给她们施加压力。"罗璇轻声道。

"魔域……"听到这两个字，孟玖眼中闪过一抹恨意。

与此同时，刚刚还在吃饭的选拔者们纷纷涌出小楼，望向西方。

短短几十秒后，十几道沐浴在夕阳光芒下的金色光影便飞掠而至，悬停在他们身前。

这些光影的形象全都是身材修长的女性。

主宰七海六域之一的神圣澄海的光明族，是一个纯女性社会，她们靠着分裂繁殖和血脉培养维持着种群的繁衍。

不过最近几十年，随着人族选拔者逐渐融入光明族社会，不少偏远地区已经有胎生的混血儿降生了，这极大地改变了光明族的社会形态。

"哇，这些姐姐也太美了吧！"

望向天上的光影，有几个女孩子的眼睛里仿佛亮起了小星星。

男孩子就还好，看到这群大姐姐，所思所想全都是她们的来意。

"是咱们选拔营地发生了什么事吗？"

"不会是临时的考核吧？"

"是发现我是天才了吗？"有人激动地说道。

"你想得也太多了吧，哈哈哈！"有人立刻反驳。

"该不会是来接嘉羽的吧……"丁鹿小声地说道。

"不太可能吧……"

有个人说道："我这两天查到资料了，咱们这些选拔者一共要经过四轮选拔才能晋入一号营地，参加最后的选拔。计嘉羽才经过了一轮选拔，怎么可能会引出这种动静？"

"四轮选拔，一号营地……"

其他人闻言，纷纷发怔，而后都茫然起来。

这选拔也太多轮了吧，自己真的可以成为那个人吗？

而就在众人思绪纷飞时，愣了一两秒的丁鹿方才转头看向计嘉羽，迟疑地问道："嘉羽，你之前是不是跟我说过，你被选拔去了……一号营地？"

话音落下，全场皆惊。

所有人都不可思议地望向计嘉羽，叶子航甚至惊呼出声。

诱人的条件

伴着叶子航的惊呼，悬停于空中的十几道光影纷纷垂下目光，继而缓缓地飘落下来。

"你们谁是计嘉羽？"降落到众人身前后，其中一道身姿袅娜的光影发出了空灵的声音。

众人闻言，皆把目光投到计嘉羽身上。

计嘉羽听到自己的名字，心中有些紧张，但还是第一时间站了出去，道："我是。"

话音落下，那十几道光影的眼中猛地迸射出金色光芒，如同正午的阳光一般，照耀到计嘉羽身上。

计嘉羽被吓得侧身偏头，但光芒温暖，如同水般包裹着他，很快便让他安下心来。

十几秒钟后，完成初次检测的引导者们开始激动地交谈起来。

"是双生圣徽没错！"

"修炼进度也很快，马上要晋入二阶明灵境了。"

"精神力距离精微境只有一线之隔。"

"果真是个天才！"

"这种天才，必须由我来引导，才不会浪费他的天赋！"

"想什么呢！丁宁，论指导选拔者的经验，我可多了你不止一筹！你心里怎么就没点数呢？"

"在场这么多人，谁的指导经验就浅薄了？"

"要我看啊，不如投票吧。"

"投票？投什么票？谢雨薇，你当我们傻吗？这么好的苗子，谁肯放弃？你女儿跟姚艺打赌，赢了姚颖一票，我们可不跟你比票数！"

"那你们说怎么办？"

"我看不如这样……"

……

眼见这群地位明显颇高的女子因计嘉羽争吵了起来，现场的选拔者们全都羡慕得要死。

计嘉羽也愣住了，他也不知道自己这么抢手啊。

"羡慕啊！"一旁的丁鹿忍不住用肩膀顶了计嘉羽一下。

"别羡慕，你以后肯定也会有这样的待遇的。"计嘉羽闻言，反应过来后，拍了拍丁鹿的肩膀。

丁鹿苦笑一声："别安慰我了，这点自知之明我还是有的。"

计嘉羽一时无言。

小楼三层，四名观察使看到十几个明圣为了计嘉羽争吵不休，同样感叹不已。

计嘉羽还是个人族，他要是个光明族人，说不定明神级强者都会被惊动，然后跑过来抢人。

这是多少光明族人小时候梦中的场景啊！

沉默了一会儿后，冯玲最先反应过来，紧跟着道："走走走，下去看热闹了！"

"走吧，我也想知道最后究竟是哪个圣者能赢。"孟玖道。

罗璇和孔雪也下了楼。

而在她们之前，何依已经去到了计嘉羽的身边。她望向草坪上的十几道光影，微微皱了皱眉头："吵什么吵，都是明圣了，还这么不成体统！"

众多光影闻声，纷纷转头望去，当她们看到说话人是何依时，全都展颜笑了，态度也变得恭敬起来：

"原来是何老师！"

"何老师好。"

"何老师好。"

何依轻嗯了一声。

旋即，她拉起计嘉羽的手，道："小羽是我营地里的选拔者，我得对他负责。你们呢，都清楚他的天赋，所以收起心里那点小心思，各自报条件，谁最有诚意，我就推荐他选谁。"

话落，她低头看了一眼计嘉羽，道："小羽，你相信奶奶吗？"

"当然相信。"计嘉羽毫不犹豫地说道。

"你们听到了？"何依望向十几道光影，道。

"听到了。"十几名明圣纷纷苦笑。这么多年过去了，何依一点儿都没变，还是那么愿意护着这些选拔者。

一说到报条件抢人，大家都沉默了。

半晌后，一个肌肉壮硕的短发女子轻咳一声，道："喀，小羽，一号营地的选拔呢，跟你想象中的可能有点不太一样，虽然需要高强的修为，但又不全靠修为，还得看其他方面的素质。

"我的修为可能不算在场诸位中最高的，但我当年在光明军中服役时，也曾拿下过两枚英勇勋章、一枚神圣勋章。在品质修炼这方面，我可以充分地帮到你。"

她的话像是引起了连锁反应，又有一个引导者道："我是八阶后期明圣，家里有矿，神圣晶石矿，如果选择我作为你的引导者，我可以为你提供最好的修炼资源，至于英勇勋章嘛，我倒也有一枚。"

"我可以给你提供顶级的修炼资源。"

"我有调教出多名明圣的经验。"

"我对圣术、圣技有非常深的研究。"

"我在精神力方面远超她们。"

"资源我比她们多，勋章我比她们多，修为、圣术、圣技我都比她们强，嘉羽，你没道理不选我。"

"少在那里吹牛！你能提供的资源怎么就比我多了？不过是几块英勇勋章，你也有脸拿出来说！"

"呵，论修为，我不是针对谁，在场的人除了何姨，全是渣滓。"

……

十几名引导者报着报着自身的条件，又忍不住激烈地争吵起来，看得、听得一众选拔者艳羡不已，瞠目结舌。

"她们的条件，你都听到了？"何依低头看着计嘉羽。

"嗯。"计嘉羽点了点头。

"你听下来，觉得哪个最吸引你？"何依问。

"她们三位。"计嘉羽伸手指了三人。

当计嘉羽说话时，正在争吵的众人顿时安静了下来，被指到的三人忍不住眉开眼笑，紧跟着互相对视，眼中有电光闪烁。

其他十几位引导者也没提出异议，而是望向计嘉羽，想等他给一个解释。

何依扫了一眼计嘉羽指向的三人，有些恍然。

这三人给计嘉羽报的条件都有一个共同点，那就是能提供大量修炼资源，保证他神职、圣职、精神三方面的修炼，同时也兼顾了圣术和圣技，至于什么"品质修炼"，完全不在计嘉羽的考虑范围内。

要达到目标，计嘉羽需要强大的实力！

"唉。"何依轻叹一声，叮嘱道，"既然这是你的选择，那我肯定支持，但我要强调一下，在掌握强大实力的同时，绝对不能偏离你善良的本心。这对你自己很重要，对通过选拔也很重要。"

"我知道的，奶奶。"计嘉羽认真地说道。

他话音落下，抬起头，刚想对三名引导者说话，其他引导者纷纷改变了吸引策略，开始把其他的东西省去，纯粹用修炼资源和提升实力来诱惑他。

大家都鼓足了劲，一时间，计嘉羽又纠结起来。

其他九名选拔者静静地看着、听着，心中燃烧着一团火，一团羡慕、嫉妒的火。他们多想自己是计嘉羽啊，很可惜，他们不是。

"到底选哪个呢……"计嘉羽很纠结。

大家的条件都很好，好到他无法抉择。

随着竞争逐渐变得激烈，大家都开始加码，提的条件让四名观察使都忍不住眼热。

而就在十几名引导者竞争最激烈的时候，一道懒散的声音忽然响起："计嘉羽，她们给出的条件都很好，我给的条件比不过她们，只能保证你正常的修炼资源，并全力教导你，但我能向你做一个承诺，即便你选拔失败，我也可以管你十年的修炼资源和教育资源。"

此话响起，现场顿时安静了下来，所有引导者都望向说话的人。

"卢珊，你疯了吧？"有引导者沉默片刻后，重重地说了句。

计嘉羽也不禁将目光投向那个叫卢珊的引导者。

她的话让计嘉羽警醒过来——刚才众多引导者给出的条件虽好，但都仅限于他在一号营地期间，那万一中途发生了什么意外，他无法通过最后的选拔呢？他不是又要被抛弃了？

相比之下，卢珊给出的条件就显得诚意满满了。

须知，一号营地引导者的目的是培养出"那个人"，为此她们要不断地进行尝试，也不能把宝全押在一个人身上。

假如计嘉羽不行的话，引导者们还得继续找下一个，那在他不行的情况下，还继续供养着他，岂不是浪费资源吗？

"卢珊，你就这么相信他啊？"有引导者忍不住问道。

卢珊道："这么多年来，咱们选谁不是在赌？我把赌注下到最后希望上，有什么问题吗？"

"……"

她的话，让所有引导者都无语了。

计嘉羽虽然很有希望，可几十年来，有希望的人太多了，最终都没能通过选拔。

长久以来的失败让她们变得很谨慎，哪怕计嘉羽天赋卓绝，她们也不敢孤注一掷。

"既然你决心这么大，那我就不跟你争了。"

"卢珊，你自己都是靠着引导者这份工作的待遇在修炼，若分出一部分给计嘉羽，耽搁了自己的修炼，你真觉得值吗？"

"你再仔细考虑考虑，如果还是这种想法，那我也算了。"

卢珊表情平静，道："不考虑了，这就是我最后的决定。"

话落，卢珊望向计嘉羽，问道："小家伙，你怎么说？"

计嘉羽在思考。

见计嘉羽态度并不坚定，其余十几名引导者心中一动，再度出言相劝。

"小家伙，那你也再仔细考虑考虑，你的天赋很好，说不定真有可能通过选拔，那就用不着考虑落选之后的事了。"

"要对自己有信心嘛。"

"就是，而且一号营地的选拔期最少也有五六年，五六年的时间，以你的天赋，足以修炼到明尊了，到时候你自己也能赚取修炼资源。"

　　"做人呢，要一往无前嘛，不要未虑胜，先虑败嘛。"

　　"……"

初始契合度

听着众多引导者的劝导之言，计嘉羽心中的想法反倒变得坚定起来，最后，他做出了决定。

他先是朝着众位引导者深深地鞠了个躬："多谢引导者姐姐们对我的喜爱。"

话落，他又看向卢珊，道："但我还是想选择卢珊姐姐。"

听了计嘉羽的话，全场皆寂。

好一会儿后，才有一个引导者不死心地问道："能告诉我为什么吗？"

计嘉羽直视着这名引导者，缓缓地说道："我哥哥告诉我，无论在什么情况下，都要做好最坏的打算，所以，对不起了。"

"好吧。"

话已至此，引导者们也没什么好说的了。

"既然如此，计嘉羽这个好苗子就交给你了啊，卢珊，可千万别辜负了他的天赋啊。"

"先走了。"

"我也走了。"

"何老师，下次有时间再来看您。"

见劝说无望，众多引导者纷纷撤除圣纹投影和神圣降临，很快，现场就只剩下卢珊一位引导者了。

她看着计嘉羽，道："我的本尊还有四个小时就能抵达此处，到时候我会先跟你签订神圣契约，然后带你去一号营地做初始契合度的测试。"

计嘉羽不知道什么是初始契合度，但还是点了点头道："好的，珊珊姐。"

卢珊朝计嘉羽点了点头，又向何依说了声："再见，何姨。"

"去吧。"何依摆了摆手。

下一秒，圣光散去，一切归于平静。

"去准备准备吧。"何依摸了摸计嘉羽的头，道，"记住，去了之后要努力，保持善良的本心。"

计嘉羽认真地说道："我知道的，何奶奶。"

何依笑了笑，转身走入小楼。

这时，丁鹿等人才朝计嘉羽围了过来。

他们的脸上全都写满了羡慕。

"嘉羽，去了一号营地可不要忘了我们啊！"

"当然不会忘。走吧，咱们吃饭去。"计嘉羽朝大家招了招手。

"走走走，吃饭去。"

在众人围向计嘉羽时，叶子航凭借庞大的身躯挤到了计嘉羽身边，眼巴巴地望着他。

计嘉羽偏头看向叶子航，觉得有些好笑，道："你加油，等你来了一号营地，我会给你做好吃的，不会食言的！"

"你保证！"叶子航大喜道。

四个小时后，伴着一道低沉的鸣叫声，卢珊驾驭着一匹双翼独角白色天马从远方飞来，降落到草坪中。

计嘉羽和其他人早早就等候着，看到白色天马时，他们都忍不住露出了惊讶的神色。

"这也太酷了吧！"有个人道。

天马落地后，迈动马蹄轻轻走动了几步，来到计嘉羽面前，一身淡绿色劲装的卢珊朝他伸出了右手："走吧。"

计嘉羽握住卢珊的手掌，整个人被卢珊轻轻地拉了起来，落在她身后的马背上。

小楼三层最左侧的房间以及二层的办公室内，四名观察使和何依望向计嘉羽，计嘉羽也看向她们，朝她们挥了挥手。

"坐好，走了。"卢珊朝二楼窗台的何依点了点头，然后轻轻一夹马腹，天马嘶鸣了一声，紧跟着振翅而起，飞向天空。

"再见！"丁鹿朝计嘉羽大喊着。

"再见！"计嘉羽也朝他挥着手。

凛冽的风呼啸着，但随着一道透明的光幕自上而下将两人和天马笼罩住，风声便消失了。

天马的羽翼扇动间，下方的建筑和人飞快变小，很快，计嘉羽就再也看不清营地和草坪上的人了。

这时，马背上的计嘉羽才开始环视四方。

往南方看，他看到了一片一望无际的金色海洋，往东方、西方和北方看，则看到了连绵成片的茂密森林，云雾缭绕，偶尔会遮挡住他的视线。看着这些从未见过的风景，计嘉羽内心深处激动极了。

但是，再好看的风景终有看腻的时候。

等到计嘉羽终于平静下来，他的思绪才活泛起来，于是他出声问道："珊珊姐姐，我想问一下，初始契合度是什么啊？"

"初始契合度……"坐在他前面的卢珊闻言，平静的脸庞上闪过一抹复杂的神色，好半晌才缓缓地说道，"要理解这个概念，你首先要知道，你现在正在参与的这个历时久远而庞大的选拔计划，是在为一个宝物寻找主人。"

"什么宝物啊？这么厉害！"计嘉羽惊叹道。

"我也不知道。"卢珊沉默了一下，摇了摇头，"我只知道是个宝物，所有引导者都只知道是个宝物，但不知道具体是什么。"

"好吧……"计嘉羽茫然地点了点头后，继续问道，"那为什么那个宝物的主人非得是人族呢？"

"我也很奇怪，我们都很奇怪。"卢珊又沉默了，半晌后才道，"不过这是大先知的命令，我们只能遵从。"

"大先知？"计嘉羽的语气很是疑惑。

卢珊转头看了计嘉羽一眼，想了想，道："我先给你讲解一下我们生活的世界吧。"

"好啊。"计嘉羽闻言，精神振奋了起来。

从他出生到现在，这个世界对他而言就像蒙着一层迷雾。他只知道他出生的地方是蓝域的光明城，统治蓝域的国家名为自由国度，而他现在所处的地方是神圣澄海的天堂岛，统治这座堪比大陆的海上岛屿的族群是光明族，仅此而已。

"我们生活的这个世界被称为法蓝星，法蓝星上共有七海六域，其中人族占有圣、法、蓝三域，另外三域则是魔域、妖域和兽域。别看人族占了三域，其实无论是域境面积还是国家的综合实力，就算把人族三域加起来，也抵不过妖、魔、兽三域中的任何一域。人族非常孱弱，人族三域的土地也非常贫瘠。

"七海则是神圣澄海、岩浆赤海、污浊黄海、幽冥青海、生命绿海、深渊紫海和无尽蓝海。

"咱们神圣澄海在七海六域中不算最强，但也不算很弱。目前统治神圣澄海的是神圣王国，但这只是明面上的。实际上呢，神圣王国的国王也是由神圣教派确立的，教派的教宗也被称为'大先知'，她才是神圣澄海真正的第一人。

"你现在要去的一号营地，就隶属于神圣教派的圣耀司。"

计嘉羽听完后，总算对这个世界有了些了解。

可随着知道的更多，他的疑惑也更多了，但卢珊也没有再过多解释，在她看来，这种常识性的东西，以后计嘉羽慢慢都会懂的。

接下来的一整天时间，卢珊驾驭天马，带着计嘉羽飞跃了大半个神圣王国，途中看到的高山、湖泊、悬崖、瀑布、裂谷等奇妙的风景，让计嘉羽大开眼界。

又经过三次落地停歇，半天后，卢珊驾驭天马穿越云层。

远方，两座巍峨的大山撞入了计嘉羽的眼中，占据了他的全部视野。

两座山都高达数千米，一金一白，左右相对，高度相同，如同通往异世界的大门，大门后是连绵不绝的雪山以及天穹。

看着这两座大山，计嘉羽忍不住深吸了一口气，它们实在是太壮观了！

"左边金色的是神山，右边白色的是圣山，它们同属于神圣山脉，一号营地就在两山间的一处山谷中。"卢珊向计嘉羽介绍道。

他们穿过云层，飞向下方。在卢珊的指引下，计嘉羽看到了那座山谷间的营地。它虽是营地，规模却极大，完全是一座小城市。

营地中到处都是两三层楼高的木质建筑，如密集的树木一样铺满了整座山谷。山谷中，蚂蚁一样的人们来来往往。

片刻后，卢珊和计嘉羽从一号营地上空缓缓地降落到一片停满天马的马场。

两人才落地没多久，就有两名身穿皮甲的女子跑过来，朝卢珊恭敬地行礼后，这才牵起天马的缰绳将它拉走。

"走吧，带你去住的地方。"卢珊侧头看了计嘉羽一眼。

"嗯。"

来到新的环境，计嘉羽第一时间开始观察。

马场位于一号营地的正北方，两人从北向南慢慢前行。一路上，计嘉羽看到了许多人族的男男女女，他们年纪有大有小，每个人体内都蕴含着不俗的神圣之力。他们看到计嘉羽时，都忍不住露出了惊讶的神色。

原因很简单，计嘉羽年纪太小了。

年纪小却能来一号营地的原因只有一个——他是个天才！

不过这里的人族选拔者并没有因此而产生压力，在一号营地待了这么些年，他们早就明白了，天赋高在最终选拔里所占的优势并没有想象中的那么大。

他们在观察计嘉羽时，计嘉羽也在观察他们，毕竟这里是一号营地，这些人都是他的竞争对手。

说实在话，他对卢珊口中的宝物其实没太大兴趣，因为他懂得一个道理，能力越大，责任更大。更何况，当光明族赋予你能力的时候，你要承担的责任便也由她们决定。计嘉羽暂时只想获得强大的力量，去完成自己的目标。

他只需要保证自己不被淘汰，然后能够获取更多资源就行了。

穿越人群和众多建筑后，卢珊带着计嘉羽来到一条巷子内的两层小楼前。

卢珊用钥匙打开房门后，随手递给了计嘉羽一把备用钥匙，道："这是我家，以后你就住这里。先把你的东西放下，然后咱们就去圣耀台做初始契合度的测试吧。"

"好。"计嘉羽说完，跟着卢珊进了屋，上了二楼。

二楼有三间房，卢珊指着左边的房间道："那是你的房间。"

"珊珊姐，那我先去放东西啦。"

计嘉羽转身推门而入，眼前豁然开朗。

这个房间很大，有五十多平方米，盥洗室、衣橱、柔软的大床和透着阳光的窗户应有尽有，不过计嘉羽看了一眼就收回了目光。

相比起住处，他更想知道自己跟那个宝物的初始契合度是多少。这关系到他未来的人生。

片刻后，卢珊带着计嘉羽出了门。才一出门，计嘉羽就看到了一道道熟悉的身影，听到了一道道熟悉的声音。

环视一圈后，他发现面前站着的，全都是两天前跑去营地争抢他的引导者。

"珊珊，走走走，我好奇死了，这种天赋高的选拔者，初始契合度会是多少呢？"有一个引导者走到卢珊身边，说道。

"会不会破纪录啊？"

"应该会吧，历数过往几十年，他的天赋也是数一数二的吧？"

"小家伙，你紧不紧张啊？哈哈哈……"

"紧张啊。"

计嘉羽听着引导者们的话，对初始契合度的重要性有了更深一步的认识，心中既激动、好奇，又紧张。

与此同时，四面八方开始围聚起一些人族选拔者，他们听到引导者们的交谈，同样产生了好奇心，纷纷朝着计嘉羽望去。

计嘉羽扫视了他们一眼，从他们身上感受到了强大的神圣之力，不由得暗暗心惊。

因为他们比他强太多了，所以他也分辨不出他们的具体实力，但他们估计大多是三阶明灵，少部分是四阶明尊，有没有五阶明尊就不好说了。

"走吧。"卢珊瞥了他们一眼，什么也没说，左掌轻轻地拍了拍计嘉羽的背部。

卢珊的手掌仿佛让计嘉羽有了支撑，他整个人放松了不少，紧跟着卢珊，朝圣耀台的方向走去。

人族选拔者们也跟在众多引导者和计嘉羽的身后，一副看热闹的架势。

百分之一

一号营地向北行五公里，穿越茂密的森林，便可以看见一汪烟波浩渺的大湖。

此时正值清晨，温暖的晨曦洒落，湖面上波光粼粼。

计嘉羽、卢珊以及一众引导者和选拔者此时全都站在湖岸上。

只见卢珊往前迈出一步，双脚踏空，悬在湖面上，而后缓缓地平伸出右手，紧跟着，点点金光从其指尖溢出，萦绕在空中。

随着卢珊指尖的晃动，金光如同丝线一样旋转起来，最后勾勒出一个轨迹奇特的玄奥图案。

图案甫一成形，立刻绽放出璀璨的金光，金光瞬间化成两个巨大的手掌，探入湖中，拉窗帘似的将湖水向两边拨去。

伴着哗啦啦的水流冲击声，两道水中瀑布飞快呈现，湖泊瀑布间，竟有一条由玉石砌成的浮空道路，道路尽头则是一座巨大的金色圆形石台，那就是圣耀台。

圣耀台和玉石道路虽然常年在水下，但没有水渍、水藻，反而金光闪闪的，无比神奇。

计嘉羽本来正在为金掌分水而震惊，可当他看到圣耀台的那一刻，整个人都呆住了。

不知道为什么，他有种感觉，远方的圣耀台正在向他发出呼唤，令他忍不住朝前迈步。他踏上了玉石道路，脚步落下，玉石路纹丝不动，宛如实地。

看到计嘉羽面容呆滞地走向圣耀台，卢珊有些奇怪，但还是跟在他身后，一起向圣耀台走去。

其他引导者和选拔者则留在岸边，远远地观望。

近了，更近了。

随着计嘉羽离圣耀台越来越近，那种被呼唤的感觉也越发强烈。

他不禁加快了步伐。

走在他身后的卢珊微蹙眉头，觉得有些不太对劲。

又隔了几秒钟，计嘉羽甚至开始奔跑起来。

这时，卢珊终于忍不住了，她直接腾空而起，飞到计嘉羽身边，看向他，问道："怎么回事？"

正常情况下，选拔者被带来测试初始契合度，都会紧张得不知所措，而计嘉羽的表现完全是另一种状态。

"我感觉它在呼唤我。"计嘉羽转头看着卢珊，呆呆地回道。

"呼唤？"卢珊绝美的面庞上闪过一抹讶异之色，"呼唤？是怎样呼唤的？"

"像是有什么东西期望我去触碰它。"计嘉羽说完这句话，加快了奔跑的速度，"我有点控制不住自己。"

卢珊从没遇到过这种情况，一时间也不知道该怎么办。

略作思量后，她决定跟在计嘉羽身边看着，一旦发生了什么不对劲的情况，她就立刻出手阻止。

同时，她张口说了一段话，用神圣之力将其压缩，送到在湖边站立着的引导者们的耳边。

引导者们听卢珊描述了计嘉羽的异常状态，都感到很惊讶，有一名引导者旋即起身飞向营地，去通知营地高层。

两分钟后，计嘉羽从玉石路的尽头一跃而下，落在了圣耀台的圆形台阶上，而后飞快地拾级而上。

只见圆形高台的正中央有一块长方形的金色玉板，玉板上放着一个金色的光团。

"就是它在呼唤我？"计嘉羽看着眼前的光团，疑惑地说道，"但又好像不是，也好像是从西方传来的。"

听到这句话，卢珊彻底震惊了："这个金色光团只是那个宝物的能量凝聚体，真正的宝物保存在神圣城。它竟然真的朝你发出了呼唤……"

这是前所未有的事，传出去必然会引起轰动！

从计嘉羽的天赋和宝物对他的呼唤来推断，他恐怕真的会是"那个人"。

这本应该是一件值得高兴的事，然而卢珊却皱起了眉头，看向计嘉羽的眼睛里闪烁着异样的光芒。片刻后，她忽然伸出手掌，神圣之光浮现，然后悬在计嘉羽的脑袋上，似乎有轰然炸开的趋势。

她内心非常纠结。

然而，正在此时，一号营地方向忽然有一股股惊人的气息传来。卢珊知道那是一号营地的高层来了，顿时摒去心中念头，手也自然垂下。

稍微平复了一下心情后，卢珊接着道："你现在扎破手指，把血液滴上去，它吸收的血液越多，证明你跟宝物的契合度越高。"

"好的。"计嘉羽飞快地回道。

而后，他拿起金色玉板旁摆放的一柄墨色短刀，轻轻在右手指尖上一划，红色血线浮现，鲜血顿时滴落而下。

计嘉羽的血液滴落到金色光团上，立刻被其吸收，而后金光中有了一丝血色。

"吸收得好快！"卢珊心中一惊。

依照卢珊的经验，金色光团吸收选拔者的血液的速度越快，就意味着它能吸收的血液越多，它与选拔者的契合度也越高。

第二滴，第三滴，第四滴……一滴滴鲜血落下，尽数被金色光团吸收了。

片刻后，计嘉羽的伤口不再流血，但金色光团似乎仍不满足，甚至主动释放出了吸力，将计嘉羽指尖中的血液吸扯而出。

很快，金色光团就蒙上了一层血色。

这是卢珊从来没有见过的颜色！

血色仍在加深。

看着一直在吞吸自身血液的金色光团，不，应该是金红色光团，计嘉羽再次拿起墨色短刀，直接在自己右臂上划了一刀。强烈的刺痛感让计嘉羽忍不住痛呼一声，紧跟着，他的鲜血飞落而下，流入了金红色光团中，光团的颜色逐渐加深，加深，再加深。

大量血液的流失让计嘉羽的脸色变得苍白起来，他的脸上却洋溢起了笑意。因为他知道，从眼下的局面来看，他跟那个宝物的契合度势必会很高，特别高。

随着金红色光团渐趋于血红色，圣耀台上也亮起了金色的光芒，将计嘉羽笼罩了起来。卢珊想站在他旁边，但那金色光芒散发出一股强烈的排斥之力，将卢珊给推了出去。

与此同时，一号营地的真正高层终于到了。

为首的是一名满头银发的苍老女子，她面容柔和，眉眼带笑，给人一种和蔼可亲的感觉。然而，她站在岸边时，所有明圣引导者都极为恭敬。

"王助祭。"

神圣教派以大先知为尊，其下是主祭，再下为司祭，司祭的副手则为助祭。

这个王助祭王音岚在整个圣耀司都算得上一号人物了。

她站在众人身前，远望着圣耀台的异样，吃惊中又带着些欣喜："这么多年来，总算是看到希望了啊！"

"是啊，这种异象可是前所未见呢。"人群中，一个引导者语气略显吃味地应道。

她本来可以抢下计嘉羽的，谁料半路杀出个卢珊，现在倒是让卢珊捡了个便宜！

看计嘉羽这架势，没有个百分之四十的初始契合度，她就不姓李！

与那个神秘宝物的初始契合度，绝大多数选拔者都是百分之十五、百分之二十，只有极少数的天才才能达到百分之二十五甚至百分之三十。整个选拔历史上，初始契合度最高者达到了百分之三十四，但闹出的动静都没有计嘉羽这么大。

王音岚明显对计嘉羽抱有极大的期望，道："他的初始契合度应该会达到百分之四十二。"

"那如果不出现太大的意外的话，他最终应该可以达到百分之九十五的契合度吧？"有引导者猜测道。

一号营地的选拔过程很简单。选拔者测试出初始契合度后，会有十次任务机会，每次完成任务后，契合度都会增加百分之一到百分之十，只有最终契合度达到百分之八十以上的选拔者，才有资格去到那个宝物的面前，尝试着执掌它，成为它的主人。契合度越高，成功概率也就越大。

在过去的几十年里，所有人都失败了，哪怕有一个最终契合度高达百分之九十二的天才也失败了。这难免让许多引导者和神圣澄海的高层猜测，必须是最终契合度达到百分之百的人才能成为那个宝物的主人。

但最终契合度达到百分之百，这样的人真的存在吗？

这边岸上，王音岚和引导者们翘首以盼，那边圣耀台上，计嘉羽的脸已经苍白如纸了，他的眼前甚至出现了幻象。

在幻象中，他看到了一个年纪跟他差不多大的女孩子。

那个女孩子穿着破旧的皮袄，头发乱糟糟的，脸庞脏兮兮的，身材瘦弱，俨然一个小乞丐的模样，但她的那双眼睛，那双流露出浓浓的淡漠感的金色眼睛却昭示着她的不凡。

更让计嘉羽吃惊的是，那个女孩子似乎也看到了他，就在两人对视的那一刹那，计嘉羽头脑发昏，直接一头栽倒在了地上。

下一刻，漫天的金色光芒迅速被血红色光团所吸收。

远方的王音岚和引导者们见异象消失，立刻朝圣耀台飞了过来。

降落到圣耀台上后，王音岚先是蹲到计嘉羽的身前，伸出手去摸他的脖颈，确认他呼吸正常，只是失血过多后，她才松了口气。紧跟着，她站起身朝身后的众人说了句："带他去休息。"

随后，她才走到金色玉板前，拿起血红色光团，细细感知起来。

几秒钟后，她的脸上浮现出震惊万分的神色。

众引导者尽数围了过去。

"王助祭，初始契合度有多少？"

众人见她的神情有变化，全都好奇不已。

"不会达到百分之四十五了吧？"

"我看有可能更高！"

"达到百分之五十了吗？"

"会吗？如果真的达到百分之五十了，那他岂不是有机会达到百分之百的最终契合度？十个任务，哪怕他每个任务都只取得五点契合度，那也完全足够了啊！"

"那个人真的要诞生了吗？"

"……"

王音岚听着引导者们的激烈讨论，神色却逐渐变得古怪起来。

众人也察觉到不对劲，于是纷纷住嘴，望向王音岚。

"说出来你们可能不相信……"好半晌后，王音岚才深吸一口气，缓缓地说道，"但是，我感知了好几遍，虽然这团能量把他的血液全吸收了，但契合度居然只有百分之一……"

话音落下，全场皆寂。

守护者

"百分之一？这不太可能吧？"半晌后，才有一个引导者难以置信地问道。

看刚才那团能量凝聚体吸收计嘉羽血液的架势，哪里像是只有百分之一初始契合度的样子？

须知，除却通过精神力感知得出的结论外，能量凝聚体吸收的血液量也是初始契合度高低的判断标准之一。

"我也觉得不太可能。"

"要不再测试一次？"

"必须再测试一次。"

"可以是可以，但先等等吧，不然他全身的血液都要给吸没了……"

众多引导者七嘴八舌地说完后，王音岚也回过神来，想了想后，决断道："那就过几天，等计嘉羽恢复了再带他来测试一次。"

"如果到时候契合度还是百分之一呢？"有引导者冷不丁地问道。

王音岚毫不犹豫地回答："那也还是按照最高标准去培养和训练他，我不信他能闹出刚才那番动静，却只有百分之一的初始契合度，肯定是哪里出错了。"

"王助祭，有件事我要禀明。"忽然，一直沉默的卢珊开口了。

"什么事？"王音岚抬头看向她。

卢珊深吸了一口气，盯着王音岚平静的双眼，缓缓地道："刚才计嘉羽跟我说，他从能量凝聚体上感知到了呼唤。"

"什么?!"现场所有引导者都大为吃惊。

王音岚的瞳孔也是瞬间紧缩。

"而且不仅如此。"卢珊继续道，"不只是那团能量凝聚体。"

她说完后，神色复杂地伸出手，指向西方："他还感受到了宝物本体的呼唤。"

卢珊话音落下，全场皆寂。

王音岚好一会儿才缓过来，问道："他之前知道宝物在神圣城吗？"

"绝对不知道。"卢珊摇了摇头。

"好了，这件事我知道了，暂且先保密。"王音岚道，"圣耀司很快会给出接下来的处理方案的。"

说完，她眼神冷厉地扫视了一圈众人："听明白了吗？"

众多引导者虽是明圣级强者，但被王音岚扫视了一眼，依旧忍不住心中一凛，旋即大声回道："明白！"

卢珊如其他人一样认真回答，但心中产生了诸多念头。

计嘉羽醒来时，入目所见是淡粉色的天花板。

他微眯着沉重的眼皮，环顾四周，确定自己是在卢珊家中，窗外月光明亮，万籁俱寂，显然已是深夜。

他刚想撑身坐起，便感到浑身酸疼，头痛欲裂。

"你醒了。"

啪嗒的门闩声响起后，卢珊端着杯水推门而进。

"珊珊姐，我这是怎么了？"计嘉羽扭头看向她，声音有些沙哑。

"我还等着你告诉我呢。"卢珊把计嘉羽扶起来躺坐着，紧跟着把水杯递向他，"先把水喝了。"

计嘉羽接过水杯咕噜咕噜一口将水喝干了，嗓子这才舒服了点，然后他开始回忆起来。

片刻后，他总算想起来自己是怎么昏迷的了，于是望向卢珊，道："当时我眼前出现了幻象，我看到了一个女孩。"

"女孩？什么女孩？"卢珊连呼吸都停滞了一下，忙打断问道。

"一个有着金色眼睛的女孩。她看了我一眼，我就晕过去了。"计嘉羽道。

卢珊沉默了一会儿，问："你还记得她的长相吗？"

计嘉羽努力回忆了一下，点点头道："记得。"

"你觉得你能画下来吗？"卢珊又问。

"应该不行。"计嘉羽不好意思地笑了笑，"我只会画火柴人。"

"没事。"卢珊飞快地出去给计嘉羽拿了纸和笔，"你先笼统地画下来，多想想细节，别把她给忘了，明天我会安排画师来画的。"

"好，那我试试。"

计嘉羽接过纸和笔，也不思考，飞快下笔开始画。

短短二十几秒，一个线条诡异，有着灰色火柴棍儿身体、金色圆圈眼睛的"人"就被计嘉羽画出来了。

卢珊看了一会儿，沉默了好久，然后才把画纸收起。

接下来，她陪计嘉羽回忆了一下当时更多的细节，直到计嘉羽露出明显的疲态，她才道："你试着冥想一下。"

计嘉羽闻言也不问什么，立刻闭上眼睛，冥想圣徽的样子。

其实他早就想这么做了，毕竟他也有点担心之前的异常情况会影响他修炼。

两秒钟后，圣光圣徽、圣骨圣徽相继显现，有神圣之力向计嘉羽汇聚而来。

计嘉羽睁开眼睛，道："冥想没问题。"

"没问题的话，就开始修炼吧。"卢珊道，"你失血过多，除了吃补物外，修炼也能让你快速恢复。等恢复好后，我们要安排你做第二次测试。"

"啊？为什么还要做？"计嘉羽不解地问道。

"你这次做的测试结果不太准。"卢珊道。

"有多不准？"计嘉羽问。

"只有百分之一的初始契合度。"卢珊道。

"而这是不可能的对吗？"计嘉羽问。

"对。"

计嘉羽松了口气，旋即道："我会好好修炼恢复的。"

话落，卢珊又出去了，回来时抱来一大堆东西，至少得有三十块神圣晶石，除此之外，还有一颗有着红色外皮的果实、一罐封口的乳白色液体。

"神圣晶石你认识，这果子叫元圣果。"卢珊指向封口的罐子道，"那个是圣石乳，它们都蕴含了比较温和、精纯的神圣之力，可以帮助你加快修炼。"

计嘉羽的眼睛都亮了起来："谢谢珊珊姐！"

"先睡吧，明天再修炼。"卢珊说完就走了。

空荡荡的房间中，计嘉羽看着那堆修炼资源，感觉身体和头都不疼了，哪里还顾得上睡觉，当即伸出手抓过一块神圣晶石，闭上眼睛进入冥想状态，开始修炼起来。

他本来就距离修满一轮神圣之力很近了，现在有这么多修炼资源辅助，破境更是一点悬念都没有。

当天凌晨三点，计嘉羽便成功突破到了二阶明灵的境界。

不过比起别人，计嘉羽突破的状态有点不太一样，因为他是神圣双修！他不仅体表附着着满满一轮神圣之力，就连体内也蕴藏着一轮神圣之力。

但如果论起真正的实力，他的两轮神圣之力可不是一加一那么简单，而是呈几何级数递增。

突破境界后，计嘉羽明显感觉自己的肌肉在飞快地恢复，甚至变得更加结实了，体内的血液、脏器等也发生了细微的改变。

他清清楚楚地感知到自己变强了。

而这种感觉让他分外激动，让他觉得未来充满了希望，似乎离返回光明城、照亮黑暗的日子不远了。

晋入二阶明灵境界后，计嘉羽的修炼方式并没有改变，依旧是吸收、积攒神圣之力。

事实上，一阶、二阶明灵境界本就是打基础的阶段，只有晋入三阶，方才开始真正蜕变。

那也是计嘉羽的下一个目标。

要晋入三阶，必须修满十轮神圣之力。相比于一阶，所需的神圣之力直接翻了十倍！

但现在计嘉羽丝毫不用担心了，因为他有着充足的修炼资源。对他来说，突破到三阶，只是时间问题而已。

当天晚上，计嘉羽整晚没睡，完全沉醉在了修炼状态中。

与此同时，距离计嘉羽房间只有几米远的另一间卧室内，卢珊刚刚在房间四角摆放了四盏燃烧的灯，灯芯上的紫红色火焰如同弯曲扭动的蛇，飞快游动，首尾相衔。紧跟着，一片火幕从火蛇身上升腾而起，继而垂落，封锁了整个房间。

完成了这一步，卢珊才走到门背后的立镜面前。

也不见她有任何动作，本来正反射着火光的立镜忽地像水波一样荡漾起来。

几秒钟后，一个戴着兜帽、身披黑袍的女子浮现而出。

"何事找我？"黑袍女子的声音沙哑且苍老，毫无感情。

"黑凤大人，我已带计嘉羽完成了初始契合度测试，他的初始契合度只有百分之一。"卢珊恭敬地说道。

"百分之一？"名为黑凤的女子问道，"发生了什么事？"

"他被吸收了全身一小半的血液，还说感受到了宝物本体的呼唤。"卢珊道，"除此之外，他还说他在幻象中看到了一个女孩。"

"女孩？什么女孩？"黑凤问道。

卢珊犹豫了一下，把计嘉羽的画作拿了出来，展示给黑凤看。

黑凤看了一眼画作，沉默了好久才道："画得真烂。"

"我知道，所以我安排了画师，明天会给您新的画像。"卢珊道。

"如果我没猜错的话，那个女孩子可能就是守护者。"黑凤道，"能看到守护者，这计嘉羽也不一般哪。看看吧，看还能不能榨出点用处，如果不能，找个机会毁了吧。全力以赴，别小瞧他，他可能是人族的陷阱。"

卢珊闻言，毫不犹豫地说道："是，黑凤大人。"

在她低头称是的时候，立镜中的画面飞快消散。

卢珊见状，撤除了屋内的封锁。感受到隔壁房间内的计嘉羽正在修炼，她这才去找王音岚汇报疑似守护者的事。

第二天早晨十点，卢珊带着画师敲门，然后走进了计嘉羽的房间。

计嘉羽床头柜上的修炼资源已经消耗了三分之一，只见半躺在床上的计嘉羽双眼布满血丝，看到卢珊的时候，他刚想问好，但忍不住打了个哈欠。

"修炼也要循序渐进，不能一蹴而就。"卢珊皱了皱眉头，道。

"我知道啊。"计嘉羽被训斥后，神色却很平静，他看着卢珊道，"可是我想赶快变强，我有要变强的理由。"

卢珊沉默了一下，道："那也要保证适当的睡眠，不然会影响修炼效果的。"

"会吗？"计嘉羽怔了一下。

他除了觉得困点外，修炼本身倒也还好啊，不过他还是从善如流。

"如果是这样的话，我会保证睡眠的。"

"那我们开始吧。"卢珊指了指她身旁一个身穿淡粉色长裙、胖胖的女孩，道，"这是圣耀司派来的画师。"

第 16 章

精神受创

"你好，小家伙。"画师朝计嘉羽笑道，"我叫施画，你可以叫我画姐。"

"画姐。"计嘉羽喊了声的同时，也在打量施画。

别看施画年纪小，穿的衣服粉嫩可爱，而且体形还有些胖，但她由内而外散发出的气息丝毫不比卢珊来得弱，甚至还要比卢珊强一些。

换句话说，这个画师也是一个明圣级强者！

计嘉羽心想：专门找一个明圣级强者来画我幻象中的女孩，圣耀司对我可真够重视的啊！

自我介绍完后，施画搬了张凳子坐到计嘉羽的斜侧面，然后左手捧着画本，右手握着羽毛画笔，看向计嘉羽，道："你先仔细回忆回忆幻象中的女孩，然后一点点把她的样子、气质以及所处的场景复述出来吧。如果我有哪里画得不对，你可以叫停指正。"

"好的，画姐。"

计嘉羽点了点头，旋即闭上眼睛，开始努力回忆。

约莫三十秒后，计嘉羽睁开眼睛，缓缓地说道："她最引人注意的是她那双金色的眼睛，是非常纯粹的金色，也很好看，但是她的眼神很淡漠，就好像……就好像之前我们孤儿院里的盲人一样。但我很确定她能看得见，她也的确看了我一眼。

"她穿着一件淡蓝色的破旧皮袄，袄子的棉都快掉没了，下半身穿着一条宽松的灰色长裤，好几处都破成布条了。她的头发很乱，像鸡窝一样，应该很久没洗过了。脸上黑黑的，全是灰尘、泥土。

"她穿得太厚实了，看不出具体身材，但应该蛮瘦的。身高的话，一米七左右。

"她脖子上戴着一个白色的脖套，上面有一只只金色小鸟的图案。而且很奇怪，她浑身都很脏，那个白色的脖套却很干净。

"她身处的背景应该是一片树林，树的具体样子我没看清……

"她的脸颊圆圆的，眉毛很细，头发刚好到腰部……"

在计嘉羽描述期间，施画也会不时出声问询，比如衣服、裤子的具体样式，脖套上金色小鸟的具体形态，树林的树木、树叶及背景里杂草的具体细节等。

得到计嘉羽的回答后，施画下笔如有神，很快，一个惟妙惟肖的女孩形象便呈现在画纸上。

不过，让计嘉羽感到有些奇怪的是，施画始终没有画女孩的金色眼睛。

见计嘉羽盯着画出神地看了许久，施画放下画笔，朝他笑道："怎么样，像不像？"

"像，太像了！"计嘉羽不得不感慨，"气质什么的也很像。"

"我现在要开始画她的眼睛了。"施画道，"经验告诉我，这种情况大多很危险，所以你要小心了，尽量别盯着她的眼睛看。"

"危险？为什么会危险呢？"计嘉羽不理解，在他看来，这不就是一幅画吗？

"以你的精神力强度，通过能量聚集体看到的幻象，有百分之九十的概率是真实存在的。你又说她只看了你一眼，你就昏迷了，那她的精神力一定相当强大。"施画道，"精神力强最常见的表现就是异瞳。这个金瞳女子与那个宝物有关，所以可能会产生某种神奇的联系。"

"原来是这样。"计嘉羽在恍然大悟的同时也警惕了起来。

"那我开始画了。"

施画说完，重新执起画笔。

落笔前，她看了一眼卢珊，朝卢珊轻轻点了点头。卢珊回之以点头，旋即体内的神圣之力开始蓄势。

她是为施画兜底的人。

只见施画用蘸着金色颜料的画笔触及画中女子的眼睛的那一刹那，一道璀璨的金色光束便迸发而出，把整个房间都照得透亮。

施画猛地皱起眉头，整个人身体紧绷，手背上青筋暴起，似乎光是握笔就要用上她全身的力气了。但她仍然缓慢而坚定地移动画笔，画着计嘉羽描述中的金色眼瞳。

"画姐，你没事吧？"计嘉羽看到施画的额头上迅速冒出一层细密的汗珠，不禁有些担心，眼睛也看向卢珊。

"别打扰她，她没事的。"卢珊道。

见计嘉羽仍然面带忧虑，卢珊只得解释道："施画她不仅仅是一个八阶后期明圣，而且由于修炼方向的关系，精神力非常强大，已经到了精神力四大层级中的第三层级'入圣'了，肯定没事的。"

计嘉羽虽然不知道所谓的入圣级精神力有多强，但从卢珊的口吻中也能推断一二，于是他稍微放下心。紧跟着，他又忍不住好奇地问道："珊珊姐，精神力的四大层级分别都是什么啊？"

卢珊简练地回答道："精微、通透、入圣、通神。"

计嘉羽问道："那我现在是什么级别啊？"

"具体不太清楚，应该是通透境。"卢珊道，"而且你是天生就觉醒了精神力，所以后期提升起来也会很快。"

计嘉羽这才了然地点了点头。他其实有更多问题想问，可身旁却升腾起一道金色光束。

"别去看！"计嘉羽刚要转头，卢珊忽然大喊道。

计嘉羽忙按捺住转头的念想，只是看向施画。

施画正在绘画的右手剧烈地颤抖着，仿佛手臂内安装了震动机器，但她手中的画笔却很稳。

她的双眼因为承受不住金光的照射而紧闭起来，可即便如此，她似乎还是受到了极大的影响，有血丝从她的内眼角流下，划过她的脸颊。

"珊珊姐，这不是正常现象了吧！"计嘉羽的脸色都变了。

卢珊也皱起眉头来。施画具备入圣级别的精神力，按道理来讲，就连神级强者的神体她也是可以绘制的，前提是不涉及神级强者的一些禁忌事物，可眼下的情况却超出了卢珊的预料。

难道这守护者属于神级强者的禁忌事物？如果真的是的话，那只能说圣耀司还是低估了那宝物的强大能力，也低估了幻象女子与那宝物的关联度。

只一瞬间，卢珊便做出决定，朝着施画喊道："停止作画！"

画出幻象女子的事已经超出她一个明圣的能力范围了，必须由圣耀司的神级强者出马。

卢珊的喊声很大，然而施画却像是听不到一样，紧闭的双眼在流血，脸上却浮现出了狂热的笑容。

"美，好美啊……"施画失神一般呢喃着，仿佛扑火的飞蛾。

她手下不停，飞快地把女子的金色右眼给画出来了。在此期间，她的精神力、神圣之力乃至于生命力都在飞快流失。

卢珊知道不能任由施画再继续画下去了，于是伸出蓄满神圣之力的手去触碰施画的肩膀，可手掌尚未碰到，施画身上便亮起了耀眼的白光，将她的手掌震开了，她的身体也不受控制地往后退了好几步，每一步都在地面上留下了深深的脚印。

"不对劲。"卢珊面沉如水，"她不受控制了……"

一个精神力到了入圣级别的八阶明圣，居然会因为画了一个女孩的眼睛而失去控制，这算什么事？

关键是卢珊还不敢强行上前阻止施画，因为她压根没有施画强，如果强行阻止的话，操作不当，反倒会引发灾难性的后果。

现在唯一的办法就是通知圣耀司，让圣耀司赶紧派九阶明圣或十阶明神过来。

想到就做，卢珊右手一抖，一片神圣之光便骤然浮现，然后飞快凝成了一只白鸟。白鸟呼啸着撞破二楼的窗户，朝一号营地偏后方的位置飞去，王音岚就居住在那边。

作为圣耀司的一名助祭，王音岚有着九阶后期的强大修为，也是一号营地的最强者。

虽然两地离得近，但通知王音岚加上她从那边赶来，都是需要一定的时间的。在此期间，卢珊只能和计嘉羽一起，眼睁睁地看着施画渐渐把幻象女子的金色双瞳画成。

施画每落一笔，幻象女子眼中迸发的金光就会越盛。

其间，卢珊也不时打量计嘉羽。

她现在很好奇计嘉羽到底是什么人，竟然可以在做初始契合度测试的时候看到金瞳女子。

她看着看着，忽然又发现了不对劲的地方——计嘉羽的双眼竟然也有失神的迹象，可是他根本没去看幻象女子的金瞳啊！

卢珊忙走过去想碰计嘉羽，可他身上也亮起了金色光芒，如同炽盛的火焰将他包裹了起来。

金光释放出的强大力量难以对抗，卢珊也无可奈何。

在身体被金光包裹的时候，计嘉羽忍不住朝画纸上的金瞳看去。那双眼睛似乎对他有着莫大的吸引力。不仅如此，他心里甚至响起了一道呼唤的声音，似乎在叫他的名字。

随着金瞳越发清晰、完美，那呼唤声也越发大了起来，但他的视线模糊了起来。

很快，计嘉羽的双眼也开始渗出鲜血，这是精神力受创的症状。

在神志彻底消失前，计嘉羽看到施画终于完成了最后一笔，霎时，整个房间内都铺满了纯粹的金色，在金色中，他又看到了那个金瞳女子，两人甫一对视，他便昏迷了过去。

金光穿透房屋，照亮了整个一号营地，如同初升的朝阳。

看到天穹的金光，收到消息后飞驰赶来的王音岚不禁神色剧变。

与此同时，神圣教派总部的地底深处，禁忌司的核心之地，一片金光骤然爆炸式地席卷而出，如同海水般把每一处空间都填得满满的。

而在金光中央，有一颗比其他金色颜色更深的金色珠子在滴溜溜地转着，不停闪烁着光芒。每次闪烁光芒，它都迸发出让禁忌司四名镇守在这里的明神警惕的神圣之力。

很快，金光收敛，化作一个有着金色外圈的气泡。气泡只有拳头大小，忽地穿透禁忌司的墙壁，消失得无影无踪。

四名明神来不及阻止，当然也没有阻止的意思。

片刻后，一名明神的声音响起："通知圣耀司，又一个圣耀世界被投放出去了。"

"是。"

核心之地外，禁忌司的工作人员领命而去。

那人走后，核心之地再度恢复平静。不过没隔多久，第二名明神的声音响起："这次圣耀世界的投放时间来得有点快啊！"

"以前也有过，不是研究过了吗？小概率事件。"

这名明神的话音刚刚落下，又一粒金色珠子再度绽放出耀眼的金光，金光先是炸开，而后凝缩成金色气泡，飞出核心之地。

没等四名明神反应过来，第三个、第四个、第五个金色气泡便相继凝聚成形，飞出了核心之地。

四名明神见状，对视一眼后，毫不犹豫地做出决定，即刻召开神圣教派最高级别的会议！

圣耀世界

神圣城神圣总部管辖下的禁忌司发生了什么，计嘉羽不知道，此时他正躺在床上，虽然心跳平稳，但眉头紧皱，身体不时地抽搐，似乎在承受着某种难以言喻的痛苦。

他身边站着八个人，为首的是负责一号营地的助祭王音岚，其他俱是她的下属，包括惊魂未定的卢珊和脸色苍白的施画。

"所以，你根本不记得你刚才画出那双金色双瞳的事？"王音岚看向施画，问道。

"我只记得落笔前的事。"施画声音沙哑，好似几天没有喝水了。

"神圣之力枯竭，精神力枯竭，生命力也减弱了不少。"王音岚心情沉重，"大先知口中的守护者到底是什么来头啊？竟然如此恐怖！"

沉吟片刻后，王音岚缓缓地说道："小刘，你再去找几个画师把那幅画临摹下来，不要画眼睛，只在画中说明她有一双金色眼瞳即可，然后通知各城张贴画像，务必早点把她找出来。记住，找到就行，不要攻击或抓捕。"

"明白。"被叫作小刘的下属当即道，"我会叮嘱下去的。"

这必须得叮嘱啊，按照施画刚才的陈述，那女子身上必然蕴含着神级力量，如果贸然攻击她，下场可能会非常惨。

"小李，你带施画去圣愈司找方橙，让她亲自为施画治疗。"王音岚交代道。

随后，王音岚转头望向施画，道："你算是因公负伤，放心吧，圣耀司定会给予你相应的补偿和奖赏。"

"谢谢王助祭。"施画听闻此言，稍微精神了一些。

"先带她去吧。"王音岚挥了挥手，那名被叫作小李的下属便搀扶着施画离开了。

等两人离去，王音岚才又看向卢珊，道："计嘉羽的精神受到了严重的创伤，现在已经不适合留在你家了，以防万一，接下来我打算把他接到我那里去，你也一起来吧。"

听到前两句话，卢珊心中一沉，但听完后几句话，她又放下了心，看来王音岚没有抢夺计嘉羽的意思，她仍然是计嘉羽的引导者。

她当即点了点头，道："多谢王助祭。"

紧跟着，王音岚便指挥着属下转移计嘉羽。

与此同时，整个一号营地都在沸反盈天地讨论着这件事，无论是选拔者还是引导者，全都无比好奇卢珊的房间内发生了什么。

刚才那道照亮了整片天地的金光真的是实实在在地震撼了所有人。而关于此事，所有人都有一个共识——此事跟计嘉羽有关！

一时间，有关计嘉羽的来历、身份、他的初识契合度等的消息传得满天飞。不过由于事情保密得极严，倒也没人知道真相。

当天晚上。

计嘉羽从昏迷中苏醒，只觉得全身乏力，头痛欲裂，反应比第一次被金瞳注视更甚。

卢珊正坐在他身边，看到他醒来，她忙过去检查他的状况。

见他张了张嘴要说话，知道他要问什么似的，卢珊开口道："没错，你又是因为她昏迷的。"

计嘉羽忍不住苦笑。自己跟那金瞳女子是有仇还是怎么的，怎么每次对视后，自己都会昏迷呢？而且每次自己都头疼得要死。说起来，这次头痛的感觉未免太强烈了吧！

"嘶……"他痛得抽冷气。

"这次你就没有上次那么好运了，跟她对视，让你的精神力受到了永久性的创伤，冥想状态也会大打折扣。"

计嘉羽听到这几句话，脸瞬间垮了下去，可卢珊的后几句话又让他松了口气，她道："所以我们准备把你送到精神之桥上去，在那里，你的精神力应该用不了太久就可以恢复。"

"精神之桥？那是哪里啊？"计嘉羽双手揉着太阳穴，道。

"到时候你就知道了。"卢珊道。

卢珊说这句话的时候，神色有些复杂，但痛得神志都有些不清醒的计嘉羽根本没注意到。

"那我们什么时候去？"计嘉羽问。

"等你稍微恢复些了，再测试一下初始契合度就去。"卢珊道。

"好吧……"计嘉羽道。

他犹豫了一下，又问道："你们知道那个金瞳女孩是谁了吗？"

"怎么？对她有兴趣啊？"卢珊饶有兴味地问道。

"我只是想当面问问她，她是不是故意的啊！"计嘉羽苦着张脸，"我这也太痛了吧！"

"哈哈哈，如果找到了她的话，我会尽量给你们安排见面。"卢珊笑道。

如果真的找到她了，不用卢珊安排，圣耀司肯定会让两人见面的，看看他们之间到底存在着什么样的羁绊。

"呼……"计嘉羽深吸了一口气，道，"不行，我得再睡会儿，太难受了。"

"睡吧。"卢珊说。

"你不出去吗？"计嘉羽见卢珊没有要走的意思。

"我陪你啊。"卢珊道。

"你在我旁边我睡不着。"计嘉羽道。

"睡着睡着就习惯了。"卢珊道。

"……"计嘉羽不知道该怎么接话了。

"我知道你想干吗，现在不是时候，先休息吧。"卢珊道。

"唉，好吧……"计嘉羽纠结了一下，选择了放弃挣扎。

他说他想睡觉，实际上是想试着冥想，看看精神力受损对自己的修炼的影响有多大。比起什么金瞳女孩、宝物本体，他更在乎这件事。

计嘉羽这一睡，直接睡到了两天后。

他醒来发现卢珊不在，自己的精神状态也好些了，立刻尝试进入冥想状态。但这次他足足用了半个小时才看到圣光圣徽和圣骨圣徽，更让他心中一沉的是，圣骨圣徽再度变成了之前被圣光圣徽包裹着的状态，似乎没有了强大的精神力做分割，它们就又"缠缠绵绵"了。

这直接导致计嘉羽吸收神圣之力的速度变慢了，而且他只能用圣光圣徽去吸收。

这对计嘉羽来说，无疑是一记重锤。

不过他想到卢珊说过，只要去精神之桥，他的精神力很快就能恢复，他心中便又产生了强烈的迫切感。

尽管修炼速度减慢了，计嘉羽还是没有懈怠，而是更高强度地压榨自己，这让他的主治圣愈师头疼不已。

在修炼这件事上，计嘉羽非常固执，根本不听主治圣愈师的。好在这里是王音岚的住处，而王音岚又是圣耀司的大人物，可以给计嘉羽提供寻常人连做梦都得不到的修炼、疗伤宝物，这才让计嘉羽在修炼的同时得以逐步恢复。

一周后，状态恢复得差不多的计嘉羽，迎来了王音岚以及几名由她带领的圣耀司总部的重要人士。她们要集体跟着计嘉羽去圣耀台做初始契合度的检测。

虽然他很有可能再次看到金瞳女子，但这次王音岚很是淡定，似乎有所倚仗。

而他们刚走出王音岚家不久，计嘉羽就发现了一个特别古怪的地方——往日热热闹闹的一号营地居然一个人都没有！不只是选拔者，引导者也都不见了踪影。

计嘉羽转过头，疑惑地看了一眼卢珊，后者没说话，计嘉羽又看了看王音岚。

王音岚像是知道计嘉羽在疑惑什么一样，微微一笑后解释道："他们都去圣耀世界了。"

"圣耀世界？"

毫无疑问，这对计嘉羽来说又是一个很陌生的名词。

"圣耀世界就是一号营地选拔者们进行竞争的地方。"王音岚道，"每个选拔者共有十次进入圣耀世界的机会，每次契合度都能增加百分之一到百分之十，达到百分之八十的契合度后，选拔者就有资格去到宝物面前，尝试着执掌它，成为它的主人。"

"原来如此。"计嘉羽总算明白为什么初始契合度那么重要了。

沿着之前卢珊带他走过的路，一行人再次抵达了圣耀台。不过在这次的初始契合度测试过程中，他没有再看到金瞳女子，也没有被吸走太多血液，但另一方面，他的初始契合度再次震惊了王音岚和其他人。

计嘉羽和宝物之间的初始契合度居然是零！比之前的百分之一更少，

也更加不可思议！

按道理来说，只要是人族，但凡有一点点修为，初始契合度都会达到百分之三或者百分之四。同时，一个人的天资、修为、品质也会影响契合度。反正契合度不可能是零！

这一可疑现象让王音岚与诸多圣耀司重要人士展开了激烈的讨论，不过，这暂时都和计嘉羽没什么关系，因为他就要被送去精神之桥了。

他的精神力受创过于严重，如果再不加以治疗，真的会留下永久性的创伤。此时的计嘉羽在圣耀司众人的眼中俨然是一个珍贵的人才，尽管她们还不知道计嘉羽到底珍贵在哪里。

一天后。

计嘉羽又一次坐上了卢珊驾驭的神圣天马，卢珊将带着他前往精神之桥。在两人一马逐渐消失于天际时，一号营地中，王音岚与几名圣耀司司员正遥望着他们。

"精神之桥……"其中一个明圣道，"在不清楚他真正的价值前，就送他去精神之桥疗伤，真的值吗？"

"但凡有一点可能性，都值。"王音岚毫不犹豫地说道。

作为圣耀司的高层之一，王音岚是极少数知道选拔计划真相的人，她如此肯定的语气让几名圣耀司司员不禁咋舌。

她们不是为计嘉羽的潜藏价值咋舌，而是为那个宝物的价值咋舌。

须知，精神之桥可是神圣澄海的十一阶月神级强者陨灭后留下的神异之地，据说残留着这个月神级强者的精神力。精神之桥下流淌着的一条圣河，是月神级强者残留的神级神圣之力的显化。可以说，那是神圣王国最大的宝地。

可现在，为了那一丝丝可能性，她们就把一个外族人带了过去。

那个宝物，那个让数量在六位数的光明族人为之奉献青春的宝物，究竟是什么来历啊？

"珊珊姐，精神之桥到底在哪里啊？"计嘉羽坐在神圣天马的背上，只觉得屁股生疼。

神圣天马已经飞行整整两天了，这两天，两人没有落过地，早、午、晚饭都是在天上吃的。经过长达两天的飞行，经过了不知道多少次转弯，计嘉羽早就分不清方向了。

"快到了。"卢珊道。

其实她也不知道精神之桥在哪里，但她身下的神圣天马经过特殊的培育，在受到精神之桥的吸引后，会自动飞向它，但是天马会往哪边飞，飞多久，她也没资格知道。

快到了，快到了，这句话计嘉羽听了无数遍，都无语了。

然而，就在这句"快到了"说出口之后的五分钟，卢珊忽然道："我们到了。"

计嘉羽立刻精神抖擞起来："终于到了！"

第 18 章

圣耀珠

"姓名。"

当神圣天马逐渐靠近一道高大的石门时，一道声音忽然从无穷高远处滚滚而来，如天神之音。

卢珊听到声音后，微微偏头，朝身后的计嘉羽道："你报。"

计嘉羽骤然听到声音，有点被惊到，卢珊提醒他后，他这才反应过来，而后朝天上大喊了一声："计嘉羽。"

几乎是他的话音才落，那天神之音便再度响起："准许通行。"

"接下来的路你要自己走了。"

卢珊说完，身上亮起白光，整个人腾空而起，飘浮在空中。

没了她的控制，神圣天马也没失控，而是很平静地继续朝高大的石门飞去。

计嘉羽转头看了一眼慢慢变小的卢珊，又回头看了一眼高大的石门，心中莫名升起了一丝紧张感。他虽然不知道精神之桥的具体来历，但仅从它的位置和那洪大之音也能判断出，它绝非一般的存在。

他前不久还是一个手无缚鸡之力的孤儿，现在也才开始修炼没多久，就要独自去面对未知的神秘事物，怎么可能不紧张呢？

但紧张归紧张，他确信精神之桥对他只会有益处，而不会有害处。

一些必要的信息，王助祭还是都提前跟他讲了的。

神圣天马驮着计嘉羽来到高大的石门前，没有丝毫停顿，直接飞入了其中。

在穿越石门的那一瞬间，计嘉羽只觉全身都被一股温暖的气流所包裹着，黑暗骤然降临，但不到一秒钟，光明又再度归来。

此时，他的视线中是一个瑰丽壮美的世界。

整个世界里飘浮着红的、蓝的、紫的、灰的淡薄气体，透过这些色彩斑斓的雾气，计嘉羽看到远方有一座横跨金色大河的拱桥，金色大河自上而下奔流，似乎要流入汪洋大海之中。

从那条金色大河中，计嘉羽感知到了磅礴的，近乎无穷无尽的至纯神圣之力，那是比神圣晶石中所蕴含的神圣之力精纯数万倍，甚至数十万倍的神圣之力。

毫无疑问，那就是王音岚口中的精神之桥和圣河。

神圣天马穿破重重彩雾，带着计嘉羽降落在精神之桥上。计嘉羽翻身下马，双脚刚刚落在桥面上，立刻有一条条丝线似的白色细纹从桥体中汇聚到计嘉羽的脚掌，又从他的脚掌注入他的体内。

毫无疑问，这些白色细纹便是构成精神之桥的精神之力。具体来说，它们是神级精神力，即神识。

在月神级强者残留的神识注入计嘉羽体内的那一秒，这段时间折磨、困扰着他的头疼竟然奇迹般地消失了，取而代之的是温暖、安详的感觉，与此同时，浓浓的困意也骤然袭来。

对于这阵困意，计嘉羽没有抵抗的意思。

来之前王音岚告诉过他，踏上精神之桥后，他将会进入最少两个月时间的沉睡，在沉睡期间，他的精神力将会被精神之桥修复。

"希望像她们所说的那样。"这是计嘉羽昏迷前的最后一个念头。

在计嘉羽昏迷期间，一号营地中的众多选拔者在各自引导者的带领下，马不停蹄地赶往各大圣耀世界中进行历练，提高契合度。

几乎每次在圣耀世界的历练结束后，都会有两位数的选拔者满怀期待地前往神圣教派总部，去到禁忌司的镇守之地，尝试成为金色珠子的主人，但无一例外，全部以失败告终。

失败后，选拔者们回到一号营地，收拾完东西后便被送往启明城，他们将在那里落脚，开启自己新的人生。

由于此次圣耀世界出现得实在太快，选拔者们完全没有休息的时间，这也让他们忘记了计嘉羽的存在。

时间飞快流逝，转眼一个月过去了。

这天，神圣教派总部神圣堂中，正在进行一场级别极高的会议，与会者共二十人，其中有八位明神级强者，十二位九阶巅峰明圣。一号营地的负责人王音岚赫然在列。

空旷的神圣堂内，气氛很凝重。

"我们用尽了所有办法，根本束缚不了圣耀珠释放的神圣之力。"一名明神级强者无奈地说道。

"如果它再以目前的趋势制造圣耀世界，最多再有一个月时间，它残存不多的神圣之力就会被彻底消耗殆尽。"

"在它的能量完全流失之前，我们必须择出执掌者，否则的话，它恐怕将会陷入永久沉睡，我们这么多年的付出也就白费了。"

"可哪有这么容易啊……"

"计嘉羽是我们的希望之一，但他的精神力完全恢复好要两个月，不知道那时圣耀珠的能量还够不够，唉……"

"得想想办法，不能把希望全都寄托在他一个人身上。"

"虽然不知道具体原因，但这肯定跟计嘉羽和那个金瞳女子有关，说起来，可有那个金瞳女子的消息？"

"一点都没有，她好像不存在似的，不过我们很确定她就在天堂岛上。"

"既然在天堂岛上，总能把她找出来，但一定要快。"

"一个月，最多一个月，这是我们最后的机会了！"

计嘉羽做了一个梦。

他梦到自己成了光明族月神，并参与了一场堪称旷世的战争。在那场战争中，他以一己之力击毙了三名别族的月神，但最终也因神圣之力枯竭而亡。死后，他的神识化作了一座拱桥，他的身躯则化作神圣之力，流淌在拱桥下。

通过那场梦，计嘉羽明白了精神之桥和圣河的来历。

紧跟着，他又坠入了另外一场梦中。

在那场梦里，他化作一个蓝姓蓝域人，在他轰轰烈烈的一生中，他似乎领导了多场改革，参与了数不清的战斗和战争，并创建了一个国家。

也正是在计嘉羽梦到蓝姓蓝域人的一生之时，他身下的精神之桥似乎是受到了极大的触动，千百条白色细纹状的神识汇聚起来，疯了一样地朝他的体内汇去，但与此同时，精神之桥也在逐渐变得暗淡，有些部分甚至在消失。

而没有了精神之桥的镇压，原本平稳流淌的金色圣河也变得波涛汹涌起来。

也不知道过去了多久，当最后一缕神识钻入计嘉羽的体内后，精神之桥彻底消失了。失去了它的承载，计嘉羽猛地坠落到金色圣河中，被奔涌咆哮的"河水"席卷着冲向下方。

那一瞬间，计嘉羽清醒了过来。

清醒过来的计嘉羽神采奕奕，容光焕发，原本难忍的头疼已经消失无踪，不过他根本来不及多想——他正在湍急的金色圣河里呢！

计嘉羽将全身的神圣之力调到体外，以抵挡金色圣河的冲击，使自己漂浮在河面上。

他有心想要上岸，可是，"岸"在哪里？

"精神之桥呢？"计嘉羽疑惑不已，"现在究竟是什么情况啊？"

来之前王助祭曾告诉过他，他至少会昏迷两个月之久，可没告诉过他醒来后应该怎么办，也没告诉过他精神之桥会消失这件事。

所以，现在已经过去两个月了吗？那就等等吧，王音岚肯定会来接我的，计嘉羽心想。

既然暂时无事，计嘉羽决定试着冥想。尽管在圣河中载沉载浮，但这并不妨碍他入冥。

他闭上眼睛，回忆圣光圣徽和圣骨圣徽的模样，几乎是瞬间，他便看到了它们，即进入了冥想状态。

此时的圣光圣徽和圣骨圣徽再度恢复了当初被分离开的状态。

当计嘉羽冥想成功的那一刻，原本只是裹挟着他往下游冲去的金色圣河"河水"忽然开始朝他的冲去，只是短短一瞬间，他的体表便覆满了一层神圣之力，紧跟着，那些神圣之力渗入他的体内，融入了他的皮肤、血液、骨骼之中。

约莫十秒钟后，他就完成了一轮神圣之力的积攒。

计嘉羽有些被惊到了，旋即忍不住大喜。

首先，他很确定的一点是，自己的精神力恢复了，甚至有所加强，否则的话，自己不可能比之前更快地冥想成功，而且冥想成功后，圣光圣徽和圣骨圣徽呈分离状态。

其次，精神状态已恢复好的自己，吸收神圣之力的速度似乎比以前更快了！不过，这也有可能是因为自己正处于一条高纯度的神圣之力长河中。

算了，这些暂时都不重要！重要的是，自己在这条圣河中时，神圣之力吸收得也太快了吧！这才短短十来秒钟，自己就已经完成了一轮神圣之力的积攒，那岂不是不用两分钟，自己就能突破到三阶明灵的境界了？

不过，自己可以这么做吗？这条圣河可是光明族月神留下来的神圣之力，来之前王音岚没说过这些啊！

既然她没强调说不可以，那应该就是可以的意思吧？既然如此，自己还等什么呢！

自己之所以跟陈妙一来神圣澄海，为的不就是修炼有成吗？现在机会都摆在面前了，当然不能放它离去。

心念及此，计嘉羽立刻开始不加克制地吸收起神圣之力来。

下一秒，金色圣河中蕴含的神圣之力开始飞快地朝他汇聚而去，并以他为中心，形成了一个旋涡。

十五秒钟后，计嘉羽又完成了一轮神圣之力的积攒。

又十五秒钟过去，第三轮完成了。

两分钟后，计嘉羽没有任何阻滞地突破到了三阶明灵的境界。

神圣射线

从二阶明灵晋升到三阶明灵，只需要积满十轮神圣之力即可，除此之外，并没有太多的要求。

而当十轮神圣之力覆盖在计嘉羽的体表，十轮神圣之力存在于他体内时，他感受到了前所未有的强大力量，体内似乎有无穷无尽的力气需要用出去。

他心想，如果这时再让我去跟叶子航打一场的话，恐怕轻轻一推就能把叶子航推出几十米远吧。

以叶子航那个体重，几十米远可不是闹着玩的。

不过感觉归感觉，没有专门学过战斗技法的计嘉羽，完全搞不清楚自己现在有多强。他想：自己肯定比叶子航强吧？肯定比许多刚进一号营地的选拔者强吧？毕竟，以自己的天赋和所处的修炼环境，修炼速度肯定是远超常人的。

而且，计嘉羽感觉自己好像还可以继续修炼。圣徽对神圣之力的吸引力没有减弱，自己的身体也没有排斥神圣之力。

只是，他有一个疑惑——晋升到三阶后，该怎么修炼啊？还是继续积攒神圣之力吗？

这些，王音岚和卢珊都没告诉过他啊！

其实这也不怪王音岚和卢珊，她们压根儿没想过计嘉羽居然会提前苏醒过来。

按照王音岚的估算，计嘉羽两个月内必不可能苏醒，谁也想不到会发生现下这种意外情况。

思考片刻后，计嘉羽决定继续吸收神圣之力。

虽然他不知道三阶明灵的具体修炼方式，但有一点他很清楚，越是强大的光明族人，她们身体内蕴含的神圣之力便越多，所以多吸收些神圣之力肯定是错不了的。

想到便做，计嘉羽闭上眼，再次开始冥想起来。而当圣光圣徽和圣骨圣徽显现时，磅礴的神圣之力顿时从金色圣河中抽离，飞快地汇聚到计嘉羽的体外，然后进入他的体内。

十一轮，十二轮，十五轮……计嘉羽体内的神圣之力不断增加。

很快，计嘉羽体外和体内的神圣之力便远远超出了三阶明灵前期该有的量，增速也变得缓慢起来，可那金色圣河中的神圣之力实在过于浓郁，而他的精神力又极强，在双重加持下，他还在继续吸收神圣之力。

二十轮……二十五轮……四十轮……四十五轮……五十轮……

到五十轮的时候，计嘉羽的体外和体内终于再也容不下更多的神圣之力了。

不过计嘉羽并没有停下，因为当他继续吸收神圣之力时，神圣之力竟在他身前凝聚成了一粒粒肉眼难以看清的金色光粒。

金色光粒甫一成形，立刻被计嘉羽吸入体内，其中一部分停驻在计嘉羽的双臂，如同军队里的士兵一样整齐地排列起来，占据了一小部分位置；另一部分则彻底融入了计嘉羽双臂的皮肤中，略微改变了他的皮肤的颜色，使之成为淡金色，但如果不是特别仔细地去看，倒也看不太出来。

显然，这是圣光圣徽代表的神职者和圣骨圣徽代表的圣职者两种修炼途径所带来的改变。

计嘉羽不知道这种改变意味着什么，但能清楚地感知到自己变得更强了。于是，他没有犹豫，继续吸收起神圣之力来。

随着时间流逝，金色光粒渐渐充盈在计嘉羽的双臂内，如同循环的水流一样，在他的手臂中流淌起来。

与此同时，两条手臂的皮肤也完全变成了淡金色，其硬度、坚韧度都增强了许多。

双臂之后是双腿，双腿之后又是整个上半身，再之后是头颅。当计嘉羽的头颅内都充盈了金色光粒，皮肤颜色也被金色光粒改变时，他只觉得自身的神圣之力浑然一体，可以进行一个圆满的循环，淡金色的皮肤更是如同神圣铠甲一般，将体内的神圣之力牢牢锁住，并且具备着相当强的防御力。

毫不夸张地说，此时的计嘉羽和跌入金色圣河前相比，完全是另外一个人。他已经从头到尾完成了一次蜕变。

不过变化也就到此为止了。

当全身都被金色光粒改变后，计嘉羽发现自己再吸收神圣之力时，它们不再留存于皮肤、骨骼中，也不再化作金色光粒。

"到瓶颈了吗？"计嘉羽暗忖。

当他无法再吸收神圣之力时，就不知道该怎么办了。

"她们怎么还不来啊？"计嘉羽环顾四周，满眼都是金晃晃的"河水"，没有河岸，也没有出路，更没有光明族人的身影。除了水流奔腾的声音外，就再也没有其他声音了。

这里没有太阳、月亮，也就没有天亮、天黑，计嘉羽不知道已经过去多久了，也许是一天，也许是十天，谁知道呢……

之前他沉浸在修炼中，根本没空去在意这个，不过现在他感受到了孤独。

这里太空寂了，一个人也没有，仿佛监狱里的禁闭室，无非是大了些。

不过计嘉羽没有太害怕。首先，他不觉得王音岚和卢珊她们会故意抛弃他；其次，他已经习惯了孤独，谁让他是个孤儿呢？哪个孤儿在孤儿院时不是以孤独为伴？即便方醒会照顾他、教育他，但大部分时候，他仍然是一个人与孤独为伴。

计嘉羽胡思乱想了一阵儿，也想不出什么，所以开始研究起自身的情况来。他现在非常好奇自己到底是什么实力。

三阶前期？中期？还是后期？反正肯定不会是四阶。

据计嘉羽了解，从三阶明灵到四阶明尊，跨度巨大，两者之间有着本质的区别。

他虽然认为自己现在很强，但也就是神圣之力多一点、精纯一点而已。

"所以，这些金色光粒其实也就是高度浓缩的神圣之力而已，本质还是神圣之力，那使用方法也跟以前一样呗。"

计嘉羽想了想，尝试着把金色光粒调出体内，但他惊讶地发现自己那层淡金色的皮肤锁住了它们，让它们无法穿体而出。

不过它们也不是完全没有出口。在金色光粒奔涌时，计嘉羽发现它们似乎都想从他的双眼中奔涌而出。

计嘉羽犹豫了一下，控制着少量的金色光粒涌向双眼。当它们汇聚到他的双眼处时，他便有一种强烈的感觉——他似乎可以将它们尽数释放出去。

在确定金色光粒对眼睛没有伤害后，计嘉羽开始调动更多的金色光粒过去。与此同时，他开始将金色光粒从双眼中释放出去。

那一瞬间，计嘉羽的眼眶化作了纯粹的金色，两道金色光线射出。

"嗞嗞……"

两道金色光线似乎蕴含了无尽的热力，把空气都给灼烧得发出了嗞嗞的声音。

两道金色光线足足维持了十五秒还没有衰弱的迹象，而据计嘉羽的估算，以他体内的金色光粒总量来看，这两道金色光线应该还可以再维持两分钟左右。

他不禁有些激动，虽然没有经过实战测验，但他感觉这两道金色光线的威力肯定不差。

美中不足的是，金色光线只能激射十来米远，而且如果持续时间过久的话，即便神圣之力足够，他的双眼也会有些酸涩，想必还是对眼睛有些影响的。

再有就是，方向有些不好控制。

计嘉羽的身体和脑袋稍微动一下，金色光线的末段便会大幅度摆动，导致无法准确地击中目标。

在复盘了金色光线的缺点后，计嘉羽决定好好练习一下。

这大概都能算作一种圣术了吧？计嘉羽心想。既然是圣术，那得有个名字吧？

计嘉羽想了会儿，做出了决定："就叫神圣射线吧！"

确定名字后，计嘉羽便开始训练起它的精准度了。

在训练过程中，计嘉羽体内的神圣之力被大量消耗，于是他不得不再次闭上眼睛去吸收神圣之力。在消耗完又去吸收，吸收完再消耗的过程中，计嘉羽感觉自己体内的金色光粒变得更加凝实，排列得更加紧密了。

我居然还能继续变强！计嘉羽不禁大喜，旋即更加卖力地修炼起来。

在计嘉羽修炼时，神圣教派总部神圣堂中，又召开了一场会议，这次的与会者数量同样是二十个人，但和上次不同的是，这次的明神足有十二名，另有八名九阶巅峰明圣。现场的气氛较上次也显得更加凝重。

"以圣耀珠目前残存的能量，最多只能再制造十次圣耀世界。十次之后，如果再没人能够执掌圣耀珠，咱们这几十年的计划就失败了。"

"到现在为止，没一个走到最后那一步的，要不就算了吧？"

"算了？怎么可能算了！那可是圣耀珠，七神珠之一，你说算了就算了，对得起这几十年来为它付出的人吗？"

"最后十次圣耀世界，咱们就什么也别管了，让所有选拔者都去试试吧，不然就没机会了。"

"把计嘉羽唤醒吧，我们等不到他精神力彻底恢复了，没时间了。"

"加大对那个金瞳女子的搜查力度，这是我们最后的机会了。"

神圣堂中，大家激烈地争论着，忽然，现场所有明神级强者的脸色都变了。在这一刹那，她们清晰地感觉到自己脚下的禁忌司核心之地，正有一道磅礴如海的神圣之力在凝聚。

圣耀珠……似乎失控了！

最后的机会

神圣城，禁忌司。

地底的核心处也被称为神禁之地，是专门开辟出来保存圣耀珠的地方。

此时此刻，这块足有一个小区大的空旷区域内正充盈着液体状的神圣之力。当神圣堂中的明神、明圣们赶到时，这些液体状的神圣之力恰巧开始飞快地收缩、凝聚。

她们没有阻止的意思，当然也没能力阻止，作为七神珠之一，圣耀珠有着超乎她们想象的强大力量。

于是，在她们的注视下，磅礴的神圣之力很快便凝成了一个金色气泡。金色气泡中，清气与浊气分离，两者之间有世界在孕育。

看着那个气泡，再看看那颗已经褪去金色，化为灰色的圣耀珠，现场的明神、明圣们久久无言。

片刻后，金色气泡彻底稳定，其内的世界孕育成形后，便嗖的一声穿透墙壁，消失无踪。

"……"

"这是为什么？"

所有明神、明圣都陷入了沉默。

在过去的时间里，圣耀珠每次制造圣耀世界，消耗的神圣之力的量都是固定的，但这次不是。它将足以制造十次圣耀世界的神圣之力尽数消耗掉了，似乎是制造了一个较大的圣耀世界。

这个圣耀世界会有什么不同吗？明神、明圣们不知道，她们现在只在乎一件事——那颗已经褪成灰色的圣耀珠怎么样了。

一名明神上前将它拾起，握在手中，无论是注入神圣之力，还是用神识去冲击它，它都没有任何反应，似乎真的变成了一个无用之物。

"唉……"一名明神沉沉地叹了口气。

"看样子，这就是最后的机会了。这次圣耀世界开启，要是再选不出它的执掌者，它就没有价值了。"

"没有它，接下来的百年计划要怎么开启？魔族的威胁已经越来越大了啊！"

"先派人找到这次圣耀世界的开启地再说吧。另外，把所有选拔者都派过去吧，暂时管不了那么多了。"

"怎么突然就走到这一步了呢……"

所有明神都搞不明白，圣耀珠明明还能维持许久，可最近为什么要那么高频次地制造圣耀世界呢？

似乎，这一切都是从计嘉羽看到守护者开始的。计嘉羽和那个守护者真的是破局的钥匙吗？明神、明圣们暂且不知，但多少抱了一些希望。

于是，作为一号营地的主管者，王音岚临危受命，前往精神之桥唤醒计嘉羽。

王音岚在赶过去的路途中，心情很沉重。

她是一号营地的主管者，数十年来，她几乎参与了选拔计划的每一步。她知道圣耀珠有多重要，知道它的执掌者有多重要，也清楚地知道从圣耀世界中获取高契合度的难度。

别说计嘉羽目前只有百分之一甚至百分之零的初始契合度，就算他的初始契合度达到了百分之六十，他也绝不可能进入一次圣耀世界就达到百分之八十甚至百分之九十的最终契合度，这是铁律。

不过，从最后一个圣耀世界的异变来看，他未尝完全没有机会，谁知道它里面究竟是什么情况呢？

可是……

"唉……"王音岚叹了口气。

现在才过去一个半月而已，距离计嘉羽的精神力完全恢复，还差着半个月时间。

精神力受创、实力才二阶明灵的计嘉羽，真的可以在这最后的圣耀世界中有所作为吗？说实话，王音岚觉得可能性很低，但可能性再低，她都要叫醒他去尝试一下。

说来说去，原因就一个——这是最后的机会了！

王音岚是一名九阶巅峰明圣，其飞行速度之快，不是神圣天马和卢珊可以相比的。短短三个小时，她便从神圣城赶到了精神之桥的入口。

在她临近高大的石门时，那道洪大而悠远的声音同样缓缓响起，王音岚通报完姓名后，一头飞入了高大的石门。

才飞入石门，王音岚就惊呆了。

"精神之桥呢？"

正常来说，所有进入石门的人都会被传送到精神之桥附近，但是，精神之桥呢？

"……"

王音岚沉默了几秒钟，觉得有点不太对劲，于是腾空而起，飞到高处俯瞰下方，只见一条大河轰隆隆地朝前奔流。

如果仅从表面上看，这条大河似乎没有任何问题。但王音岚是谁？九阶巅峰明圣，只差一步便能成神的强者，是接触到了法则的存在。她能清楚地感知到，这条奔涌的金色圣河里的神圣之力居然少了许多。

"怎么会少呢？"

王音岚想了想后，让体内的神圣之力涌向双眼，她眼中的世界顿时发生了变化，只见那河流之上，竟有一块纯白色的没有神圣之力的区域。那块区域向远方蔓延，从大小上看，似乎是一个人形。

王音岚先是疑惑，而后开始思索起来，想着想着，她忍不住狂喜，旋即向着那块白色的区域飞去。

没过多久，王音岚便从金色圣河上看到一道载沉载浮的身影。

她定睛一看，那果然是计嘉羽。

此时的计嘉羽刚刚训练完神圣射线的精准度，正在通过吸收金色光粒充实己身。

看到这一幕，王音岚大感惊奇，紧跟着，她毫不犹豫地催动精神力去探察。她立刻得到了令她惊讶的结论——计嘉羽的精神力不仅完全恢复了，还攀上了一个小高峰。不仅如此，他的修为也从二阶飙升到了三阶巅峰——而且不是一般的三阶巅峰，他的神圣之力比一般的三阶巅峰强者的要精纯十倍不止。

计嘉羽积攒的神圣之力之多，更是让她瞠目结舌。

"他在这里面的时候，到底发生了什么啊？"王音岚喃喃道。

虽然疑惑，但她没有想太久，因为没时间了。不管计嘉羽现在处于什么状态，她都必须把他叫醒。

"嗖！"王音岚加快速度，冲向计嘉羽。

听到风声，计嘉羽顿时睁开眼睛，看到近处的王音岚，他的脸上微微流露出了一丝激动的神色。

他松了口气——她终于来了！

虽说这段时间他修炼得很开心，也不饿，但一个人在这监牢似的地方浮浮沉沉太久，总归会胡思乱想。不过也仅此而已，总的来说，他还是很开心的。

他的实力提升得太快了！

感受到计嘉羽的眼神，王音岚没等他开口便道："实在对不起，这次是我的失误，让你一个人待了这么久。"

计嘉羽道："王助祭，没事，我感觉我也算因祸得福了。"

王音岚闻言，很好奇他这段时间的经历，但还是忍住没问，而是道："先跟我走吧，咱们有话路上说。"

计嘉羽见她有些急的样子，愣了一下，旋即点了点头："好。"

话落，王音岚右手一挥，弥漫在空气中的神圣之力顿时朝计嘉羽的身后汇聚过去，形成了一对巨大的光翼。光翼不受计嘉羽控制，扇动后以惊人的速度带着计嘉羽和王音岚一起朝着远方飞去。

不多时，一个巨大的石门出现在空中，两人直冲过去。

在即将冲出石门的那一刻，计嘉羽忽地回头望了一眼底下的圣河。不知怎的，刚才那一瞬间，他竟有些激动。

那不是他的情绪。

是她的吗？计嘉羽回忆起了之前那个梦，那位月神的梦。

他才想到那位月神，他的心底便有一道声音响起："请代我守护我的家园。"

与此同时，他穿过了石门，回到了正常世界。

回望着高大的石门，虽然知道对方可能听不到，但他还是大声地喊道："谢谢你的帮助，我会尽我所能的。"

一旁的王音岚听到喊声，偏头看了他一眼，但没有立刻出声询问。

"轰！"

光翼扇动，两人化作光影，顷刻间消失在天穹上。

"说说吧，你在月陨之地都发生了什么？"王音岚的声音穿过狂风，回荡在计嘉羽耳边。

"我做了两个梦，梦醒之后精神力就恢复了，然后我等不到你们，就开始修炼，琢磨怎么利用身体里的神圣之力。"计嘉羽开心地说道，"还真让我琢磨出来了一个。"

王音岚道："就这样？没有其他异常？"

"没有啊。"计嘉羽微愣，"说起来，现在过去多久了啊？我感觉我在里面待了好久。"

"四十六天。"王音岚道。

"您不是说我要沉睡两个月吗？"计嘉羽问道。

"对啊，我原本也是这样认为的。"王音岚道。

计嘉羽闻言沉默了一会儿，又道："那您为什么突然来找我了呢？是出事了吗？"

"没错。"王音岚有点讶异于计嘉羽的反应。

"那您说，我听着。"计嘉羽道。

"最后一个圣耀世界开启了，这是你们，也是我们最后的机会了。"王音岚道。

"最后一个？这么突然吗？"计嘉羽道，"您不是说……"

"有太多事要交代你了，我们一个个讲。"王音岚道。

"好。"

"你先开始吧，从那两个梦开始。"

在王音岚带着计嘉羽往回赶时，圣耀司已经找到了最后一处圣耀世界的投放地，就位于神圣王国西北部，雷崖行省辖下的黄象城地界。

黄象城北部区域是一片茂盛的雨林，雨林中盛产一种名为黄象的战象，黄象城也由此得名。

此时此刻，整片巨大的雨林都被一个金色气泡所笼罩，但凡远望到金色气泡之人，无不为之惊叹，但也仅仅只能惊叹一下——当他们被金色气泡吸引到近处时，便发现整个金色气泡的外部竟然驻扎着神圣教派的护教骑士，而且是以两公里为一岗，布置了长达上百公里的隔离带。

这越发让人感到好奇了，这金色气泡到底是什么？里面又有什么？

这同样是许多选拔者心中的疑惑。

光明至上教派

圣耀司在圣耀世界的南侧建立了一座营地，营地之大，几乎等于一个小型城镇。

此时，营地中人声鼎沸，来来往往全都是引导者和选拔者、观察使和选拔者的组合。

遵照神圣教派高层的命令，全神圣澄海范围内的选拔者，无论是否有资格去进行初始契合度的测试，都被带到了营地中，而后按区域进行收容。

他们来时几乎没有被告知任何信息，实在是这个大型圣耀世界开启得过于突然，圣耀司也措手不及，只能先把选拔者聚集起来再说。

对信息的未知以及对未来的忐忑，使得选拔者们都在积极交流。

一号营地的选拔者们也不例外。

营地共被划分为一到十区，每块区域横竖有十排帐篷，每顶帐篷中可以住下至少二十人。

此时第五区第四排帐篷区域的公共食堂内，体形庞大的叶子航正在飞快往嘴里塞着食物。他的身边坐着一个身材较矮小，头发呈淡金色，有着六指的男孩，正是计嘉羽之前的室友丁鹿。

这两人坐在一起的场景要是让计嘉羽看到了，他肯定会感到惊讶，毕竟这两人之前可是有过矛盾的。

不过，这说起来其实跟计嘉羽也有点关系。

当时计嘉羽走之前，让叶子航再去认认真真地给丁鹿道一次歉，叶子航照做了，后来丁鹿虽然没有彻底原谅他，但也不再将那件事放在心上，毕竟报复也报复过了。

再之后不久，两人各自凭借自身的天赋、能力，从选拔营地中突围成功，进入了下一阶段的选拔，然后不断突围，最终一起进入了一号营地。

作为从同一选拔营地走出来的选拔者，两人不可避免地被打上了朋友的标签。面对陌生的环境，两人各自也的确需要同伴，于是两人渐渐成了朋友。

此时，两人正坐在公共食堂里，和一号营地的一众选拔者议论着这次圣耀世界开启的事。

"所以，这是最后一次开启圣耀世界了？"

"不会吧，我的契合度才到百分之六十七啊！就算这次获得百分之十的契合度，也才百分之七十七而已，达不到百分之八十的最低标准……"

"我也达不到啊，这也太难了吧……"

"正常来说是这样没错，但我听说，这次的圣耀世界可以获得的契合度好像比之前要多很多，说不定就有机会呢。"

"总感觉这次的圣耀世界会比之前难很多啊……"

"咱们进去以后可要守望相助啊！"

……

听着大家的谈论声，丁鹿有些出神。

他想到了计嘉羽。

不久前，他和叶子航刚来到一号营地时，第一时间就想去找计嘉羽，可得到的消息却让他们感到不解——来到一号营地的计嘉羽在完成初始契合度检测后，居然昏迷了过去，不久后又在引导者卢珊家中制造出了照亮整个营地的金光，紧接着便彻底消失在了选拔者和引导者们的视线当中，直到现在都没有任何消息，仿佛从没有来过。

许久以来，一号营地的选拔者们都对计嘉羽抱有一定程度的好奇心，而丁鹿和叶子航对他的推崇也加深了他们的好奇心。

须知，计嘉羽可是十数年来，唯一一个先天觉醒了精神力，且拥有灵视的神圣双修者。

可大家都很忙，每天都在为获得高契合度而努力奋斗，随着时间的流逝，大家的这些好奇心也早已被磨灭了，只剩下丁鹿和叶子航还在想计嘉羽。

这次开启的圣耀世界就是最后的机会了，为什么计嘉羽还不现身呢？

"你又在想他？"见丁鹿出神的样子，叶子航瞥了他一眼，想了想道，"想归想，你也要多吃点啊，咱们还不知道这次的圣耀世界究竟是什么情况呢，万一有危险呢？不管之后怎么样，先把肚子填饱了再说嘛！"

丁鹿闻言，犹豫了一下，还是接过了叶子航递来的鸡腿。

近处有几名选拔者听到两人的对话，忽然打开了话匣子。

"我刚才听到有引导者在议论，说是可惜了，计嘉羽本来有可能成为那个最终选拔者的，但就是时运不济，这竟然是最后一个圣耀世界了。"

"我也听到她们聊天了，据说之前圣耀世界投放得那么快以及这次的圣耀世界这么大，都和他有点关系。"

丁鹿和叶子航闻言，心情很复杂。

有一说一，他们也想成为最终的选拔者，可来到一号营地后，见识到的天才太多了，他们心里的火种已经渐渐熄灭了。

而计嘉羽就是他们心中可能成为最终选拔者的人，引导者们也都这么说，真是太可惜了啊！

"这次的圣耀世界可能与往常的不太一样。"

营地的最前方有一顶大帐篷，帐篷内，众多相关的明神、明圣分两排对坐，气氛极为凝重。

"我们看不透它里面的世界，也探察不到任何有价值的信息，唯一能确定的是，这个圣耀世界里的一切都很真实，不再像以前一样，只是幻境，都是虚假的。"

"也就是说，选拔者若在里面遇到危险，受伤或死亡，都会是真的？"

"没错。"

现场一阵沉默。须知，以前的圣耀世界都是虚假的，类似幻境，选拔者进去后受伤或死亡，也只会伤及精神，而且不会很严重，休息休息就会好起来。但这次完全不是。

"既然如此，我们应该告诉他们，让他们自己选择去还是不去。"

"不行，如果告诉他们的话，他们大概率都会选择不去的。机会那么渺茫，付出的却可能是生命，而且这些人都是孤儿，他们只关心自己，不会关心我们的。"

"必须告诉他们，让他们自己选择。你们想想，我们要选择的执掌者是什么样的人？是善良的，是正义的，是勇敢的。要是我们蒙骗他们或者强迫他们去圣耀世界里，我们的这种行为会教会他们什么？我们还配做一个光明族人吗？"

"那你说该怎么办？没有圣耀珠，面对魔族越发嚣张的扩张，我们要怎么应对？"

现场再度陷入沉默。

"而且，按照这次圣耀世界里的能量度来算，三阶以下的修炼者基本都没什么大用。"

"也就是说，我们聚集了那么多选拔者，都是白费工夫？"

"是的。"

"……"

气氛又冷了几分。

"距离圣耀世界开启应该只剩两个小时了，不管怎么样，我们都必须做出决定，这是我们最后的机会。"

"另外，在这个关键时刻，还要小心光明至上教派。"

整个营地乱成了一团。

而远在数百公里外的天穹上，王音岚正带着计嘉羽朝营地飞去。

从高大的石门飞向营地期间，王音岚总算了解了计嘉羽的状态，并为之深深震撼。

"你现在已经三阶巅峰了，你的神圣之力的精纯度、积攒的轮数，以及你的精神力都远超一般的三阶，只是因为没有具体检测或实战过，我也不清楚你具体能击败什么境界的对手。另外，三阶明灵很少有人能像你一样，用眼睛释放神圣之力，而且还那么久。"

"很好，这样的话，我对你更有信心了。"王音岚稍稍振奋了一下精神。

"所以王助祭，到底发生什么事了啊？"计嘉羽问道。

"一个大小和重要性都远超过去的圣耀世界开启了，而且如果不出意外的话，它将会是最后一个。这是我们最后的机会了。"王音岚看着计嘉羽的眼睛，道，"在圣耀司里，很多人都觉得这一切改变都是你带来的，你很可能成为那个人。"

"我有那么特殊吗？"计嘉羽沉默了一会儿才道。

王音岚轻笑道："你已经很特殊了。"

计嘉羽看着王音岚的笑容，也笑了笑。

王音岚的声音有点沉重："之前没有跟你讲过圣耀世界内的情形，我现在给你详细地讲解一下。

"另外，你还需要多注意一下其他事、其他人。"

计嘉羽愣了一下，问道："什么人？"

"光明至上教派的人。"王音岚道，"这次行动牵涉面太广，人员太混乱了，他们绝不会放弃这次机会的。"

计嘉羽听完这段话，没有着急问，因为他知道，王音岚肯定会告诉他什么是光明至上教派的。

就这样，王音岚一边飞行，一边教导计嘉羽，两人渐渐临近了黄象城，远远地望见了那庞大的圣耀世界。

看着那如天空陷落般的场景，计嘉羽久久无言，一旁的王音岚则感到很是震惊——这次的圣耀世界汇聚的能量是之前的十倍，大小更是之前的十倍不止。

两人说完光明至上教派，王音岚又给了计嘉羽几张卷轴，上面记录着四阶、五阶修炼者的一些修炼方式和特征，还有一些低阶的圣术，以防万一。

计嘉羽才接过卷轴，远方的营地忽然响起一道震耳欲聋的爆炸声。

与此同时，一圈透明的波纹以营地为中心，向着四面八方扩散而去，势不可当。

王音岚见此一幕，露出难以置信的神色。她能明显察觉到，这是明神在施展场域！

须知，场域是一个神级强者最强大的手段。

一个光明族的明神级强者，为什么要在神圣王国的腹地动用场域？难不成营地里来了魔族强者？

这不可能吧！

王音岚心里有些担心。

计嘉羽也频繁地望向她，心里在猜测发生了什么。

他能感觉到，应该不是什么好事！

真实世界

在王音岚带着计嘉羽小心飞往营地时，营地之中正上演着惊人的一幕。

只见在透明波纹笼罩的范围内，神圣之力飞快涌动，凝聚出一只只巨大的纯白色手掌。手掌呼啸间，将一个个面容惊恐的选拔者拎起，而后飞快地朝圣耀世界方向飞去，并将他们重重地扔了进去。

看到这个场景，营地中的引导者们神情复杂。

五位明神神色凝重，瞬间便冲向透明波纹的爆发点，即场域的中心点。

对付场域，这显然不是明智之举，可碍于当下的局面，她们也只能这样做。

须知，一个已经完全展开的场域，只有两种破解之法。

第一，在场域中撑开自身的场域，以强对强，破坏对方的场域。

第二，在场域之外击伤展开场域的神级强者，使之无法维持场域。

其实这两种方法，在场的几位明神都能做到，可是，这么做必然会伤到那位展开场域的神级强者。

但她们之间不是敌人。

即便那个明神现在做的事令她们内心生厌，可她们之间仍然算不上敌人。她只是走错了方向，做错了事。

要知道，每一位明神级强者都是神圣澄海的财富，是神圣教派的高层，在没有确切的叛族证据之前，她们不能刀兵相见。

从神级强者反应过来到起飞抵达场域中心点，只不过短短一秒钟，可就在这么极短的时间里，便足有上百名选拔者哇哇大叫着被扔入了圣耀世界。

"姜可，快住手！"

一位明神级强者用神识向施展场域的明神传达信息。

对于神来说，声音承载的信息量过少，传播速度又缓慢，而神识则足以让他们在一秒钟内完成上千次的交流。

"我在做正确的事。"姜可道，"圣耀计划从发起到现在，多少人承担了她们本不该也不能承担的责任？有多少人为此耗尽一生？有多少人为之死亡？我不能让所有人的努力都付诸东流，无论事后大先知会降下什么惩罚，我都认！现在，请你们不要阻止我，否则的话，别怪我不顾情面！"

听完姜可的话，现场立刻有明神出言相劝："用这种强制的方式让他们进入圣耀世界，不是正解！万一真的诞生了圣耀珠的执掌者，他也会怨恨我们的！"

"他怨恨的是我，不是你们。"姜可道，"如果执掌者诞生了，而他又放不下对我的怨恨的话，我愿意以死赎罪！"

"姜可，你别说这种气话！"

"我们还有其他办法！"

"还能有什么办法？最后一个圣耀世界开启，我们必须把所有选拔者都送进去，除此之外，别无他法！你们别说了，我说了，我不会收手的！"

"……"

言止于此。

五位明神也拿姜可没办法。她明显不怕事后受罚，也不怕死亡，她认为她所做的事情是正确的，是符合圣耀计划的利益的。

五位明神只能眼睁睁地看着姜可把所有选拔者送入圣耀世界中。她完成这一任务后，便自动解除场域，呆立于原地，颇有束手就擒的意思，但在场的五位明神也不能立刻抓捕她，她们没这权力。

在神圣教派内部，只有执秩司才有抓捕教派成员的资格，但现场暂时没有执秩司成员，这里已经被圣耀司封锁了。

在现场陷入一片寂静时，王音岚终于带着计嘉羽来到了近处。

包括姜可在内的六名神圣教派成员都感受到了两人的气息，于是朝他们望了过去。原本已经如木雕、泥像一样的姜可看到计嘉羽后，身体周围又涌现出了神圣之力。

五位明神反应极快，其中一人直接站到了她面前，朝她摇了摇头："不行！"——不是因为那人是计嘉羽所以不行，而是在能够阻止的情况下，任何人都不能再成为圣耀计划的牺牲品了。

姜可看着对面的那位明神，沉默了几秒钟，又低眉垂目起来。

不行就不行吧，计嘉羽虽然是最有可能执掌圣耀珠的人之一，但前不久精神力受创，现在肯定还没好全，进去圣耀世界也只是炮灰而已，已经进去那么多选拔者了，不缺他一个。姜可默想道。

"盛司祭，这里发生了什么啊？"

作为九阶巅峰明圣，王音岚的精神力境界已经达到了入圣后期，只差一步便能产生神识，因此，她能清晰地感知到，这整个营地中，连一个人族的气息都没有。

她口中的盛司祭是一个体格健硕，身穿皮质短裤的中年女人，是在场的六位明神之一，也是圣耀司的司祭。

神圣教派以大先知为领袖，与众位大司祭组成神圣议会。大司祭一般不兼任各大下辖司的司祭，但少数几个较为特殊的司除外，圣耀司便是其中之一。

"姜可把所有选拔者都强行送入圣耀世界里了。"圣耀司司祭盛小彗语气平静地道，仅从语气，根本无从判断她的情绪状态。

王音岚闻言，陷入了沉默当中。

她其实能理解姜可。姜可的母亲死在魔族手里，而按照当初神圣议会的结论，圣耀珠可能是神圣澄海对付魔族唯一行之有效的手段了。姜可如今做出这样的极端事情来，便也在情理之中了。

只是，这件事会不会对计嘉羽产生什么不好的影响呢？

作为一号营地的负责人，王音岚很清楚计嘉羽的身世、来历，知道他一心所想无非是学得本领，然后回到光明城完成复仇，他并不是很在乎自己能不能成为圣耀珠的执掌者——当然，如果成为执掌者后实力能得到极大的提升，那又是另外一码事了。

可是，无论是她还是他，都明白，成为圣耀珠的执掌者后，将会承担极大的责任，甚至需要付出一部分自由，到时候他能不能回光明城都是未可知的事。

总而言之，言而总之，计嘉羽根本没有进入圣耀世界的理由，特别是在这个圣耀世界是真实的，危险性极高的情况下。

先前她把这件事告诉计嘉羽的时候，说的是他要是不进去，那么等圣耀世界开启结束，圣耀计划失败，他恐怕就得不到很好的修炼资源和教育资源了。这不是威胁，而是无可奈何的事实，为了提高自身的实力，计嘉羽沉默许久后选择进入其中。

可现在，当神圣教派内部出现了这种视人命如草芥的人时，他还会坚持当时的选择吗？他还会对光明族、对神圣教派抱有信任和好感吗？

王音岚不知道，但她不会瞒着计嘉羽。

这时计嘉羽正疑惑呢，他虽然没有王音岚那么强的精神力，但又不瞎，整个营地里空荡荡的，只有气势强大的引导者，没有一个选拔者，没有一个男性，没有一个人族，这太不正常了啊！

正当他要出言询问时，王音岚转头轻叹了一口气，道："刚才姜可明神做了件事，她把所有选拔者都强行送入圣耀世界里了。"

"包括那些刚到天堂岛的选拔者吗？"计嘉羽闻言，沉默了好一会儿才问道。

"对。"

"那他们岂不是很危险？"

"对。"王音岚说完，看着计嘉羽的眼睛，道，"这件事的确是她做得不对，她事后肯定也会受到处罚，如果你因为这件事不愿意进圣耀世界，我也不会多说什么的，而且我个人愿意负责你十年内的修炼资源。"

"……"

看着王音岚的眼睛，计嘉羽毫不犹豫地做出决定："我愿意进去，但只是为了救人。"

王音岚闻言微微愣了一下，旋即道："这两者其实是一件事，完成了圣耀世界的考验，提升了契合度，成为执掌者，那么危险自然就不存在了。"

"我懂，但我愿意进去，只是为了救人。"计嘉羽道。

"好吧……"王音岚道。

计嘉羽有些固执，但没关系，他愿意去圣耀世界就行，清楚地知道他此时状态的王音岚可是对他抱着极大的期待。

两人交谈之间，似乎根本没把圣耀世界里的危险当回事，而其实，比他早许多年进入一号营地的选拔者里面，已经有四阶、五阶的明尊了，可他却说要去救他们，王音岚也没有反驳，这是一件非常诡异的事。

值得一提的是，两人交谈时声音很小，像是在刻意遮掩什么。

事实也正是如此。

现场除了王音岚之外，根本没人知道计嘉羽的精神力已经恢复完好，实力也得到了极大的提升。她这么做，无非是在防着一个势力——光明至上教派。

对于大多数选拔者来说，这次圣耀世界之行，最大的危险其实不是来自圣耀世界本身，而是来自光明至上教派。

"那走吧，我送你进去。"

既然计嘉羽做出了决定，那自然无须再多停留。

眼见王音岚把计嘉羽朝圣耀世界的方向送去，引导者们纷纷感到惊讶，她们都是知道计嘉羽的。

他不是精神力受创了吗？这才多久啊，就被接了回来，现在去圣耀世界不就是送死吗？

明神们有的冷眼旁观，有的惊讶，都没把计嘉羽当回事。

实在是圣耀世界开启得太突然，计嘉羽受的伤又太重了，根本没人觉得他进入圣耀世界会有希望，他们觉得以他现在的状态，他可能连那些初入冥者都不如。

黑甲士兵

目之所及，都是绿色。一阵微风吹过，树林如同起伏的大海，响起整齐悦耳的浪潮声，散发出阵阵清香。

丁鹿站在悬崖边缘，看着下方枝繁叶茂的密林，有些不知所措。

几分钟前，他还在和他的引导者交谈呢，后者正依照圣耀司司祭盛小彗的命令，将此次圣耀世界的特别之处告诉他，并耐心地等待着他的回复。可忽然间，那蕴含着磅礴神圣之力的能量手掌出现，无视他的引导者的阻止，强行将他扔进了这圣耀世界中。

跟他同一时间被丢进圣耀世界的人有很多，可现在他无论是环顾四周，抑或是极目远眺，都看不到一个选拔者，仿佛这个世界里只有他一个人。

才十几岁的他猝然间面对这种局面，内心是很恐惧的，不过在神圣澄海的经历，以及之前三次进入圣耀世界的经历让他明白，恐惧并没有用处。在不确定是否有救援人员，不知道此次圣耀世界具体关闭时间的情况下，他目前必须解决几件事。

第一，摸清楚所处区域的具体情况——有没有危险？有没有水源？有没有果树或者可以抓捕的野兽？

第二，找到一处可以过夜的安全点。

第三，在条件允许的情况下，尽可能多地找到选拔者，跟他们一起行动。

对于一个活着的人来说，最重要的无疑是水和食物，其中水尤其重要。

如果换作其他人被突然丢进森林，可能会不知所措很久，但丁鹿没有，他之前恰巧有过在森林里求生的经历。

寻找水源有许多方法——可以听，听水流的声音；可以闻，潮湿味重的方向有水源的概率较大；除此之外，通过观察地势、植物的生长情况等都能找到水源。

不过这次倒不用那么麻烦，他站得高看得远，此时在他的西边约莫两公里远的地方，正好有一条溪流朝南边流去。

丁鹿观察了一下天色，觉得不能再继续干等下去，于是他找路下了悬崖，朝溪流的方向而去。

林木茂盛，遮蔽了阳光，一路上到处都是枯枝败叶，空气中弥漫着腐臭的味道。

丁鹿小心翼翼地前行，目光四处扫射，提防着一切可能存在的危险。

忽然间，他定在了原地。

他闻到了淡淡的血腥味。

虽然他站着没动，但血腥味越来越浓。这意味着流血的生物要么伤势在加重，抑或是数量变多，要么是与他之间的距离在缩短，而无论是哪一种可能，对他来说都不是好消息。

耳边渐渐传来窸窸窣窣的声音，有东西在飞快地靠近他。

他想了想后，决定先躲起来。

他虽然和叶子航同时来到了一号营地，但修炼时间毕竟不长，只有二阶后期的实力，远未达到进入一号营地几年时间的选拔者的平均水平。他若贸然去帮忙，不仅帮不了别人，还会害死自己。

他边想边爬到了一株大树的树干上，躲在茂盛的树叶后观察着声音的来处。

声音越来越大，血腥味也越来越重，丁鹿放慢了呼吸，抓住树干的手逐渐用力，身体僵硬，一动也不敢动。

片刻后，声音终于来到近处，而透过树叶看到来者后，丁鹿忽然愣住了。

"叶子航？"

只见齐腰高的荆棘丛中猛地冲出一个巨大的身影，犹如一辆战车，将荆棘和乱枝撞得飞起。他神色仓皇，奔跑中不时回望，眼中充满了恐惧。

丁鹿顺着他的目光向后看去，只见还有五名选拔者也在夺命狂奔，表情同样惊惧不已，似乎后面有什么恐惧之物在紧追不舍。

丁鹿没有疑惑太久，便看到两个身着漆黑铠甲，手持黑色长刀的高大人形生物在飞快冲向六人。他们身高有两米多，简直不像人类，而且奔跑跳跃间，爆发力明显比六名选拔者高出一筹。

单从丁鹿的观感来看，黑甲人是可以轻易追上叶子航六人的，但他们没有，而是刻意控制着速度，将叶子航六人朝着前方逼赶。

他们这是在消耗叶子航几人的体力，同时，也是在将叶子航几人赶入包围圈。这两名黑甲人还有同伴！

面对这像极了野兽捕猎的围捕，丁鹿很快便做出了判断，紧跟着陷入了纠结当中。

该怎么办？

首先，引导者明明白白地告诉过他，这次的圣耀世界极为诡异，里面所显化出来的一切都是真实的，而不再像之前的圣耀世界，在里面死了顶多是精神受到些许创伤，在这次的圣耀世界里，死了可就是真的死了。

他年纪虽小，可对死亡也有着清晰的认知。

自己现在该做些什么？又能做些什么？

下方的叶子航已经是三阶明灵，其他五名选拔者里也有三名三阶明灵、两名二阶明灵，自己如果贸然上去的话，似乎什么忙都帮不上。

可是如果不去的话，他又过不去自己心里那道坎儿。

他跟叶子航虽说关系不算多么亲密，可到底也是同一个选拔营地出来的，之前一起经历过两次圣耀世界的历险，这段时间相互扶持而来。况且经过这段时间的相处，他对叶子航多了几分了解，这胖子本质不坏，只是猝然得到超乎常人的力量和权力，想要尽可能地"物尽其用"，从而保护自己而已。

说到底，这些都是以前的生活带来的影响。丁鹿也是孤儿，他可以理解叶子航。简单来说，他已经认可叶子航是朋友了。

他扪心自问，自己可以看着朋友就这么死吗？他做不到。

想通之后，他不再犹豫，开始仔细思考破局之法。

他思绪纷飞，目光转动间，忽地定格在一片茂盛的血红色的花丛上。他先是一惊，旋即心生一计。

此时的叶子航非常想哭！

他原本正开开心心地在食堂里吃着加餐，却突然间被丢入了茂盛的密林中，还没搞清楚怎么回事呢，就看到十几个选拔者恐惧地叫喊着朝他冲来，吓得他爬起来就开始夺路狂奔。

在之后的一小段时间里，他亲眼看到一个个身披黑甲的人形生物击中了落后的选拔者，刺鼻的血腥味传来，差点把他吓得尿了裤子。

叶子航之前也没经历过这种事啊！

有人在他面前死了，还是以如此恐怖的方式！这直接引爆了他体内的小宇宙，让他爆发了全部神圣之力，冲到了最前面。

短短十几分钟，一路逃亡的同行者就只剩下六个人了，大家都筋疲力尽，神圣之力也消耗得差不多了，心中的恐惧几乎要喷涌而出。他想哭，但没空哭，他想活着！

"叶子航，往这边跑！"

正当他心生绝望之时，一道熟悉的声音响起。

几乎是一瞬间，叶子航便认出了声音的主人，不由得惊喜地大喊道："丁鹿！"

"快，往这边跑！"丁鹿焦急地喊道。

叶子航不明所以，但他相信丁鹿不会害他，于是掉转方向，朝丁鹿的方向冲了过去。

叶子航身后的五名选拔者本来也是无头苍蝇的状态，见叶子航和丁鹿有了主见，忙不迭也追了上去。只是跑在最后面的选拔者实在太虚弱了，速度大大减缓，被一名黑甲人追上了。黑甲人长刀一挥，黑光闪烁间，那名选拔者甚至来不及惨叫一声，便倒地不起。

刺鼻的血腥味直冲丁鹿的鼻腔，让他浑身汗毛竖起。那名选拔者倒下的画面让他越发明白引导者口中"真实与死亡"的真正含义。

他越发恐惧，也越发愤怒起来。

这都怪那只突如其来的手掌！

不过恐惧归恐惧，愤怒归愤怒，他没忘记自己当下的处境。

只见叶子航咚咚咚地冲到丁鹿近前，丁鹿将一片宽阔的树叶朝他甩去，树叶中盛放的黑色汁水洒了叶子航一身，后者顿时有些发蒙，但丁鹿的解释及时到来："这是黑檀的汁液，可以掩盖人的气息，看到那边的红色花丛没？那是一种具备超凡能力的食人花，我们躲到那里面去！"

丁鹿说话时，也朝后面的四个选拔者泼了一身的黑檀汁液。

黑檀这种树擅用汁液吸引猎物，树身中蕴藏着非常多的汁液，丁鹿轻轻一刮就能得到一捧。

一行人浑身滴落着漆黑的汁水，一头扎入了那红色花丛中。

红色花丛的花朵长满了白森森的尖牙，看得丁鹿、叶子航几人浑身发紧。紧随其后的黑甲人们来到食人花丛前，站住不动了。他们虽然不知道这种红色的花是什么，但本能地感知到了危险。

在他们之后，很快又有三名黑甲人赶到，五名黑甲人站在原地，用一种奇怪的语言交流了起来。

片刻后，三名黑甲人绕过红色食人花丛离开了，另外两名则蹲下身，闻了闻丁鹿、叶子航等人留下的黑檀汁液，起身寻找起来，看样子是不抓到他们誓不罢休了。

与此同时，红色花丛中的丁鹿和叶子航对视起来，两人同时开口问出了同一个问题。

"到底发生了什么？"

是啊，到底发生了什么？他们怎么就突然被丢进圣耀世界了？怎么就莫名其妙地遭遇敌人，被追杀了？他们要怎么做才能出去啊？

关于这些，双方一概不知。

同时，在这个巨大的圣耀世界中，类似的事情在不停地上演，每秒钟都有选拔者在死去，血腥气渐渐充斥在这个世界里。

灾变战场

"我刚刚进来就被他们追杀，直到现在，我什么都不知道啊……"叶子航苦着张脸道。

丁鹿闻言，看向另外四名选拔者。

四人也都摇了摇头："我们也差不多，刚进来就被追杀。"

见四人复又把目光聚焦在自己身上，丁鹿叹了口气："别看我，我虽然没被追杀，但也什么都不知道。"

巨大的红色食人花丛中，六人陷入了沉默，但很快，丁鹿甩了甩头，把杂念抛诸脑后，道："没时间想这么多了，刚才那几个人……姑且先把他们当作人吧，他们肯定还会再追上来的，咱们得先想想办法，看怎么才能活命！"

"他们每个至少有三阶的实力，而且都是中后期，我们肯定是打不过的。"叶子航口齿不清地说道。

丁鹿闻言朝叶子航看去，见叶子航正不断地从上衣的内侧口袋掏出某种碎渣状食物塞进嘴里，他再瞟了下叶子航全身上下鼓鼓囊囊的口袋，以前的无奈此时全都变成了钦佩："牛，还是你牛，不过咱们现在至少先不用担心饿死了。"

"你得担心。"叶子航下意识地捂紧口袋，"这都是我的老本儿！"

丁鹿懒得理他。

接下来，另外四名选拔者也纷纷说出了自己观察后得出的结论。

"那五个黑甲人身上的黑甲防御力极强，而且他们配合得非常默契，应该是一支训练有素的小队。"

"咱们根本就没其他办法，只能尽可能逃出他们的追杀范围。"

"对，去跟其他选拔者会合，他们强归强，但人少啊！"

一番交谈后，六人得出了一致结论——利用红色食人花丛，甩脱五名黑甲人，然后去寻找其他选拔者。

这次被丢入圣耀世界的选拔者成千上万，区区几个黑甲人，一人一口唾沫都能把他们淹死。

做出决定后，丁鹿便领着五人朝南边走去。

他记忆力很好，刚才站得高看得远，已经把红色食人花丛的分布记在了脑子里。往南走，食人花的覆盖面积更广，分布得更密集，黑甲人找到他们的概率也更低，出了食人花丛再往南，则是一片更茂盛的原始森林。

原始森林里虽说肯定也有危险，但相较于五名神秘的三阶黑甲人，应该还是要好很多吧？

很快，六人便沉默地前行。

在此期间，五名黑甲人也找到了黑檀汁液，将其倾倒在身上后追入了红色食人花丛。

他们似乎知道丁鹿、叶子航等人的动向，一路上根本没有走弯路，直直地追了上去。

"嘭！"

正在追赶时，一名黑甲人忽地踩爆了什么东西，他低头一看，发现是一地珍珠大小的神圣能量。

距这五名黑甲人两公里远的区域，叶子航面色一苦，道："他们追上来了！”

那些神圣能量是丁鹿让叶子航他们撒下的，留在那些黑甲人前行的必经之路上。

“他们有追踪之法。”丁鹿脸一沉。

“我们得加快速度了！”一名选拔者道。

“丁鹿，上来，我背你吧！”一名选拔者犹豫了下，朝丁鹿走了过去。

丁鹿是六人中最弱的，只有二阶后期实力，他们若全力奔行，丁鹿完全跟不上他们。

丁鹿也没有扭捏，情势紧迫，容不得他矫情。

这名选拔者背起丁鹿后，一行人加快了速度，不多久，丁鹿又被换在了另外一名选拔者背上，那人也没有怨言。

他们虽然加快了速度，但依旧没能拉开与黑甲人的距离。片刻后，他们身后便传来了沉重的脚步声和刀兵撞击的声音。这是黑甲人采取的心理攻势。

一行人虽然焦急、恐惧，但都没有放下丁鹿的意思。

眼看着黑甲人越来越近，又重现了之前的包围阵势，丁鹿咬了咬牙，朝身下的叶子航道：“放我下来吧，你们逃！”

叶子航边往嘴里塞吃的边道：“不放，你冒险来救我，我怎么可能抛下你苟且偷生？你在想屁吃！”

丁鹿闻言，心头掠过一丝暖意，他沉默了一会儿，道：“我这样只会拖累你们，把我放下来吧，我应该可以帮你们解决一个黑甲人。”

“不可能，想屁吃。”非常尴尬的是，说完这句话后，叶子航真的放了个屁，听着响声，他颇有些不好意思地笑了，“不好意思，吃太多了，没控制住。”

“……”丁鹿无语。同时，他不着痕迹地摸了摸自己右手的那根假的小拇指。

由于过往经历的关系，丁鹿对人、对世界向来都抱着最大程度的警惕。在晋人一号营地，进入过两次圣耀世界后，他积攒了不少资源，从而换到了一种致命毒素，并将其涂抹到了藏在小拇指中的短刃上，他有信心在黑甲人不察的情况下，给予他们致命一击。

他们虽然身着黑甲，但全身上下总有裸露的部分，比如眼睛，比如鼻孔。

与计嘉羽相同，丁鹿在蓝域的事也未完成，但生死横在眼前，他也只能无奈妥协。在关键时候，他会从叶子航身上跳下去帮叶子航他们拖延时间的，他已经做出了决定。

然而，正当丁鹿心存死志之时，他身下的叶子航忽然叫道："前面有人，我感受到神圣之力了，是选拔者！"

丁鹿猛然间大喜。很快，他也感受到了神圣之力，大量的神圣之力！

不远处有好多选拔者！

那些选拔者似乎也听见了这边的动静，正朝他们疾速赶来。

不远处，正在围捕丁鹿几人的黑甲人同样察觉到了神圣之力，有撤退的意思，可他们还没来得及开始撤退呢，便有圣洁的白光从天而降！

圣光呈"十"字状，巨大的"十"字燃烧着白色的火焰，扭曲了空间，令人望而生畏。

"圣光十字！"丁鹿和叶子航同时叫道，心中那块大石瞬间落下。

虽然才来一号营地短短一个多月，但无论是丁鹿还是叶子航，都不再是初入选拔营地的修炼小白了。他们都知道，圣术这东西是只有到了五阶才能施展的。

在五阶明尊面前，区区三阶的黑甲人连盘开胃菜都算不上！

只见燃烧着白色火焰的圣光十字缓缓落下，一缕缕火焰溢向周围，仿佛有灵智似的，自动朝着五名黑甲人冲去。

五名黑甲人想也不想，掉头就要逃跑，可根本不及圣光火焰快。情势危急之下，其中一名黑甲人居然主动冲向另外四名黑甲人的身后，为他们承受了火焰的撞击和灼烧，在惨叫声中倒下。

可圣光十字威能不减继续追击。眼见没有活路了，四名黑甲人不再逃跑，而是掉转头，再度冲向丁鹿、叶子航等人。这次他们不再手下留情，全力奔跑跳跃，与此同时，黑刀上缭绕起了黑色的雾气。那雾气似乎有着极强的腐蚀性，所过之处，一片灰黑。

无论是那名黑甲人临死前的掩护，还是这四名黑甲人自知必死下的反击，都证明了一件事，这支黑甲人小队来历非同一般！

可即便如此，在五阶明尊的圣术的攻击下，他们依旧只得无奈饮恨。哪怕他们拼死一击，也根本无法对丁鹿、叶子航等人造成丝毫伤害。

危机解除。

丁鹿立刻从叶子航身上跳了下来，后者当即瘫倒在地，大口大口地喘气。刚才在逃命期间，叶子航的体力和神圣之力其实都接近耗尽状态了，如果不是援军赶到，再过几分钟他也撑不住了。

另外四名选拔者也没好到哪里去，只有丁鹿状态稍微好一些。

"别坐下，快起来！"

五人刚刚瘫坐在地上，忽然听到有声音从不远处传来。

"太累了，歇会儿，歇会儿。"叶子航瘫在地上，一动都不想动。

但丁鹿轻轻踹了他一脚："快起来！"

"敌人不是都死了吗？"叶子航抱怨道。

"你看看他们。"丁鹿望向正大量冲过来的选拔者，脸色苍白。

叶子航抬头望去，只见密密麻麻的选拔者身上流着黑檀汁液，满脸仓皇之色地冲了过来。他们身上大多带伤，即便是为首的五阶明尊宋煜辉也浑身是伤。

他的胸口、腹部、手臂上都有刀划过的痕迹，可怕的伤口流出的血液已经凝固成黑色的血渍，与灰尘和破掉的衣服糅合在一起，简直惨不忍睹。

叶子航当即大惊。

虽然一号营地的选拔者众多，但五阶明尊没几个，宋煜辉正是其中之一，而且是最强的几人之一。

连宋煜辉都被伤成了这样，而且面前这至少上百人的选拔者队伍也是一副逃难的模样，这次的圣耀世界到底是什么情况啊？

丁鹿和叶子航几乎绝望了！

"起来吧，先走，边走边告诉你们怎么回事。"脸色苍白如纸的宋煜辉走到丁鹿、叶子航几人身边道。

叶子航和丁鹿六人没有抱怨，也加入了人群之中，紧跟着，他们发现，像他们这种因宋煜辉及时赶到而获救的选拔者还有不少。宋煜辉边带着他们去找安全的地方歇息，边告诉了他们这次圣耀世界的一些基本情况。

"如果我没猜错的话，这里应该是大灾变时期的一处战场。"

"灾变战场？"

听到这句话，所有人都露出了茫然的神色。

第25章

初战

"你们都知道大灾变吧？"宋煜辉道。

"知道。"

"知道。"

"不知道。"

"不知道。"

零零散散的声音响起。

对于法蓝星七海六域百分之九十的生灵来说，大灾变都是最基本的常识，但世界那么大，总会有些人不了解，这群没有接受过基础教育的孤儿便是其中的一个群体。

宋煜辉听完众多选拔者的回应，沉吟了几秒钟后，道："简单来说，大灾变是一场改变了法蓝星格局的战争。大灾变之前，法蓝星处于冰河时代，那是一个群英荟萃的璀璨年代，也是妖、精两族的鼎盛时期。他们坐拥妖精大陆，统御世界，咱们人类只能作为他们的附庸存在。而大灾变后，生存着魔族与兽人族的小行星飞至，将妖精大陆撞沉了。妖精大陆后分裂成了六块大陆，生态遭到破坏，奇诡之象丛生，又产生了七片海洋，史称七色海。七海六域共称神澜奇域。自此，冰河时代结束，法蓝星进入黑暗时代，那一年，也被称为黑暗历元年。

"黑暗历最初的几年时间，七海六域的各大族群征战不休，导致生灵涂炭，而其中的主要战争基本是各族联合对抗魔族。

"我研究过那段时间的史料，魔族在全法蓝星投入了数以千万计的士兵。如果我没认错的话，刚刚追杀你们的，就是魔族的一支行军搜索小队。

"所谓行军搜索，就是大部队前往交战地区时，在不确定敌军是否有埋伏的情况下，先派遣小分队在大部队的预定前进路线上行军，探察情况，以确保大部队路途上的安全。

"行军搜索小队通常是五到十二人的配置，刚才围捕你们的魔族小队与这一队人员配置相符。另外，魔族投放在各大战场上的士兵有统一的军衔划分，从下到上分别是魔兵、魔将、魔帅和修罗，刚才那支五人侦察小队只是一支初级魔兵小队而已。"

"……"

宋煜辉所说的内容信息含量极大，众多选拔者花了许久才将其消化。

"所以，你们是遇到魔将了吗？"丁鹿问道。

宋煜辉低头看了一眼自己满身的伤，苦笑了一声："魔将？如果真是魔将，我早就死了，是两支高级魔兵队伍。"

"咝！"叶子航倒吸了一口凉气。

高级魔兵小队就让宋煜辉伤成这样，那魔将岂不是六阶起步？如果遭遇的是五名六阶魔将，那他们就算汇集起几百个选拔者也没有用吧！

"等等，大灾变早就结束了吧？但你说这里是一处灾变战场是怎么回事？我们不是在圣耀世界里吗？"叶子航忽然拍了拍脑袋道。

"原因我不知道，但从我遭遇到的几支魔兵小队来看，他们肯定是在做行军搜索，如果不出意外的话，后面必然会有大部队……"宋煜辉道。

"简单点说，我们死定了？"叶子航快哭了。

"往好点想的话，你至少可以撑着死。"丁鹿看着一直在往口里塞食物的叶子航，无奈地说道。

一层金色薄膜隔绝了圣耀世界的内外，计嘉羽穿过水面似的金色罩子，眼前豁然开朗。

他站在山巅一处广阔的平台上，朝前看是一望无际的碧蓝天空，其下则是无边无际的原始森林。

清新的空气，略有些令人不适的温度，风吹动树海发出的波涛声，一切都显得那么真实。

计嘉羽只稍微感叹了下，便认真地观察起来。按照出发前与王音岚商量的计划，他首先要找到选拔者大部队才行。

很快，他便发现了不对劲的地方。在茂密的森林中，有一大片区域的树木呈倾倒状，就像茂盛的头发秃了一块那么明显。

那里发生过激烈的战斗！

如果他没料错的话，战斗的一方肯定是选拔者，那另一方呢？

计嘉羽不清楚，外界的光明族人也不清楚。

这次的圣耀世界是不同于以往的，她们也没有经验。碍于一些特殊的规则，她们无法进入圣耀世界，所以一切信息都得靠计嘉羽自己去搜集。

确定了一处战斗地点后，计嘉羽继续观察，没再发现什么异常现象，于是他准备出发前往那处战场。

可突然间，他感受到了危险。他当即调动起了神圣之力，准备应敌。

短短十几秒钟，四面八方忽然冲出来五名黑甲人。他们身材高大，黑甲坚硬，手中的长刀弥漫着黑色雾气，隐约可见刀身上闪烁的寒光。

五名黑甲人包围着计嘉羽，没有交流，没有给他任何反应的时间，立刻便挥舞着长刀攻了上去。

眼见五名黑甲人气势汹汹地冲来，计嘉羽内心略有些紧张，但也还算沉稳，毕竟在来之前，他是考虑过这种情况的，只不过如今的情况略有些突然而已。

"嗡！"

只见计嘉羽的体表猛地浮现出淡金色的光芒，在阳光照耀下，他看起来像是一个金人。

他的双臂、双腿、上半身、头颅，每一个部位都是金色的，也昭示着他三阶巅峰明灵的实力。

光明族的圣职者和神职者修炼，一、二阶都是积攒神圣之力，到了三阶才开始有所不同。

如果是圣职者，那么三阶时是利用神圣之力改变肤质，形成神圣肤质，从双臂、双腿、上身到头颅，分别代表着前期、中期、后期、巅峰四个小境界。

而如果是神职者，三阶时则是把由神圣之力凝聚而成的光粒吸入体内，排列成特殊的轨迹，使之流动起来，依旧是根据光粒流动的区域来确定，双臂、双腿、上身和头颅分别为前期、中期、后期、巅峰四个小境界。

圣职者的神圣肤质可以使得修炼者具备超凡的防御能力和沛然大力；神职者的神圣光粒则可以配合使用一些特殊的器具，辅助修炼者施展出较低级的圣术。

三阶巅峰的神圣肤质几乎可以比肩铁器，寻常的刀枪很难击破，但五名黑甲人手中的长刀一看就不是凡物，计嘉羽可不敢被它们砍到。

在面临生死危机的情况下，计嘉羽的精神空前集中，他以通透境的精神力轻易地辨识出了五名黑甲人的实力——三名为三阶中期，一名为三阶后期，一名为三阶巅峰。

三阶巅峰的那个黑甲人境界与他一致，但他分明能够感知到对方比他弱很多。

关于这一点，王音岚给了他答案。

正常来讲，一个初入三阶的圣职者、神职者的体外、体内只能覆盖、贮存十轮神圣之力，但计嘉羽不同，他的体外、体内分别覆盖、贮存着五十轮神圣之力——这还没算上流淌在他体内的神圣光粒。

简而言之，他的实力远超一般的三阶巅峰修炼者。

五名黑甲人肯定不知道这一点，既然如此，计嘉羽就可以打他们个措手不及！

心念电转间，计嘉羽已经有了决断，并付诸行动。

只见计嘉羽的双脚亮起了蒙蒙的金色微光，整个人如离弦之矢，向那名三阶巅峰的黑甲人暴冲而去，其速之快，堪比奔马。计嘉羽眨眼间便来到了黑甲人面前，黑甲人正高举黑刀，几乎来不及反应，可他总归是身经百战的老兵，即便事发突然，也依然做出了本能的反应，他收刀横在身前，刀身上黑芒迸发，锋利难当。

面对黑甲人的防御姿态，计嘉羽猛地一顿，右脚飞踢而出，把地面上的砂石全都踢到了黑甲人的面前。砂石随风飘入黑甲人的面甲，模糊了他的视线，紧跟着计嘉羽欺身而上，竟朝他的右手抓了过去。

其他四名黑甲人这时才反应过来，看到计嘉羽欲夺刀的动作，内心都有些想笑——同境界之下，一个人族居然敢跟魔族比力气，那真是蚍蜉撼树！更何况，魔气是法蓝星世界最高等的能量之一，同等级的神圣之力根本无法撼动它分毫。

然而，他们很快就笑不出来了。当计嘉羽的双手握住那名黑甲人的右手时，那名黑甲人忍不住发出了一声惨叫。

计嘉羽的力气太大了！那名黑甲人的手掌都被捏碎了。不仅如此，计嘉羽的神圣之力品质极高，而且非常磅礴，如同开闸之水奔流而下，轰然撞击在黑甲人的魔气上，直接将魔气轰击消散。

计嘉羽成功夺过了黑甲人的黑刀，当即把体内排列成玄奥轨迹的神圣光粒引导而出，光粒覆盖在黑刀上时，后者立刻发出嗞嗞嗞的声音。

看到这一幕，另外四名黑甲人都惊呆了。

这个人是什么鬼啊！他以为他们的黑刀是圣器吗？居然用神圣之力去覆盖、净化！要知道，在等级相同的情况下，神圣之力是不可能撼动魔气的。

不过，他们转瞬间又想到，三阶巅峰的黑甲士兵不也被他突破了防御吗？这个人的神圣之力的品质肯定很高，甚至是非常高，因为只有这样，他才有自信做出夺刀后将刀化为己用这种事。

不过他们不知道的是，计嘉羽完全不知道自己的神圣之力品质很高这件事，也不知道黑甲人的武器是魔族兵器，不能用神圣光粒去覆盖、净化，他只是觉得有武器总比没有强，而且神职者的战斗方法，不就是利用武器去施展圣术吗？

他完全不知道自己无意间做了多么不可思议的事。

除魔

夺刀，再运用神圣之力对其进行覆盖、净化，只是短短一瞬间的事，不过三阶巅峰的黑甲人已经强压住骨碎的痛苦反应过来，左手也不知从哪里摸出了一把匕首，朝计嘉羽的左腰捅去。

匕首尚未接触计嘉羽，计嘉羽的皮肤已经感受到一阵刺痛，他当即将皮肤下的神圣光粒汇聚过去，与神圣肤质一起形成了双重防护，刺痛感顿时减轻了不少。

"当！"匕首刺在计嘉羽腰间的皮肤上，竟然溅起了火花，但没能刺进分毫。

感受到计嘉羽腰间传来的阻力，三阶巅峰的黑甲人神色剧变，感到不可思议。他对光明族的修炼者是有一定了解的，三阶圣职者的神圣肤质确实有些防御力，但绝对没到这种夸张的地步。须知，他这把匕首可不是寻常的匕首。

他脑海中各种念头电转，与此同时，计嘉羽已经狠狠地挥刀朝他砍来。

计嘉羽虽然是第一次下如此狠手，但眼神坚定，下手沉稳，连丝毫的颤抖都没有。

"当！"

黑刀砍在黑甲人的脖子上，与黑甲撞击，发出了金属交击的声音，同样有火花四溅。

虽然黑甲挡住了黑刀的攻击，但黑甲人并没有因此便松口气，反而恐惧不已。计嘉羽这一刀力道极大，虽然没能斩破黑甲，但撞击产生的冲击力几乎要把他的颈椎骨震断了。他头晕眼花，连防御姿态都维持不住，而且还察觉到丝丝缕缕的神圣之力正从黑刀中涌出，附着在他的黑甲上。

计嘉羽竟把黑刀当作一个导引工具，将体内的神圣之力给释放了出来，也没有太多花里胡哨的技巧，只是极其直接而狂野地想用神圣之力碾压他。

偏偏计嘉羽还真能做得到！

他哪来这么多神圣之力啊！黑甲人近乎绝望。

计嘉羽体内，神圣之力如潮水似的涌出，渐渐侵蚀了黑甲，削弱了它的防御力。感觉差不多后，计嘉羽再度挥刀朝着黑甲人的脖颈斩去，他眼神坚定，没有任何犹豫，即便在此之前，他连鸡和鱼都没有杀过。

他能够清晰地感受到这五名黑甲人是真心想置他于死地，如果他不杀他们，他们就会杀他，而他不能死，他还有许多事没有做完。

"哧！"

吞吐着神圣刀芒的黑刀落下，黑甲人直挺挺地倒地。计嘉羽心跳加快，但没有恐惧，他只是有些惊讶，为什么这黑甲人的血是黑色的？

不过他没空想太多，现在还不是时候。

在除掉这名三阶巅峰的黑甲人后，计嘉羽复又转头冲向另一名三阶后期的黑甲人。可正在计嘉羽转身之时，已经倒地的那名黑甲人不知道从哪里冒出来一股力气，左手竟再度挥动匕首刺向计嘉羽的后背，黑色的雾气中隐见血色。

由于事发突然，而且计嘉羽潜意识里认为死人是没有威胁性的，于是忽略了那名黑甲人，等他感受到危险的时候，匕首已经刺入了他的神圣肤质，匕首尖端有黑色的液体渗出，但立刻被计嘉羽体内的神圣光粒包裹、炼化了。

须知，计嘉羽的神圣之力来源于金色圣河，那可是月神级强者遗留下来的，其品质之高，已经达到了神级。虽然计嘉羽没有神体，发挥不了神级神圣之力的作用，可即便是它本身所带的威能，也已经足够强。

三阶巅峰黑甲人的拼死一击，刺破了计嘉羽的皮肤，鲜血顺着伤口流下，但也仅此而已。计嘉羽强忍着疼痛转过身，看到黑甲人的尸体一动不动，但依旧不敢小觑。

黑甲人这是用他的生命为计嘉羽上了一课，面对这种未知生物时，哪怕对方已经倒地不起，依旧不能掉以轻心。

世界之大，无奇不有，只有最大程度地保持警惕，才能长久地活下去！

修成三阶明灵后，神圣肤质不仅增强了防御力，也增强了恢复能力。在神圣之力的催动下，那被刺破的皮肤飞快蠕动，把匕首给推了出去，紧跟着新长出的肉丝相互纠缠，缝合了伤口。

在此期间，计嘉羽已经挥刀冲了出去。

此前他并没有战斗经验，也没有拿过刀，甚至很少打架，但他不傻，他知道在这场战斗中，自己才是占据上风的那个，他只需要用自己的优势碾压对方即可。

那么，自己的优势在哪里呢？当然是实力比他们强，神圣之力比他们多，还有就是他刚刚发现的，自己的神圣之力对这几名黑甲人的能量有压制效果。

剩下的四名三阶黑甲人对他而言就只是盘菜——开胃小菜。

面对像战车一样暴冲而来的计嘉羽，三阶后期的那名黑甲人怒喝一声，与另外三名三阶中期的黑甲人一起摆出一副要包围作战的架势。

计嘉羽虽然被他们的动作唬到了，但并没有因此减缓速度。

可下一秒发生的事让他诧异无比——四名黑甲人居然毫无尊严地转头

就跑。

看着朝四个方向逃跑的黑甲人，计嘉羽都茫然了，他该去追谁？

他只犹豫了零点一秒便做出了决定——去追那名三阶后期的黑甲人，这名黑甲人的威胁性比较大，万一之后隐藏在暗中想要偷袭他怎么办？

这种危险还是提前解决了好。

眼见着计嘉羽追来，那名三阶后期的黑甲人心若死灰。据他观察，以计嘉羽的速度，他百分之九十五是逃不掉的。不过也没关系了，他们只是一支行军搜索小队而已，只要有人回去报信，他的牺牲就不算白费。

不过，真不甘心啊，他真不想死在这里啊！

两者一追一逃，很快便拉近了距离。

要是丁鹿、叶子航等人看到这一幕，必然会震惊得说不出话来。

他们进入圣耀世界后，立刻被魔兵小队追杀，随时都在与死亡打照面。可是计嘉羽呢？好家伙，在被五名魔兵包围的情况下，他居然不仅可以除掉一魔，还追着另外一名魔，让后者心生恐惧，慌不择路。

这差距简直让人汗颜！

眼见计嘉羽越来越近，黑甲人横下了心。作为一名士兵，他不打算坐以待毙。

"爆血！"

黑甲人调动体内的魔气猛烈地撞击自己的每一滴血液。他们魔族的血液中也蕴藏着魔气，与外部的魔气相撞后，形成了强大的能量流，能量流席卷了他的全身，令他气势暴涨。他猛地跃起，转身，双手持刀朝计嘉羽劈去，黑色的刀芒瞬间破空而出。

"咻！"

刀芒划破长空，把四周的光线尽数吞噬，遮挡住了计嘉羽的视线。

计嘉羽想也不想，从斜下方抬起刀，神圣之力从手掌倾泻而出，覆盖在整个刀身之上。

淡金色的刀芒聚集在刀锋之上，疯狂地闪动着光芒。

它似乎感受到了黑色刀芒正在袭来，甚至有一种迫不及待的感觉。

他双手猛地往前一甩，淡金色的刀芒奔腾而去。

连一秒钟都不到，轰的一声，两道刀芒撞击在一起，产生了巨大的爆炸声。金色刀芒没有任何阻滞，势如破竹地突破了黑色刀芒，劈在了黑甲人的黑甲上。

"砰！"

金色刀芒渗入黑甲中，然后钻入黑甲人的体内，伴着惨叫声，一阵焦味弥漫开来。

闻到焦味，计嘉羽皱了皱眉头，但还是强忍着心中的不适，走向跌倒在地的黑甲人，用精神力去感知他的生死状态。

这名黑甲人是真的死了，透过面甲的裸露处可以看到，他的身躯已经一片焦黑，俨然是被烧成这样的。

可按道理来讲，神圣之力只对一些有负面属性的生物才会有灼烧效果。这黑甲人不是人族吗？

计嘉羽沉默了几秒钟，蹲下身子去拆卸黑甲人的黑甲。

黑甲摸上去冰冷刺骨，有金属的触感，关节处有倒扣钩住，穿戴时连接稳定，拆卸起来则非常简单。

计嘉羽拆卸黑甲时异常沉默，一是因为黑甲人死状过于凄惨，二则是因为他发现这黑甲人果然不是人族，也不是光明族人，而是来自一个奇特的族群。

首先，他的血液是黑色的，体表有着密集的鱼鳞似的鳞片，尾椎骨的地方有着一条短小的尾巴，额头上还长了一个角。

计嘉羽虽然是孤儿，没接受过系统的基础教育，但还是认得眼前的生物的。毕竟他小时候，护工啊，小朋友啊，都会拿魔的形象来吓唬人，在光明城，魔的形象基本上和超级大坏蛋是画等号的。

这分明就是个魔啊！这不是圣耀世界吗！怎么会有魔族士兵啊？

计嘉羽有点蒙。

不过眼下不是发蒙的时候，另外三名黑甲人逃走了，随时都可能带着援军回来，他必须立刻离开这里。

在走之前，计嘉羽想把魔族士兵的黑甲穿在身上，但试了一下，黑甲实在是太大了，没办法，他只能退而求其次，拿走了这名魔族士兵的黑刀。

魔族士兵的黑刀有绑带，计嘉羽把其中一把黑刀绑在背后，另一把握在右手，这才快速下了山，融入了密林之中。

第 27 章

通透世界

原始森林中，树冠遮天，几乎没有缝隙供阳光洒落，枯枝败叶铺满地面，湿润的空气中弥漫着腐臭味，时不时有几只爬虫飞快蹿过，发出窸窸窣窣的声音。

计嘉羽藏身在一个狭窄的洞穴中。他用精神力感知过，在这个岩壁不断滴水的洞穴中，连只虫子都没有，四周也没有什么大型野兽或其他生物，可以说是非常安全。

直到这时，计嘉羽紧绷的心才终于放松下来。他低头看了看自己的手，原本握刀时稳如磐石的手此时正不断颤抖。

刚才魔族士兵倒下后鲜血喷洒的画面不断在他眼前闪现，让他心跳加快，呼吸加重。

要知道，在此之前，他连老鼠都没杀过。

两名黑甲人虽然是魔，但形态与人类几乎一致，甚至在杀死他们之前，计嘉羽真的以为自己杀的是人类。

计嘉羽虽经历过不少坎坷，但并非一个冷血的人，这样的不适也在情理之中。不过很快，他便收敛了情绪。

与其说是收敛，不如说是强行按在心底，毕竟他现在身处危险区域，容不得胡思乱想，或者有多余的情绪。

在这里，一个不小心是会死人的。

在没回到光明城完成目标前，他不能死，他还要完成方醒的遗志呢！

情绪稳定下来后，计嘉羽长出了一口气，站起身走出洞穴，分辨了方向，朝着之前在高处观察到的交战区域走去。

现在他已经知道了，如果不出意外的话，选拔者的敌人应该就是魔族。

那么问题来了，圣耀世界里为什么会有魔？又有多少魔？那些魔的实力都怎么样？

再然后是，怎么样才能打破这次的真实的圣耀世界？

带着疑惑，计嘉羽很快便抵达了交战处。

入目所见，到处都是倾倒断裂的大树，还有大量选拔者的尸体，从他们的伤口和血液凝固的程度判断，他们应该是身亡不久，空气中弥漫着极其浓烈的血腥气。

看着这凄惨至极的场面，计嘉羽胃中翻滚的同时，也异常愤怒。

他虽然不认识这些选拔者，但毕竟和他们是同类，而杀死他们的，则是妄图征服这个世界的异族，其手段之残忍，让计嘉羽难以接受。

最重要的是，这次的圣耀世界是真实的。

这些选拔者的死亡也是真实的。

计嘉羽强忍不适，观察着四周，意图找到一些线索。

正在此时，他心中警铃大作，通透级别的精神力在向他示警。与此同时，三阶巅峰的神圣肤质产生了某种应激反应。

在精神力示警的下一秒，计嘉羽的后脑勺部位传来了明显的刺痛感。他想都没想，猛地偏过头去。

紧跟着，咻的一声，一根黑色的箭矢从计嘉羽的耳边飞射而过，呼啸的劲风在他脸颊上留下了擦伤，鲜血渗出。

"轰！"

黑色箭矢撞击在断裂的树枝上，轻易地穿透了它们，紧跟着深穿地底。

躲过致命一击后，计嘉羽也没去望箭矢射来的方向，而是运转体内的神圣光粒，朝密林中冲去。在不知道敌人人数和位置的情况下，用地形来做掩护才是明智之举。

在奔逃的同时，计嘉羽的后心位置又传来刺痛感，他下意识一翻身，黑色箭矢凶狠地一射而过。再之后是脖颈、腰部，一根根箭矢接连不断地射过来，几乎没有停顿，对方仿佛不需要瞄准似的。

不过在神圣肤质的提示和磅礴的神圣之力的支撑下，计嘉羽最后还是成功地躲入了密林之中。

大树参天，粗大的树干完美地遮挡了他的身形。他闭上双眼，犹如实体的精神力向着四面八方扩散而去。

他虽然闭着眼，但能够看清事物，像是长了第二双眼睛，而在这双眼睛的观察下，世界更加清晰，各种细节细致地呈现在他的眼前。

整个世界都变得通透了。

在这个通透世界中，计嘉羽又看到了五名魔族士兵。但与之前那支队伍不同的是，这支队伍的配置明显更优质，装备也更精良，同时实力也更强大，而且强大了不止一星半点。

五名魔族士兵中，有三名为四阶巅峰，一名为五阶中期！

这种配置的队伍，显然不是计嘉羽可以力敌的，因此他想也没想便做出了决定。

逃！

计嘉羽没有从交战处得到太多有用的信息，所以他随便选定一个方向后，开始夺路狂奔。

"嗖嗖嗖！"

一根根黑色箭矢应声而落，每次都差点射中计嘉羽，可总归是没有射中。

不过五名魔族士兵也不急，他们按照之前接受的围捕、追杀训练，开始朝着计嘉羽追击而去。

在追击过程中，弓箭手负责限制计嘉羽的走位，五阶中期的小队长负责指挥，另外三名有负责施加魔咒的，有负责加速追击的，有负责准备近身作战的。

通过通透世界铺捉到他们的动态后，计嘉羽的心不禁一沉。

虽然他只有三阶巅峰的实力，但这支魔族小队完全没有小觑他的意思，还是在尽全力地追杀他。

既然如此，那就让他们追吧！

"看你们追不追得上！"计嘉羽转过头，冷冷地扫视了他们一眼。

虽然这五名魔族士兵的实力都比他强，可若要论体内的能量总量，他们五个加起来恐怕都不及他那么多，质量方面则更是望尘莫及。

如果魔族士兵是打算耗尽他的体力和神圣之力的话，那他们可就打错算盘了，不仅打错了算盘，还把自己推进了坑里。

有着神圣肤质的计嘉羽速度飞快，加上又有通透世界为他"导航"，他根本不用眼睛看就知道下一步该往哪里跑。

计嘉羽的反应能力让魔族士兵都惊讶了，不过他们并不担心，在他们看来，计嘉羽只是一个三阶巅峰明灵而已，撑不了太久就会耗尽神圣之力。

虽说三阶巅峰明灵通常都已经学会了恒定冥想，可以在作战时恢复神圣之力，有一定的"续航能力"，但也是比不上正常冥想的效率的，所以他的恢复速度绝不可能比得上消耗速度。

可是五分钟后，五名魔族士兵却惊讶地发现计嘉羽的神圣之力居然只有少许的消耗，反倒是他们的魔气消耗了不少。

这不正常啊！

不过，不正常归不正常，追击还是要追击的。

在接下来长达十分钟的追击过程中，计嘉羽的速度开始减缓，他腾挪跳跃间还出现了失误，双方之间的距离越来越近了。

这不禁让追击的魔族士兵思考：先前他保持了那么长时间的高速度前进，表现出极快的反应能力，应该是在透支神圣之力吧？这样也好，他若耗尽了神圣之力，就没有反击的余地了。

然而，正当五名魔族士兵这样想的时候，一道黑光突然破空而至，瞬间击中了一名全力狂奔的四阶巅峰魔族士兵，大量附着在黑刀上的神圣之力顺着魔族士兵的伤口进入他的体内，仿佛烈火一般灼烧着他。

"啊！"

那名四阶巅峰魔族士兵的惨叫声响起。

"他怎么还有这么多神圣之力？"

另外三名魔族士兵有些惊怒。

他们明明已经追着计嘉羽跑了十来分钟，正常的三阶明灵的神圣之力早该耗尽了，但看计嘉羽刚才甩出那把长刀的架势，完全不像神圣之力即将枯竭的人。

而且，他甩的不是飞镖，是黑刀啊！

他哪来这么大力气？哪来这么好的准头？

这当然又是通透世界赋予计嘉羽的能力了。通透世界不仅可以帮助修炼者视物，还有引导和锁定的功能。

不过相比起甩飞刀的准头和神圣之力的量，计嘉羽对他们产生的威胁才是最让他们震惊的。

须知，三阶到四阶是一个大境界的差距，如果不是在极其特殊的情况下，三阶的修炼者不太可能击败四阶的修炼者，可计嘉羽不仅做到了，还是以"秒杀"的形式做到的！

更可怕的是，他到现在都还游刃有余。

这个三阶明灵到底什么来头啊？他还有什么底牌？

"改变计划。"忽然间，那名五阶魔族士兵开口了，"立刻包围，将其速杀。"

他们收到另外一支魔族搜查小队的信号，知道计嘉羽有点东西，所以打算先消耗他一下，然后再进行围杀，可计嘉羽眼下展现出来的能力让他们有了危机感。

他们本以为自己是猎人，可是，真的是这样吗？

在追击中，天色渐渐暗了下去，让本就漆黑阴冷的密林越发黑沉。不过，这对魔来说没什么影响，他们的眼球上覆盖着一层薄膜，可以让他们在黑暗中也能正常视物；对于计嘉羽也没太大影响，他的通透世界也有夜视功能。

黑夜的到来，只是让气氛变得更加肃杀罢了。

在五阶魔族士兵的带领下，其他三名魔族士兵很快便从侧面将计嘉羽包围起来了，至于另外一名魔族士兵，则被计嘉羽超高品质的神圣之力折磨得动弹不得，必须时刻用魔气去对抗，很难再发挥有效的作用。

正常来讲，以计嘉羽的实力，一个四阶的魔是追不上他的。虽然他的境界稍低了些，但神圣之力充沛，他可以随时全力奔逃，而且不用考虑能量消耗的问题。

但是，碰到一个五阶的魔，他就没有办法了。

这个五阶魔族士兵的爆发力太强了，他直接绕到计嘉羽的前方，把计嘉羽拦了下来。

看着眼前身高与他相似的五阶魔族士兵，计嘉羽心头压力巨大。须知，他之前完全没有任何战斗经验，在前往精神之桥，实力得到提升前，他就是个刚接触修炼的人族。不过，压力归压力，他的心态倒是很平和。

在死亡危机的压迫下，计嘉羽渐渐展现出了自己的天赋。

第 28 章

底牌

"轰！"

计嘉羽正前方的十余米处，那个五阶魔族士兵身上猛地腾起黑色的黏稠物，它迅速弥漫，复又收敛，覆盖在他的黑甲之上，散发出慑人的威势。

计嘉羽瞬间便感受到了扑面而来的刺痛感，仿佛有无数根针在扎他的皮肤。如果不是已经练成了神圣肤质，他现在恐怕已经千疮百孔了。

不，也只有他能保全自身，正常的三阶明灵即便有神圣肤质，恐怕也会身受重伤。

这就是超越了他两个境界的五阶魔尊的实力！

魔族虽然来自外星球，但等级划分和法蓝星差不多，都有一至十二阶，一至三阶为元魔，四至六阶为魔尊，七至九阶为魔皇，十到十二阶为魔神。

魔族在元魔阶段和法蓝星的大多数族群一样，都是积攒能量以锻体的阶段，到了四阶、五阶、六阶，他们才会逐步地展现出超强的战斗天赋。

首先，四阶的魔尊就可以施展魔族的战技和秘术，而五阶的魔尊，更是能修炼出魔兽星独有的魔煞。在魔煞的加持之下，无论是秘术水平还是近身作战的攻击、防御能力，都会得到极大的提升。

不过魔煞也分等级，背景越深、天赋越高的魔修炼出的魔煞便越强，计嘉羽眼前的五阶魔尊的魔煞其实就很一般。

但是魔煞再一般，那也是比计嘉羽强两个境界的魔尊施展的啊！

更何况，在计嘉羽的左侧、右侧、后侧，还分别有三名四阶巅峰魔尊蓄势待发。

"哗啦啦……"

计嘉羽体内的神圣光粒开始飞快流动，与此同时，他冥想出了圣光圣徽和圣骨圣徽的样子。随着他对精神力掌控水平的提高，冥想对他来说越发成了一种简单的事。冥想的三大状态"深层冥想""浅层冥想""恒定冥想"，他也都一一领悟了。

所谓恒定冥想，就是时时刻刻都在冥想，可以增强和恢复神圣之力。

也不知道是不是因为在圣耀世界，他的神圣之力恢复起来，比在外界快了一倍有余。

这更是让他的"续航能力"提升到了一个夸张的地步。

有通透境的精神力，有恒定冥想，有远超同阶修炼者的神圣之力，这些加起来就是他沉着冷静地应对五阶魔族士兵的底气！

五阶魔尊在魔煞覆体后，没有出言或是等待，而是直接朝计嘉羽冲了过来。

五阶魔尊体形与他类似，黑甲与之前的魔族士兵身上的有所不同，武器也不再是制式长刀，而是一杆全身漆黑的长枪。

五阶魔尊右手接连伸出，枪影翻飞间，一道道黑色的枪芒朝着计嘉羽刺去。虽然只是枪芒，但它带给计嘉羽的危机感比先前的箭矢带给他的更强烈。

计嘉羽的精神力覆盖四周，凭借着比五阶魔尊还强的精神力，他清晰地感知到了魔尊身体肌肉的细微变化，感知到了枪芒的方向，并以此为依据做出了应对。

"哧！"

另外三名魔尊从左侧、右侧、后侧袭来，浑身魔气汹涌，将地面的灰尘都掀飞而起，使得四周的空气越发浑浊不堪。

"当！"

计嘉羽避过五阶魔尊的黑色枪芒，右手上的黑刀横劈而出，体内的神圣光粒附着其上，然后倾洒而出，形成了一片由神圣光粒凝聚而成的刀芒。刀芒还没斩击到三名四阶魔尊的身前，便令他们有一阵烧灼之感，甚至于他们体外的魔气都在自燃。

"他的神圣之力质量太高了。"

三名四阶魔尊当下都有些胆寒，现场也只有五阶魔尊的魔煞能抵挡一二了。

魔煞，那是以魔气为基，更高等级的能量。

"我来吸引他的注意，你们趁机攻击就行。"

五阶魔尊发现计嘉羽的神圣之力对四阶魔尊的威胁性后，对他们发出了命令，随后直接欺身而上，手中的长枪刺破空气，发出了尖啸似的爆鸣声。

计嘉羽则没空再去管其他三名四阶魔尊，全身心地投入到与眼前的敌人的战斗中。

正如计嘉羽的神圣之力会让四阶魔尊有灼烧感一样，五阶魔尊的魔煞同样让计嘉羽有刺痛感。

他强忍疼痛，把手中的黑刀挥舞出了刀影，防守得水泄不进，但短时间内也找不到反击机会。

在刺击的过程中，五阶魔尊逐渐从惊讶变得茫然。

法蓝星上的人族都这么厉害的吗？虽然自己才来到法蓝星，因与法蓝星的法则不相融，实力有所降低，但自己的无双枪术也不应该是一个三阶明灵能够挡得住的吧？这个人族似乎知道自己的每一枪要刺到什么地方，并提前做出闪躲，让自己的攻击变成无用功。

这不应该啊！

带着对计嘉羽实力的惊讶，这名五阶魔尊把魔煞从全身各处调集到枪身之上。

"流光魔影枪！"

在五阶魔尊调动魔煞之时，计嘉羽的通透世界便察知到了危险。他体内、体外蕴藏的神圣之力飞快地蓄积在神圣肤质的表层与皮肉之中，充当防御之用。与此同时，他的呼吸开始放缓，眼中隐隐可见淡淡的金色。

"轰！"

低沉的爆鸣声伴着黑枪的突刺响起，五阶魔尊的魔枪的枪尖形成了光波，朝着计嘉羽扩散而来。光波在飞射过程中飞散开，雪花似的覆向计嘉羽的全身。

魔煞撞击在计嘉羽的神圣肤质之上，在上面留下了点点黑色的斑点，犹如霉菌一般，但很快便又被神圣之力给修复了。

虽然已经有所预料，但五阶魔尊还是吃了一惊，不过也仅此而已。

枪芒的光波碎片不断撞击在计嘉羽身上，让他身上出现了创口。虽然创口不断被修复，但多少有一些光波渗入了他的体内，久而久之就会造成无法挽回的后果，除非他能一直供给大量的神圣之力。

在计嘉羽全力抵挡五阶魔尊的流光魔影枪的同时，五阶魔尊向另外三名四阶魔尊使了个眼色，后者纷纷朝计嘉羽挥刀劈砍，一道道黑色刀芒冲向计嘉羽。

计嘉羽腾不出手来，只能选择用身体去硬抗。

"砰！"

"砰！"

"砰！"

刀芒撞击在计嘉羽的神圣肤质上，造成了神圣之力的大量损耗，强劲的冲击力让计嘉羽的五脏六腑都在剧烈地翻腾，他忍不住喷出了一口鲜血。

看到他喷出鲜血，五阶魔尊狞笑了一声。

纵然你的能力再诡异，你也只不过是一个三阶明灵而已。法蓝星的低等族群，总归要臣服在魔族这一至高族群的统治之下。

想到此处，五阶魔尊不禁加大了魔煞的输出。

计嘉羽又硬抗了几次四阶魔尊的刀芒，脸色已经苍白如纸了。他的气息虚弱，只是强弩之末了。

看着计嘉羽的状态，四名魔尊都稍微放松了点警惕。

计嘉羽这个诡异而强大的明灵，竟将他们也耗得精疲力竭了。再这么继续斗下去，还没能除掉计嘉羽呢，他们都要没有再战之力了。

然而，就在他们略微放松警惕的那一刹那，五阶魔尊心里忽然有了警兆。

他们魔族也有精神力，不过他们称之为魔念。

一个五阶的魔尊，魔念其实不弱。在面对致命危险的情况下，他的魔念在疯狂地示警，但还是晚了。

只见夜色之中，两道金色的光芒一闪即至，由于离得太近了，五阶魔尊甚至没有闪避的时间。

"哧！"

金光迸射的那一瞬间，五阶魔尊的肩头便多出了两个黑色的血洞，而且这还没完。

金光与计嘉羽的眼睛呈一条直线，他微微偏头，金光也跟着移动，接着，金光竟顺着五阶魔尊的左肩，把五阶魔尊的整个左肩都给洞穿了。

五阶魔尊惨叫一声，疯狂往后撤，但根本来不及。计嘉羽的双眼迸射出的神圣射线长十几米，操控起来又简单，他只要动动脑袋便能更改攻击方向。

紧跟着，五阶魔尊握着长枪的右肩也被击中了，黑色的鲜血流到了地面上，嗞嗞作响，把地面灼烧出一个个孔洞。

看到这一幕，剩下的三名魔尊都惊呆了。他们瞪大了眼睛，完全不敢相信眼前这一幕。

计嘉羽不是已经是强弩之末了吗？为什么还可以施展圣术？他哪来这么多神圣之力啊？

不对，三阶明灵什么时候可以施展圣术了？而且，他这个圣术怎么没完没了？

正常来说，类似的圣术应该很快就会因能量耗尽而结束，可计嘉羽的神圣射线根本没有结束的意思，在击中五阶魔尊的双肩后，又朝他们这边扫了过来。

使用神圣射线不比用双脚追击，计嘉羽只是转了转脑袋，看向三名四阶魔尊，他们便被击中，倒地不起。

看着地上的尸身，计嘉羽陷入了沉思。

"原来我这么厉害……"

在此之前，计嘉羽只是把神圣射线当作一个底牌，王音岚也跟他说过神圣射线很厉害，但他不知道它究竟有多厉害。现在看来，五阶以下的修炼者，自己都能秒除啊！

用精神力确定三名四阶魔尊都彻底死亡了后，计嘉羽这才走向双肩在不断流血的五阶魔尊。

"会说人族语吗？"计嘉羽低头看向他，眼中金光闪烁。

这名魔尊见计嘉羽开口，立刻喷出一长段计嘉羽听也听不懂的语言，想必就是魔族语了。

听了一会儿后，计嘉羽便抬起右手的黑刀，朝着五阶魔尊挥去。

黑刀快要接触五阶魔尊的时候，他突然止住了。

在激烈的战斗中被迫杀生是一回事，在战斗结束后，除掉一个手无缚鸡之力的生物，那又是另一回事。

不过，计嘉羽很快就打消了这个顾虑。这可是魔，想要他的命的魔，他不能心慈手软。

念头既生，计嘉羽挥动了黑刀……

绝境

除掉五阶魔尊后，计嘉羽把他身上的黑甲扒了下来。

两人身高、身材相仿，这身黑甲虽然残破不堪，但穿上总比不穿好。

穿上黑甲，戴上面甲，背起黑枪，计嘉羽又把另外三个魔的黑刀收了起来，紧跟着，他还不忘回到先前那名被困的四阶魔尊身边，用黑枪结束了其性命，收了其黑刀。

做完这些，他潜入密林，消失无踪。

一个小时后，计嘉羽已经深入了原始森林，但他并没有放松警惕。

由于他本身是没有隐藏行迹的经验的，如果圣耀世界内的魔不止两三支队伍，那么他被追踪到的概率极大，所以他必须时刻保持警惕，同时还得不停转移位置。

与此同时，他也在寻找高处，好去搜寻选拔者们的踪迹。可令他心凉的是，一路上除了七零八落的尸身和凝固的血液外，几乎没有其他线索。

看着那些选拔者的尸体，计嘉羽心头燃起了熊熊的怒火，也越发肯定了自己先前斩草除根的行为，心里再没有一丝一毫的负罪感。

如果他不杀魔族，这些选拔者的下场就会是他的下场。

随着看到的尸身和战斗现场越来越多，从战斗的余波中，他判断出，圣耀世界内绝对有六阶魔尊级别的强者。

面对五阶魔尊，他还能凭借自身高质量的神圣之力，以及出其不意的神圣射线予以击杀，但是六阶的魔尊就悬了。

这个圣耀世界中到底发生了什么啊？

自己必须变得更强才行！

计嘉羽右手垂下，轻轻抚了抚挂在腰间的三张卷轴。这是先前王音岚给他的，上面记录着四阶、五阶的一些修炼方式和低阶圣术。

他现在已经是三阶巅峰了，只差一步即可登上四阶。

虽说他的情况特殊，大概率是打好了基础的，但王音岚还是建议他继续夯实基础，毕竟他的修为来得太过容易。然而，如果他在圣耀世界中遇到了万不得已的情况，那又是另外一说。

现在就是特殊情况。

六阶魔尊，其实力之强，远超五阶魔尊！

计嘉羽只祈祷这里没有七阶魔皇，如果有的话，那选拔者们基本就没有希望了。

但是，即便真的碰到七阶魔皇，计嘉羽也绝对不会坐以待毙的。

想到这里，计嘉羽忍不住摸了摸额头处那块蔓延到左眉的不规则红色疤痕，抿了抿嘴，心情莫名有些压抑。

接下来的半天时间，计嘉羽又遭遇了一支魔族小队的围击，不过那只是一支由四阶魔尊带领的小队，而且他们显然没有收到信息，不知道计嘉羽的实力，因此被他轻易地解决掉了。

计嘉羽除掉这些魔后，舍弃黑甲，而把黑刀全都收了起来，并将它们藏在沿途的山洞中。

他心想，这制式黑刀再不济至少也算是把利器，等到时候找到其他选拔者了，把黑刀给他们用，多少能为他们增加点生存机会。

在遭遇了几支由四阶魔尊带领的小队后，计嘉羽再度碰到了由五阶魔尊带领的小队。不过依旧没什么意外，计嘉羽除掉了他们，缴获了五阶魔尊的黑枪。

这黑枪在计嘉羽手里，当然不可能像在魔尊手里那样使出诸多花样，况且计嘉羽也不会枪术。但他根据自身的特殊性，研究出了黑枪的一个强大功能。在面对接下来的敌人时，这一特殊功能帮他省了很多事，也降低了魔逃脱的概率。

不过，仍然有一些魔逃脱了。他们逃脱后带去了有关计嘉羽的信息，这下子，整片区域的战术搜索小队、行军搜索小队、侦察小队全都知道了，在他们身处的原始森林中，竟有一个选拔者调转身份，成了一名猎魔者。

虽然他只有三阶的实力，但由五阶魔尊带领的小队都不是他的对手。遇到他的时候，他们绝对不能轻举妄动，除非有两到三支队伍或六阶魔尊时，方可行动。

这让计嘉羽遭遇魔族小队的概率变小了许多，他也有了更多的时间去搜寻其他选拔者的踪迹。

转眼两天时间过去了，计嘉羽不停转移阵地，不知疲惫地作战，不知道灭掉了多少魔族小队。

魔族高层不是没想过派六阶魔尊去袭杀计嘉羽，可是在熟悉魔族的气息后，计嘉羽已经可以通过通透世界提前感知到危险，并做出逃亡预案了。

计嘉羽的强大、诡异，几乎让魔族束手无策！

这边，计嘉羽让魔族的前军焦头烂额；另一边，由宋煜辉带领的选拔者队伍则可以说是被魔族逼到了绝境，凄惨无比。

进入圣耀世界后的所处区域可能跟进入的时间有关系。计嘉羽那边整整三天时间都没有遇到一个选拔者，宋煜辉却经常碰到被追杀的选拔者，三天时间过去，以宋煜辉为首的队伍已经聚集五十多人了。

人虽然多，可并没有给他们带来多少安全感，因为魔的数量也在增加。那些魔就像等待猎物力竭露怯的狼群，一直在尾随着他们，注视着他们，却不会真正对他们出手。

队伍里的五十多人，包括丁鹿、叶子航和宋煜辉，都陷入了绝望。

眼见队伍的士气越来越低落，因为缺水断粮而没能恢复神圣之力的选拔者越来越多，那些魔也逐渐开始向他们动手。

魔族士兵中的弓箭手率先向他们射起了箭矢。

选拔者们躲闪不及，开始有了伤亡，惨叫声不绝于耳。紧跟着，有的魔族士兵开始发起近身突袭，专门挑那些被箭矢射伤的人动手。

一时间，人心惶惶。

宋煜辉到底是经历了多个圣耀世界的老手，在魔族士兵发起攻击的那一刻，他就组织起周围战斗力最强的二十几人开始发起反击。

战斗瞬间爆发。

包围他们的魔族士兵其实不多，只有三十五名而已，双方的综合实力其实不相上下。可选拔者们的战斗经验实在太少了，在士气上、配合上全方位地输给了魔族士兵。再加上选拔者们的精神和肉体都极为疲惫，在这场猝然爆发的战斗中，他们几乎没有任何还手之力。

没过多久，选拔者们便被魔族士兵包围在了一个小圈子内。

从战斗爆发到结束，总共五分钟的时间，选拔者只剩下二十一名。

丁鹿实力较弱，始终被其他选拔者保护着，因此能够幸存下来。叶子航实力稍强，但现在已然全身是伤。

在这场自知必死的战斗中，几乎没人后退，也没人抛弃队友。

具备诸多优秀的品质，本身就是进入一号营地的条件之一。现场的选拔者或许怕死，但都勇敢、坚强、富有正义感。他们虽然各自有着各自的追求，却也都有着为队友赴死的勇气。

包围圈中，叶子航正不断往嘴里塞着东西。他之前从外界带来的吃的早就吃完了，现在塞在他鼓鼓囊囊的口袋里的食物，都是从圣耀世界里找的，有烧烤熏干后的小鱼干，也有某种让丁鹿看了直皱眉头的虫卵，还有之前叶子航从书上看到过的能吃的花草。

"叶子航，事到如今，我也就不顾及那么多了。我有个问题要问你——你怎么这么能吃啊？"丁鹿叹道。

"还不是饿怕了吗？"叶子航笑了笑，"你要是好几次差点被饿死，也会像我一样的。"

丁鹿闻言，沉默地注视着叶子航的嘴巴，注视着他嘴角边那条被缝过的伤口，没再继续问。

叶子航吃着可能是最后一顿的吃食，犹豫了一下，问道："你之前说你也想回光明城，是有什么事想做吗？"

丁鹿听了，神色变得落寞，道："嗯，我要回去找我妹妹，我们失散了。"

"那你可不能死啊！"叶子航环视了一圈，眼见魔族士兵紧逼而来，"一会儿我给你制造机会，你想办法逃出去。我们这里人多，追你的魔族士兵不会多的。我知道你小子有底牌，我送你逃出去，接下来你就自己想办法吧！"

叶子航语气平淡，但丁鹿听了心中却燃起一团火，他摇了摇头："这次真没可能了，我们都尽力吧。"

叶子航顿了顿，道："嗯，尽力吧。"

两人交谈完还不到二十秒，三名五阶魔尊便率领一众四阶魔尊、三阶元魔开始发起总攻。

与此同时，在距离他们十公里的西北方，一身黑甲，身后插着五杆淡金色长枪的计嘉羽正行走在泥泞的沼泽地里，他戴着面甲，看不出神情，浑身上下散发出一种煞气。

那是经历过杀戮的人才会有的气势。

忽然间，他定在了原地。

他感受到远方有大量魔气和神圣之力在涌动，心中不由得大喜。

三天了，他终于找到其他选拔者了。

只不过，他们的情况似乎有些不妙。

计嘉羽没有犹豫，开始朝着战场的方向跑去。奔跑的过程中，他用通透世界感知着四面八方的情况，最后找到了一个安全位置——便于他观察，也便于偷袭。

片刻后，他抵达了安全位置。当他的目光落到战场中的时候，他非常惊讶，因为他看到了两个熟人——丁鹿和叶子航。

第30章

威慑力

这次真实圣耀世界开启，明神姜可把所有选拔者都丢入了其中，足有两万多人。

计嘉羽刚撞见选拔者，就碰到了丁鹿、叶子航这两个人，不得不说，他们都是受到命运之神眷顾的人。

看见不断紧逼的魔族士兵，以及那些血液都尚未凝固的选拔者的尸体后，计嘉羽闭上了眼睛，再度睁眼时，他的眼神有些冷。

他伸出右手，摸向身后，拎起了一杆黑枪。

他的精神力向着四面八方扩散而出，空中的飞蚊，地上的爬虫，树叶上悬挂的水滴，魔族士兵们拉动弓弦时的弹动声，奔跑时身体肌肉的震颤，一切细致的事物都在他的精神力覆盖范围内，形成了通透世界。

在精神力的探察和引导下，计嘉羽锁定了一名五阶中期魔尊。

他举起右手的黑枪，磅礴的神圣之力从手掌中狂涌而出，覆盖于枪上，他的身体微微弯曲，如一把弹弓。

就在他即将把黑枪掷出的那一瞬间，远方那名五阶中期魔尊似乎是感知到了危险，猛地朝密林中闪躲而去。

计嘉羽微微一愣，因为这还是他第一次遇到能察觉到他的锁定的五阶魔尊。

那名魔尊躲入密林后，另外两名五阶魔尊也遁入了林中，似乎非常畏惧他。剩下的四阶魔尊和三阶元魔也不再围攻丁鹿、叶子航他们了，而是纷纷遁走，然后用魔念和眼神去搜寻着计嘉羽的踪迹。

包围圈中的宋煜辉、丁鹿、叶子航等人都感到非常惊讶，这些魔族士兵明明马上就要把他们全歼了，为什么突然撤走了呢？

看他们惊疑不定的样子，好像是遇到了无法应对的敌人，在做战术性的退避。可是在这个诡异的圣耀世界中，究竟有谁能让三十多名魔族士兵产生退避的心理呢？

接下来的半个小时，计嘉羽不断转换位置，而后用精神力去锁定那三名五阶魔尊。他们都能感知到计嘉羽的锁定，而后在生命受到威胁的情况下，也不断地转换位置，再也没办法对丁鹿、叶子航他们进行有效的包围。

宋煜辉也不傻，当即带领众选拔者利用这个大好时机撤离了包围圈。

就这样，计嘉羽足足在林中和魔尊们对峙了两个多小时，把三名五阶魔尊搞得精神都要崩溃了，这才向刚才丁鹿、叶子航他们撤离的方向追去。

两个小时时间，足以让他们获得暂时性的安全，并完成休整。刚才他们完全被包围了，心气儿都没了。

虽然计嘉羽走了，但魔族士兵们不敢轻举妄动。因为在此之前，计嘉羽有好几次都是陡然销声匿迹，而后又突然出手，用黑枪远距离射杀五阶魔尊。

在有前车之鉴的情况下，这三名五阶魔尊都非常警惕。不过二十分钟后，他们终于醒悟过来，这次计嘉羽可能是真的走了，他刚才跟他们对峙，无非是想给丁鹿、叶子航他们争取逃命的时间。

关于这一点，三名五阶魔尊一早就知道，他们是刻意让丁鹿、叶子航他们逃走的。

原因很简单，一个人行动的计嘉羽就像个暗夜幽灵，根本无从防范，也无从追捕，不出动六阶魔尊就很难将他杀死，但如果他有伙伴和羁绊，那就是另一码事了。

丁鹿、叶子航他们那么多人，怎么可能逃脱得了魔族的追踪？到时候，用他们当作人质，计嘉羽必然会被耗死的。

二十分钟过后。

神圣之力全开的计嘉羽轻松追上了丁鹿等人。

在靠近他们之前，计嘉羽刻意弄出了点响动，他担心丁鹿他们把他认作魔族士兵。

"噼啪。"

听到树枝的断裂声，所有人都朝密林中看去。

没人出声询问，所有人都戒备起来。

在这个圣耀世界里，除了魔之外，就只有选拔者了，而选拔者几乎没可能给他们带来希望，整个一号营地中，最强的也就是五阶明尊了。

然而，当丁鹿和叶子航转头看到来者时，都惊讶不已。

"计嘉羽？"

"嘉羽？"

两人的声音吸引了其他选拔者的注意。

大家都是听说过计嘉羽的事迹的，但那是之前了，现在大家身处险境，没空去理会他。

宋煜辉见丁鹿和叶子航认识计嘉羽，计嘉羽又是一个人族选拔者，便放松了警惕，没再像当初见到叶子航、丁鹿他们时一样去介绍情况，他现在也没有这个心力了。

不过，他有一点非常好奇。

"你身上的黑甲和黑枪是哪里来的？"

宋煜辉又不瞎，这黑甲和黑枪明明都是五阶魔尊身上的。

"除掉他们之后抢来的。"计嘉羽闻言道。

"……"

他的话音落下，气氛一时间凝固了。

"你什么修为了？"宋煜辉沉默了一下，问道。

"三阶巅峰。"计嘉羽老实地回答。

"三阶巅峰……杀死五阶魔尊？"宋煜辉失笑道。他摇了摇头，对这个被引导者们寄予了厚望的男孩有些失望，旋即就不再理会计嘉羽。

其他选拔者也都无语了。不过他们太累了，无论是心理上还是生理上，因此根本没空去多说些什么。

对此，计嘉羽也没有解释，毕竟解释起来实在太复杂了，他想着，一会儿把事实呈现在他们面前就行了。

"你这身黑甲和黑枪肯定是捡的吧？"叶子航伸手摸了摸计嘉羽的黑甲和黑枪，忍不住啧啧称奇。

"说了啊，抢的。"计嘉羽道。

"信你都有鬼了。"叶子航道。

他们可是见识过五阶魔尊的实力的，虽然计嘉羽之前展现出了过人的天赋，但这才多久啊？他才多大啊？怎么可能打得过五阶魔尊？而且还杀了五个？这不是搞笑嘛！

倒是丁鹿沉默了一会儿，心里有那么一丁点儿相信计嘉羽。他毕竟是计嘉羽的前室友，对计嘉羽还是有点了解的，知道计嘉羽并不擅长也不喜欢说谎。

"你们都还好吧？"

计嘉羽上下打量了一下丁鹿和叶子航两人，只见两人身上都带着伤，凝固的血液粘在衣服上，神情也非常萎靡。

"没什么太大的问题。"

"你呢？"

计嘉羽全身都包裹在黑甲里，看不出伤势。

"我也没事。"计嘉羽道。

顿了顿，计嘉羽问道："你们知道什么关于这次的圣耀世界的信息吗？"

"知道一点，但是不多。"叶子航道。

"说来听听。"计嘉羽松了口气，心道，总算不再是两眼一抹黑了。

"咱们可能是处在一处灾变战场里……"

叶子航简单描述了一下后，又把大灾变战场的情况给计嘉羽进行了一下讲解。

当计嘉羽听说他们最近撞见的魔族士兵小队只是搜索小队，后面还有大部队时，脸色都变了。

这情况是越来越不妙了啊！接下来该怎么办呢？计嘉羽陷入了沉思。

思考了一阵儿后，计嘉羽确定了计划。

首先，寻找更多选拔者的目标不变，人多力量大嘛！只要他们人多了，就不用怕魔族数量较少的行军、战术搜索小队了，若碰上魔族的大部队，打不过也能分散逃嘛。

说起来，让计嘉羽有点疑惑的是，既然这是个大灾变战场，魔族有了，那魔族的对手在哪里呢？自己和其他选拔者怎么没撞见？真是奇怪。

找选拔者的另一个目的则是为了想办法打破圣耀世界，这一点应该跟大家的契合度有关，但具体要怎么做，计嘉羽也不知道。

想到这里，计嘉羽朝宋煜辉走去。他看得出来，在这支小队伍里，宋煜辉是主事人。

丁鹿和叶子航见状，也都跟了上去，他们不知道计嘉羽要做什么，但有点担心他跟宋煜辉的交流会不顺畅。

"你好。"计嘉羽道。

"你好。"宋煜辉有点疲倦，这两天他的压力实在是太大了。

"我想问一下，你之后有什么计划吗？"计嘉羽道，"如果没有的话，你们可以跟着我走，我带你们去拿点武器。"

"武器？"宋煜辉瞥了一眼计嘉羽身后的黑枪，精神稍微振奋了一点。

"嗯。"计嘉羽本想说是自己除掉魔族士兵后缴获的，但宋煜辉显然不信，为免浪费口舌，计嘉羽换了个说法，"我之前来的路上看到很多，够武装我们了。"

"你确定？"宋煜辉认真地问道。

宋煜辉和计嘉羽之前的想法一样，有武器总比没有好。他们之前也想抢夺一些黑刀、黑甲，但是魔族士兵太多了，他们根本没有机会。

"非常确定。"计嘉羽道。

宋煜辉稍一犹豫，便决定按照计嘉羽给的路线去寻找武器。以他们现在的情况，任何有利条件都能提高他们的存活率，反正寻找选拔者的路线也是随机的。

决定既下，众人便掉转了方向。

大家听说路线是计嘉羽选的，都有些微词，毕竟他的修为太低了，大家也才刚见到他，还不算认识他。

一路上都风平浪静的，叶子航一直拉着计嘉羽东问西问，计嘉羽也从他那里学到了一些东西，比如树林里的哪些虫子和植物的果实是可以吃的。

叶子航说这些都是他在一号营地里看书学来的知识。

计嘉羽也真是服了他，天天看这些书。

不过叶子航就算看这些书，也没耽搁修炼，算是厉害。

聊天的时候，计嘉羽也不忘用精神力去感知四周情况，探察敌人方位，而后及时改变路线，避开敌人。

此时，最要紧的事是武装选拔者们。

不过，就算计嘉羽再小心，魔族终究还是发现了他们，并悄悄对他们完成了包围。

这时，走在最前面的宋煜辉感知到了，他忽然举高右手，握紧拳头。

"有魔族小队！"

话音落下，人群顿时一片死寂。

圣术

密林中有密集的声音响起，仿佛有成群的野兽正在包围过来。与此同时，计嘉羽的通透世界已经将敌人的具体位置和数量反馈了回来——共有六支魔族小队，三十名魔族士兵，其中四名队长是五阶魔尊，其他则是正常配置。

相比之前，又多了一名五阶魔尊，而且这个魔尊没有经历日夜追杀，战斗力处于巅峰状态。

不过，选拔者小队的状态也不一样了，因为有了计嘉羽。

计嘉羽直接结束了与叶子航的交流，径直走向宋煜辉。

"一会儿我来拖住他们的队长，其他的就交给你们了。"

听到计嘉羽的声音，宋煜辉转过头去看一眼，他皱了皱眉头，想说点什么，可是计嘉羽已经越过他走向前方。

计嘉羽身穿黑甲，身后插着几杆黑枪的背影，莫名给宋煜辉一种安全感，宋煜辉也不知道为什么自己会有这种感觉。

两秒钟后，宋煜辉甩了甩头，试图把这不切实际的感觉抛诸脑后。

计嘉羽只有三阶巅峰的实力而已啊！

在这支选拔者小队里，三阶巅峰的选拔者有很多，但在魔族面前，他们也只是猎物而已。

眼见计嘉羽越过宋煜辉走向阵前，叶子航和丁鹿都吃了一惊，忙跟上去，叶子航更是一把抓住计嘉羽的手腕。

"你不要命啦！"

虽说他们大概率都会被围杀，可是单独走出去，必然会第一个被杀死，而且死得毫无价值。

"相信我。"计嘉羽转过头，看了一眼丁鹿和叶子航。

"这不是信不信的问题啊……"

叶子航还想说点什么，计嘉羽却已经挣脱了他，右手从身后抽出了一杆黑枪。

四周的选拔者见此一幕，也都纷纷上前，试图围绕计嘉羽，组成防御之阵。他们虽然对计嘉羽不信任，但绝没有抛弃他的想法。

然而接下来的一幕，让他们所有人都傻眼了。

只见计嘉羽的右手亮起金色光芒，光芒覆盖在黑枪之上，使其也化作了淡金色。

看到那杆淡金色的枪，在密林中躲躲藏藏的魔尊、元魔们不禁胆寒，纷纷开始准备防御或者闪躲。

可是，这并没有什么用处。

"轰！"

只听一道低沉的爆炸声响起，计嘉羽将右手中的淡金色长枪投掷而出。长枪划破长空，顷刻间便穿透了一株株大树，命中了目标——一名五阶中期魔尊！

"轰！"

长枪命中目标后，再度爆发一阵巨响，一阵冲击波向四方扩散，将刚刚被穿透的大树掀飞，大树轰然砸落，浓重的灰尘朝四面八方弥漫而去。

灰尘之后，那名五阶中期魔尊狼狈无比地倒在地上，在他身前有一面厚重而巨大的黑盾，黑盾上插着刚才被计嘉羽掷出的淡金色长枪。

此时，淡金色的神圣之力正不断从长枪上涌出，覆盖在黑盾之上，有将其腐蚀的迹象。

不仅如此，淡金色长枪洞穿了厚重的黑盾，少部分枪尖刺入了那个五阶中期魔尊的黑甲，伤到了他的皮肤，有黑色的血液正从伤口处缓缓溢出。

"这……"

"这怎么可能?!"

看到这一幕，所有选拔者都傻眼了，纷纷用不可思议的眼神望向计嘉羽。

是啊！这怎么可能？计嘉羽不是之前亲口承认自己只有三阶巅峰的实力吗？

而且，即便只有三阶的实力，也够让人感到震撼的了，要知道，计嘉羽才十几岁啊！他才修炼了几个月而已！

要不是这件事发生在圣耀世界里，发生在这个生死攸关的场合，他们必然会震惊万分，但此时此刻，他们真的没那个心情。

到三阶巅峰也就罢了，现在他又一枪射穿了五阶魔尊的黑盾、黑甲及其本该坚如钢铁的表皮，这是什么战斗力？合着他刚才说背后的黑枪是抢来的，竟然是真的？

"……"

看着近处那个背影，叶子航和丁鹿惊讶得张大了嘴巴，一时间有些难以接受。

宋煜辉一开始也是瞳孔紧缩，但他毕竟是团队领袖，而且反应极快，他当即喝醒众人，对密林中的魔族展开了反击。

在场的选拔者大多是三阶明灵和四阶明尊，要么具备着神圣肤质、神圣骨骼，要么皮肤下有神圣光粒、神圣回路，都有着一定程度的战斗能力。

一时间，密林之中轰响阵阵，不时有树木断裂倾倒。

与此同时，计嘉羽又从身后抽出了第二杆黑枪，神圣之力从体内狂涌而出，覆盖于长枪之上，早已笼罩四周的精神力再度锁定了先前被击中的五阶魔尊。

被锁定的魔尊神色剧变。

为了对付这丛林里的猎魔者，他们都已经给自己装备上盾牌了，没想到还是挡不住他的长枪。

他的神圣之力的品质到底有多高啊！他的神圣之力到底有多少啊！

负责搜索、扫荡这片丛林的魔族士兵都快疯了！

"轰！"

长枪出手的那一瞬间，低沉的爆炸声再度响起，眨眼间，长枪已经划破长空，穿过树木，击中了正在疯狂逃窜的五阶魔尊。他身上升腾着澎湃的魔煞，可并没有什么用处。

淡金色长枪击中了被神圣之力腐蚀的黑盾，黑盾轰然破碎，其下的黑甲基本上没有太大的防护能力，被长枪洞穿，五阶魔尊也被巨大的冲击力钉在了地上，生死不知。

计嘉羽对付这名五阶魔尊，就相当于为另外三名五阶魔尊争得了时间。那三名五阶魔尊浑身笼罩着魔煞，即将抵达计嘉羽的近处，他们各自手持一杆黑枪，枪影翻飞间，黑色的枪芒激射而出。

计嘉羽忙抽出一杆黑枪来抵挡。

"当当当！"

对方毕竟有三名五阶魔尊，而计嘉羽没什么枪术可言，挡不住那些枪芒，可那些枪芒撞击在计嘉羽的身上，穿透了黑甲，也只是激起了金属交击的声音。

听到声音，看到计嘉羽硬抗枪芒的场景，众多选拔者越发震惊，觉得很不可思议。

也只有离得最近的宋煜辉才清楚地看到每当枪芒穿透计嘉羽身上的黑甲时，其下的神圣肤质都会绽放金光，计嘉羽的皮肤下面似乎有大量神圣之力汇聚而来，以作抵挡。

宋煜辉真的很想问他，你到底哪来这么多的神圣之力？

"你们傻愣着干什么？"

眼见选拔者们的注意力都有些分散了，宋煜辉忙喊了声，自己也飞快地跑向计嘉羽。宋煜辉双手挥动间，大量的神圣之力在空中汇聚，形成圣术，帮计嘉羽一同抵挡五阶魔尊的攻击。

宋煜辉本身是一名五阶明尊，是有正面对抗五阶魔尊的实力的，只是他之前要照顾其他选拔者，根本没办法好好发挥自身实力。

神职者、圣职者修炼的五阶，是一个修为发生质变的阶段。

到了五阶，神职者可以开始使用大量圣术了，圣职者则可以刻画圣纹了，这些都可以为修炼者提供强有力的攻击和防御手段。

不仅如此，五阶明尊的神圣之力还会增加一些特殊的属性，不同属性的神圣之力所具备的威能以及所能使用的圣术和圣纹也是不同的。

总而言之，这是一个很强的层级。

"我会一些增强圣术。"

来到计嘉羽身旁后，宋煜辉忙道。

计嘉羽闻言有点惊喜，想了想后，道："能不能增强力气？我要打破他们的防御。"

"可以。"

宋煜辉话音落下，也没多问什么，直接开始施展圣术。

只见宋煜辉站在原地，星星点点的神圣之力从他的体内溢出，以一种极其玄奥的轨迹在飘飞、组合，形成了某种字符和图案。紧跟着，金光大放，照耀到了计嘉羽的身上。

那一刻，计嘉羽觉得有种力量附着在自己身上，不需要自己主动去催动，它自然而然就会发力。

"这是正义破甲圣术。"宋煜辉介绍道。

在这个圣术里，正义就是属性。

神圣之力的属性有许多种，据说都是来自太阳女神的品质与意志。

一般来说，五阶初期的修炼者的神圣之力能够有一到三种属性，中期的有四到六种，后期的有七到九种，巅峰的有十种。最常见的属性有正义、勇气、圣光、信念、斗志、启示、洗礼，较稀少的属性有仲裁、破魔、救赎、净化、神罚、泯灭等。

有了正义破甲术，计嘉羽挥动黑枪时，他近处的五阶魔尊压力骤增。计嘉羽的神圣之力本就很多，质量又高，如果不是因为他不会用圣术，那些魔尊早就死翘翘了。

不，他会。

虽然他只会一个，但也正是因为那个圣术，那些魔尊连靠近他时都得小心防备着，不敢过于靠近，怕防御不及。

而且，即便计嘉羽只会初步运用神圣之力，五阶魔尊们也不敢小觑他，因为他的神圣之力太诡异了，只是触碰到他们的黑甲，就有净化的效果。

眼见一名五阶魔尊受了重伤，三名五阶魔尊被计嘉羽和宋煜辉缠住，那二十来名选拔者顿时士气大增。

他们的能力本来也不弱，也不是没有经验，毕竟都经历过那么多次圣耀世界了。

他们就是一开始被打压怕了，没有心气了，现在有人打出了气势，他们自然也跟着恢复了过来。

战斗一时变得激烈而胶着起来。

转眼就过去了五分钟。

"他到底有多强啊……"三名魔尊用魔族语交流着，都快疯了。

他们本以为靠着黑盾和人数的优势能够压制计嘉羽，可万万没想到的是，他居然这么能抗，到现在都不露疲态，而且还能时不时反击一下。

这样来看，想要击败他，至少要六名甚至七八名五阶魔尊，或者是一名六阶魔尊。可现在魔族的主战场根本不在这边，他们也抽调不出更多的人手了。

这倒是有点难办了。

不过他们也不慌，毕竟这片森林里有许多的魔族小队，他们只要拖延时间就能等来支援了。

可是，又五分钟过去了，他们的魔煞都要耗尽了，计嘉羽仍然气势高昂，这让三名五阶魔尊全都胆寒了，不禁萌生了退意。

"他们怎么还不来啊？"

"要不我们先撤吧？这样下去不行的。"

一旁的宋煜辉见状既是振奋，又是震撼，看计嘉羽的眼神逐渐变了。

这就是被引导者们寄予厚望的人吗？难道说，他真的有可能成为那个最终的选拔者？

第32章

武装

宋煜辉静静地凝视了计嘉羽好一会儿，也不知道心里在想些什么。

两人的周围，三名五阶魔尊的退意逐渐加深。

他们本来只是来围剿计嘉羽等人的而已，在正常情况下，增援部队早应该到了。可现在已经超出他们预想的时限许久，增援部队仍旧没到，毫无疑问——增援部队遭遇了阻碍。

不管增援部队遇到了什么阻碍，他们都不该继续作战。

可问题来了——他们要怎么做才能从计嘉羽的黑枪之下逃命？

须知，他们已经得到了翔实的情报，计嘉羽的精神力水平已远超三阶，估计已经达到了七阶。

七阶的精神力，外加神级神圣之力，这是计嘉羽强大的原因。

他们原本以为这是一场围剿，没想到竟然是一次送死的行动。

虽然很难，可三名五阶魔尊依旧要做出决断。

"逃！"

如果再不逃的话，他们恐怕要因魔煞耗尽而被围杀了。

决定既下，三名五阶魔尊立刻朝在四周激战的魔族士兵发出了命令。

计嘉羽他们都听不懂魔族语言，不过看魔族士兵下意识的反应也知道，他们这是要逃了。

宋煜辉、丁鹿、叶子航等人不由得精神振奋，有种总算要咸鱼翻身的感觉。众多选拔者也兴奋不已。

"尽可能地多除掉点魔族士兵，现在多除掉点，我们之后面临的危险才会少一点。"计嘉羽忙看向宋煜辉，道，"这三个五阶魔尊，你追一个，我追一个，剩下一个实在不行就算了。"

"好。"宋煜辉快速答道。

"打不过没关系，你拖住，等我来。"计嘉羽道。

"好。"

"轰！"

宋煜辉话音刚落，三名五阶魔尊周身魔煞腾起，在他们的全力催动下，一阵冲击波向四方扩散。在烟尘四起的那一瞬间，他们各自选了个方向，开始夺路狂奔。一众选拔者直接看傻了。

计嘉羽选中其中一名五阶魔尊，直接追了上去。

那名五阶魔尊感受到了身后的强大气息，内心叫苦不迭：干什么要追我啊?!

两人奔跑了短短十几秒钟的时间，忽然，那名五阶魔尊感知到那道甩不开的气息在远离他，正奇怪为什么的时候，心中骤然升起了一种难言的恐惧感。

他知道要发生什么了。

五阶魔尊想回头去确认，但又不敢，他害怕看到自己预想中的画面。

"轰！"

正在此时，一道震耳欲聋的爆炸声响起，裹满了神圣之力的黑枪飞射而来。这名五阶中期魔尊魔煞全开，猛然转头，把黑盾挡在身后。

"轰！"

黑枪撞击在黑盾上，巨大的冲击力把五阶魔尊撞得横飞而出。

站在原地不动的计嘉羽，看到这一幕后，再度拔出了身后的黑枪，体内的神圣光粒从双手涌出，覆盖在长枪上，使其化作淡金色，与先前一般抛掷而出。

这第二杆长枪，一如先前计嘉羽击中上一名五阶魔尊时一样，没有悬念地击中了这名五阶魔尊。

面对这种远距离的攻击，这名五阶魔尊连还手之力都没有。

来自魔族的制式黑枪、神级神圣之力，以及超乎寻常的神圣肤质、精神力，在多种因素的配合下，计嘉羽才得以完成这致命的两击。

两杆长枪尽皆命中对手后，计嘉羽立刻掉转方向，朝着宋煜辉追击的那名五阶魔尊奔去。

有不少三阶元魔和四阶魔尊试图阻止计嘉羽，可是击败、击杀他们，计嘉羽连黑枪都不用抽出来，他们一近身，他就使出神圣射线，眼睛转动一两下便将他们击倒在地。

短短三十多秒，计嘉羽便追上了宋煜辉和那名五阶魔尊，后者此时已经肝胆俱寒。

传说中，魔族是一个特别能征善战的族群，不畏难，不畏死，可是再能征善战，他们也是有情绪、有思想的生物，也会感到害怕和恐惧，特别是在无力抗衡的情况下。

在距离五阶魔尊还有一百米左右的时候，计嘉羽的精神力已经捕捉到了这名五阶魔尊。这名五阶魔尊被吓得肝儿颤，当即命令手下的魔族士兵挡在他的身后。在关键时刻，哪怕多一点儿保护，都可能让他逃得一命。

魔族士兵虽知必死，但不敢违背五阶魔尊的命令，在他身后跟了一排。

计嘉羽见状也没多想，原地站定，身体呈弓形，右手握紧黑枪，神圣之力覆盖其上，将其直接抛掷而出。

轰然的爆炸声和黑枪飞射时发出的尖啸声伴着树木的倾倒响起，那一个个魔族士兵或跃起，或飞跳，试图挡在黑枪前，可他们像是纸糊的一样，黑枪轻易就洞穿了他们，命中了五阶魔尊身后的黑盾。

计嘉羽的神圣之力具备净化的特效，在五阶魔尊看来就是腐蚀的功能。

黑盾一旦被腐蚀，就无法再阻挡一次黑枪的攻击了。

五阶魔尊拎着仍有些许防御力的黑盾，不要命地逃跑。他害怕接下来又有一杆黑枪飞射而来。不过，他等了好久，恐惧了好久，都没等到下一杆黑枪。他忍不住转头朝计嘉羽的方向望去。透过那茂密的丛林，他看见了站立在原地的计嘉羽，猛地松了口气。

计嘉羽身后没有黑枪了！

须知，计嘉羽之所以可以远程攻击他们，凭借的就是黑枪！

其实按道理来说，计嘉羽是不能使用黑枪的。黑枪是魔族工匠用具有魔族特性的物质制作的武器，外面覆盖着一层能量，只有魔气可以催动。外族想利用它也不是不行，就是消耗极大，绝不是三阶明灵可以办到的。

但计嘉羽就办到了！他不仅办到了，而且还轻轻松松地办到了，甚至连黑枪上剩下的神圣之力还把他们的魔气都给耗完了。

这找谁说理去啊！

众多魔族士兵狼狈而逃，计嘉羽等选拔者获得了一场大胜！

在确定现场再无一名魔族士兵后，到处都是倾倒的树木的空地上先是一阵沉寂，旋即响起了激动的欢呼声。

"退了！魔族被我们打退了！"

有些选拔者甚至高兴得流下了眼泪。

先前他们实在是太惨了，几乎没有任何反击能力，只能眼睁睁地看着魔族杀害他们的队友和朋友，现在他们终于报复回去了。

而这次他们能赢，全都多亏了计嘉羽！

欢呼和激动之后，选拔者们纷纷望向计嘉羽，眼神中充满了感激。不少之前怀疑过计嘉羽的人，内心都有些羞愧，他们看错人了。

"你怎么这么强了！"叶子航快步走到计嘉羽身边，不可思议地说道。

"这才多久啊……"丁鹿也感到震惊。

"说来话长。"计嘉羽道。

"那出去再说，现在的确不是时候。"叶子航开心地拍了拍计嘉羽的肩膀，"嘉羽哥，以后你就是我的大腿了，哈哈哈……"

"行，不过先出去再说吧。"计嘉羽道。

"有你在，感觉稳了！"叶子航道。

"难说呢。"计嘉羽道。

话落，他扫视了一眼周围，道："你们先把能用的黑甲、黑刀全都收集起来吧。"

"好，我去！"叶子航闻言眼前一亮，他早就想用魔族的黑刀了。

其他选拔者也纷纷应声，跟着叶子航去捡那些死亡的魔族士兵的黑刀，丁鹿则走在最后。

他在观察，神色有些犹豫。

在丁鹿的注视下，叶子航和其他选拔者的手刚碰到黑刀，就像碰到火焰一样，一下子就被烧伤了，伤口处瞬间浮现出黑色的疤痕。

"怎么回事？"计嘉羽听到好几声惨叫，有些奇怪，忙走过去问询。

"嘉羽哥，这刀它烫手啊！"叶子航都快哭了。

叶子航把手伸到计嘉羽面前，计嘉羽用精神力辐照过去，清晰地看到他的皮肤表层正有丝丝缕缕的黑色魔气在翻腾，如果不是他的神圣肤质在时刻防御和修复，那他的手可能已经烂掉了。

"你用神圣之力去净化它啊！"计嘉羽道。

"我试了，我的神圣之力都被抵消了。"叶子航哭丧着脸道。

"这……"

计嘉羽沉默了一下，很快醒悟。

他能用神圣之力净化黑刀，神圣之力的数量很重要，但更重要的是它的质量。

想通后，计嘉羽接过黑刀，用神圣之力将其净化完毕，这才递给了叶子航。

叶子航欣喜地接过黑刀。其实那已经不能称为黑刀了，刀身上覆盖着一层淡金色的神圣之力，其精纯程度让叶子航心惊不已。

计嘉羽又把现场所有黑刀全部净化完，交付给选拔者们后，这才带领他们继续前往之前他藏匿黑刀、黑甲的山洞。

这次大家都知道了，原来计嘉羽的黑甲和黑枪真的是从魔族手里抢来的，他要带他们去的地方，就是他藏宝的地方。

他们心中对计嘉羽的钦佩简直如江河般汹涌。

三个小时后，整支队伍在计嘉羽的帮助下，完成了一次蜕变式的升级，所有人都配备了黑刀，少部分人配备了黑甲和黑枪，战斗力可以说是暴涨。

完成武装后，众人开始寻觅其他选拔者。

这次他们没费多少劲就找到了选拔者，而且是一大群选拔者。

山雨欲来

经过对选拔者们的详细问询，计嘉羽最终确定了进入圣耀世界后所处的位置和进入的时间有关。

他又根据自己与丁鹿他们之间的距离，推算出了其余选拔者的大概位置，然后有规律地去寻找。终于，他们发现了大部队。

其实，即便没有搞清规律，他们也会很快发现大部队。

因为他们离得非常近。

事实上，先前计嘉羽他们被围剿时，魔族的援军之所以没赶到，正是因为撞到了选拔者大部队，双方爆发了激烈的战斗。

只听到声音，尚未赶到战场，计嘉羽就已经通过通透世界确定了战场的范围、交战的人数和状态。

人族选拔者足有两百四十三名，魔则更多，达到了三百一十八名。由于战斗已经进行了一段时间，因此，这是双方减员后的数量。

计嘉羽他们赶到时，魔族一方已经有所察觉。现场有三名五阶巅峰魔尊，他们的魔念虽然不如计嘉羽，但也足以发现丁鹿、叶子航他们这种两三阶的明灵。

而当三名五阶巅峰魔尊看到计嘉羽的时候，脸色瞬间就变了。

对于这个人，这片原始森林中的魔族可以说是闻风丧胆。有强大的魔估算过，想要击败他，必须以雷霆手段瞬杀才行，不然以他的神圣之力的数量和质量，他很快就会恢复过来。

而若想使用雷霆手段，则必须是多名五阶魔尊或者六阶魔尊出手才行，但六阶魔尊都被困在了主战场中，没办法前来围剿，所以只能靠他们这群五阶魔尊了。

在短暂的失神后，在场知情的魔都有点羞愧，继而感到羞愤。

他们可是魔族啊！至高无上的魔族啊！他们竟然会被一个人族吓成这样，这真是莫大的耻辱！

他们这里这么多魔，就算站着让计嘉羽杀，都能耗尽他的神圣之力，他们没必要怕！

而且，为了对付计嘉羽，他们其实早有准备。

大部队的选拔者们看到计嘉羽他们的时候，先是有些绝望，因为他们身上有的穿着黑甲，有的拿着黑刀和黑枪，在距离较远的情况下，的确很像魔。可随着计嘉羽他们走近，选拔者们发现来人竟然是人族选拔者，用魔族武器武装过的人族选拔者。

"这怎么可能呢？"

这支由两百多名选拔者组成的队伍中，同样有力排众议而成为领袖的人物，她叫王政瑜，是一个身材小小，脸颊肉肉的女子。她的修为达到了五阶巅峰，是一号营地里实力最强的选拔者之一。

她虽然看起来娇小可爱，但战斗力极其强，而且很聪明，具备领袖气质，进入圣耀世界没多久她就镇住了一群选拔者，后来又找到了更多的选拔者，带领他们一直坚持到现在。

在王政瑜的周围，还有另外两名五阶选拔者，在看到计嘉羽他们后他们也都非常惊讶。

他们因为人数众多，也杀了不少魔族士兵，抢夺了不少制式武器，不过，他们根本无法使用魔族的那些武器，哪怕只是握在手中都做不到。

魔气这种能量的品质太高了，而他们的修为还太低，抵挡不了魔气的侵蚀。

可计嘉羽那边怎么回事？怎么那么多人都用上魔族兵器了？

在他们震惊的目光中，计嘉羽所在的选拔者小队与魔族队伍撞上了。

他们虽然人数少，但丝毫没有惧意，战意昂扬地闯入了战场，企图打破魔族队伍包围圈，与王政瑜他们会合。

王政瑜等选拔者本有些担心，但马上就放下了心，颇有些惊疑不定。

不对啊！为什么魔族士兵自动让开了啊？

"你们是怎么可以用他们的兵器的？"见到宋煜辉的第一时间，王政瑜便大声问道。

她的声音有些稚嫩，此时透着一股急切之意。

众人闻言，纷纷望向计嘉羽。

王政瑜和另外两名五阶选拔者在激烈战斗之余，也都顺着众人的目光望去，有些疑惑。

"都是他帮我们弄的，具体的细节，等战斗完了再说吧。"宋煜辉道。

"这个弟弟是谁啊？"

不知怎的，在计嘉羽到来之后，本来与王政瑜激烈交锋的五阶魔尊居然开始收势，让王政瑜轻松了许多。而随着计嘉羽越走越近，那名五阶魔尊甚至直接撤退了，王政瑜这才有空去跟宋煜辉讲话。

"计嘉羽。"

宋煜辉话音落下，王政瑜顿时露出了惊讶的神情。

计嘉羽这个名字不太常见，一听就知道肯定是那个计嘉羽，之前在一号营地中引起了轰动的计嘉羽。

他也进来了，而且展现出了不凡之处。

不过现在的确不是讲细节的时候，他们的首要任务是把敌军击退。

这很难，加上宋煜辉他们其实也没多大用处。

毕竟……

王政瑜和另外两名五阶选拔者心念百转，刚想到这里，只听见一道低沉的爆炸声响起。

"轰！"

一道微微泛着点淡金色的黑光一闪而过，瞬间击中了不远处的一名五阶魔尊。

那名五阶魔尊如遭重击，倒飞而去，砸断了不知多少古木，又在地面上滑出了一条长达数十米的深坑，最后才无声地瘫倒在地上，不知生死。

"……"

王政瑜他们完全不知道发生了什么。

不过没等多久，他们便又听到了低沉的爆炸声，这次他们关注的不再是黑枪，而是投掷黑枪的人。

当他们看到计嘉羽那张稚嫩的脸庞时，心里的震惊无以复加。

"这是个什么怪物啊！"

一枪，仅仅一枪就把一个五阶魔尊给废掉了。

第二枪虽然出现了意外，被五阶魔尊用黑盾挡住了，但从计嘉羽身后的那一排黑枪来看，这名五阶魔尊恐怕也不能幸存。

不过，那是因为人家魔尊未及时防范。

接连两枪投出，现场的魔族士兵再傻也知道要有所应对了。

其实此时此刻，那名用黑盾挡住了黑枪的五阶魔尊心里也很绝望。

不对啊！计嘉羽的掷枪速度和力道似乎又有所增加，这与之前得到的那些情报有出入，也正是因此，前一名五阶魔尊才会被击中，而后生死不知。

这么短短几天时间，他居然又变强了！

现场的五阶魔尊用魔族语交流了一下，很快便做出了决定。

下一刻，上百名魔族士兵开始朝计嘉羽的方向冲去，用身体去挡他的视线和长枪。

"他们想杀你！"

叶子航和丁鹿跟计嘉羽关系好，所以一直在他身边，看到魔族士兵们的动向，叶子航立刻叫道。

之前魔族屡次拿计嘉羽没办法，那都是因为魔太少了。现在有数百名魔族士兵，又有五阶巅峰魔尊坐镇，压也能把计嘉羽压死。在那些魔族指挥者看来，只要能杀死计嘉羽，牺牲点低阶的魔族士兵根本不算什么。

魔族别的不多，就是魔多，想进入魔族军队的魔更多。

战斗爆发得如此之快，又如此之激烈，大量三阶元魔和四阶魔尊悍不畏死地冲向计嘉羽。

王政瑜和现场的其他指挥者立刻指挥选拔者们组成防线。

"我们也上。"宋煜辉喊道。

话音落下，一众选拔者顿时加入阵中。

他们一个个都手握黑刀、黑枪，身上许多关键部位还覆盖着黑甲的残片，战斗力比其他选拔者高出不止一筹。

但这主要其实还不是因为黑甲，而是因为黑甲上所覆盖的，是来源于计嘉羽的神圣之力。

须知，他的神圣之力可是具备着一定程度的神级功效，有压制魔族之能。

数百名选拔者挡在计嘉羽的身前，让他有了充分的时间去攻击魔族的高端战斗力。

"轰！"

"轰！"

"轰！"

伴着一道又一道低沉的爆炸声，数杆黑枪突射而出，击碎了不少五阶魔尊的黑盾，飞射途中还击伤、击杀了不少魔族士兵。

面对他的黑枪，这些魔族士兵就像纸糊的一样脆弱。

而等到黑枪用尽后，包围圈之外的魔还来不及高兴，便看到一把黑刀旋转着飞了过来，旋转时，其上附着的神圣之力飞散开去，不知道杀伤了多少魔，黑色的液体一时汇聚成了水流。

现场的五阶魔尊们见此一幕，脸色全都难看至极。

他们又不傻，当然知道既然长枪可以抛射，那么黑刀也是可以抛射的。而且在精神力的引导下，黑刀可以随着风进行角度调整，以求最大程度杀伤敌人。他们知道归知道，但这杀伤力也太大了吧？

只是一把黑刀而已，就造成了足足八名魔族士兵死亡，十几名魔族士兵受了或轻或重的伤。

须知，黑刀不像黑枪那么稀少，反而遍地都是啊！简直可以说是取之不尽！

在这种情况下，即便是采用魔海战术，他们也近不了计嘉羽的身。

"果然还是要高端战斗力予以雷霆瞬杀才行啊！"几名五阶魔尊感叹道。

在明悟了这一点后，五阶魔尊们不再做无用功，而是下令撤退。

不过，这只是一次暂时性的撤退。

计嘉羽这群选拔者人数众多，根本不可能隐藏行迹，等下一次魔族再来围剿他们的时候，可就不是区区几百名魔族士兵那么简单了。

眼看着魔族士兵们如潮水般退去，宋煜辉、王政瑜和一众五阶明尊都没有露出笑意，因为他们很清楚，下一次才是真正的危机，是计嘉羽也解决不了的危机。

不过，之后的事暂且不论。

此刻，眼见计嘉羽等人的到来为己方赢得了一场大胜，大部分选拔者都激动地欢呼起来，望向计嘉羽的眼神就像在看一个偶像、一个救命恩人。

诱饵

"不愧是计嘉羽啊！"众多选拔者感叹道。

在此之前，计嘉羽对他们来说，只是一个遥远而陌生的人名而已。他们只知道计嘉羽是引导者们非常看好的选拔者，同时也是在一号营地引起了一番大动静的人。

其他的呢？

他是一个才十几岁的男孩，一个才刚接触修炼不久的初学者，一个虽有天赋但运气不好的人——这是最后一个圣耀世界了，而计嘉羽不可能攒够那么多的契合度。

不过现在这些都不是重点。

他怎么这么强啊！选拔者们心中既震撼又疑惑。

不过现场人太多了，也不可能人人都挤上去问，现在能走到计嘉羽近前的，无一不是五阶或者四阶后期、四阶巅峰的选拔者。

倒不是计嘉羽眼高于顶，而是现场能做决定的，就这几位强者而已。

"小弟弟，你怎么这么厉害啊！"王政瑜惊叹道。

"你现在是什么修为了啊？"另一名五阶明尊忍不住问道。

"你能不能帮我们也把魔族兵器处理一下啊？"

几名五阶选拔者明显都有些急。

计嘉羽只得无奈地说道："慢慢来，别着急。"

十分钟后。

双方将各自的信息共享了一下，而后计嘉羽才开始为王政瑜他们净化魔族兵器。

刚才那一战，足足有四十多名魔族士兵在交战中阵亡，又有二十名魔族士兵在追击中死亡，他们留下的黑甲、黑刀可都是珍贵的战斗资源。

而在计嘉羽净化魔族兵器的过程中，选拔者们看到计嘉羽那几乎无穷无尽的神圣之力，全都震惊无比。

他们虽然是四五阶的明尊，可单论神圣之力，似乎并不比计嘉羽来得多，而且大家都是恒定冥想，计嘉羽的恢复速度就是比他们快很多。

随着一件件黑刀、黑枪、黑甲残片分发下去，选拔者们的防御和攻击力都有了显著提升，但大家仍然没有任何喜意。

他们都知道，接下来他们即将面临的情况，其危险程度绝对是之前的数倍。

两个小时后，计嘉羽完成了全部的魔族兵器净化工作，其间还完成了几次循环的冥想以恢复状态。

他能清楚地感知到，束缚自己晋升的枷锁有了松动的迹象。只要一个契机，他便可以突破明灵至明尊的界限，完成一个巨大的跨越。

"所以，就这么一直跟魔族打下去也不是事儿啊！"有五阶选拔者道。

"的确，灾变战场的魔恐怕有成百上千名，我们遇到的这点，连沧海一粟都不算，想要活下去，我们就必须走出圣耀世界。"

"之前的圣耀世界都是怎么关闭的啊？"计嘉羽好奇地问道。

现场的这个小团体中，也只有他此前没进入过圣耀世界。

"大多数时候都是圣耀世界的能量耗尽后自行关闭的，但也有几次是靠选拔者打破能量源才关闭的。

"这次的圣耀世界与之前的不同，范围和能量都是以前的十倍，想要等它能量耗尽是不可能了，所以我们必须找到能量源。

"一般来说，距离能量源越近的地方，植被会越茂盛，而且会具备神圣属性，我们按照这个规律去找就行。

"不过，越是靠近能量源的地方也会越危险，按照以前的规律来看，能量源附近必然聚集着魔族士兵。"

这是一个死循环啊！

不打破圣耀世界会被魔族杀死，想要打破圣耀世界，又必须前往魔族士兵聚集的核心地带。

"其实还有个方案。"王政瑜道，"我不知道这片区域的魔族士兵在跟谁对战，但肯定是法蓝星的本土族群，我们可以找到他们，寻求帮助。"

"可以，这个方案不错。"

大家讨论片刻后，有了具体的计划。

首先，根据神圣之力的多寡确定能量源的方位，然后尽可能地去寻找与魔族对战的族群和更多的选拔者，将力量集中起来。

寻找过程中，如果遇到小股的魔，那就歼灭他们，把他们的魔族兵器抢夺过来武装自己；如果是大股的魔，能避则避，不能避那也没办法，只能战。

他们人数太多了，几乎是避无可避。

计划定完，众多选拔者便再次上路。

两小时时间里，众人没再遇到魔族，不过遇到了不少分散的选拔者，最终他们都汇入了大部队中。

借助着计嘉羽的通透世界的感知，众人开始朝战斗圈中央走去。

很快，众人便发现了与魔族对战的族群残留的气息和物品。让他们感到惊喜的是，在这片密林中与魔族周旋对抗的，正是光明族。

这一点其实也在众多选拔者的意料之中，毕竟这是圣耀世界。

光明族与魔族的战斗极为激烈，摧毁了大片大片的森林，所过之处，只能看到光秃秃的地面，大地都被打沉了下去。

战斗区域内没有尸体，到处都是燃烧的痕迹，只剩下灰烬。他们初步推算这密林中绝对爆发了数万人级别的战争。

森林里怎么会爆发战争呢？选拔者们都搞不懂。

不过，宋煜辉倒是给出了解释：当初的大灾变战场波及范围极广，别说森林了，海洋中、火山里都爆发了战争。

只要是法蓝星原生生灵生存的地方，魔族莫不想要入侵，赶尽杀绝！

又两个小时后。

计嘉羽等人的队伍扩大到了六百多人，不过其中绝大多数人的状态都不太好。

这么庞大的队伍，自然引起了魔族的注意，开始有零散的魔族士兵隐藏在四面八方，观察和收集情报，而在更远的区域，正有魔族大部队在朝这边赶来。

"做好准备吧，我们可能没机会找到光明族的大部队了。"感知到四面八方越来越浓郁的魔气后，计嘉羽深吸了一口气，朝周围的几名五阶选拔者说道。

众人虽然有所预料，但脸色还是难看了几分。

"要不我们派几个人去找援军？"有名五阶选拔者提议道。

"太远了，意义不大，而且魔族的高端战斗力多，不会轻易放我们的人走的。"计嘉羽摇了摇头，"我们只有尽可能防守好，边打边往那边靠，寄希望于大规模交战产生的余波可能会被她们探测到。"

"不过，大概率还是要靠我们自己了。"

"……"

现场的气氛有些凝重。

"其实……"看着几名五阶选拔者皱着眉头的样子，计嘉羽想说他其实有个办法，但他犹豫了一下，并没有说出口。

他知道这个提议大概率会被否决，这一点从众多选拔者的选择就能看得出来。

其实，在大部队吸引了魔族的注意力的情况下，那些二、三、四阶的选拔者是可以趁机单独逃离的，只要能找到光明族的部队，他们应该是可以活下来的。

但是，六百多个选拔者，没有一个做逃兵。大家的品行都是经过了引导者们和圣耀世界的考验的。

这种情况下，他的提议肯定会被否决。不过，这倒是可以作为最后万不得已时的一个选择。

他只希望事情不要发展到那种地步。

又往前行了半个小时后，选拔者们不再继续往前。

此时他们所处的位置，应该算是密林中一个树木较为密集的区域。

魔族的军队中有负责远程射击的弓箭手，这种环境可以防止他们进行远程射击，造成大面积的杀伤。

选拔者们在备战区域待了半个小时后，大量的魔族士兵便包围了过来，他们之中有专门的弓箭手、盾牌手，有穿重甲的，也有穿轻甲的，俨然是一支成熟的部队。

除了武器之外，他们的长相也有所不同，从外表看就知道，他们应该具备着不同的能力。

更让计嘉羽深感压力巨大的一点是，这个魔族军队之中有六阶魔尊，而且不止一名，是两名。

五阶魔尊有魔煞，六阶魔尊则更加强大，已经将魔煞融入魔躯，形成了一种名为魔丸的能量之源。

魔族地域广阔，王朝众多，对事物的称呼或有不同，但魔丸绝对是普遍的称呼。

炼出魔丸的魔，无论是防御力还是单点攻击能力，都极强，一个连计嘉羽都未必吃得消，更遑论两名。

正常情况下，魔族也不会派出两名六阶魔尊来对付计嘉羽，但这不是选拔者人数实在太多了嘛！

看来，计嘉羽必须实施他的计划了。

在计嘉羽通过通透世界发现异常时，宋煜辉和王政瑜等人正在进行部署和指挥。

计嘉羽虽然实力强，但毕竟年纪小，没有进入圣耀世界的经验，而且是一个大家都不熟悉的新人，在指挥方面是不能服众的，这次的战斗毕竟关系到大家的性命。

"咻咻咻咻！"

虽说环境不利，但魔族依然没放弃他们的优势，在形成包围圈之后，就开始了一轮弓箭攒射。

最弱也是三阶元魔射出的箭，那些箭穿透茂密的树林，无差别地落下。

绝大多数箭都被选拔者们用神圣之力、黑甲残片挡下了，但也有少部分射中了一些选拔者，顿时，惨叫声此起彼伏。

下一秒钟，选拔者们朝着魔族士兵冲去。

他们必须充分利用他们的近身作战优势，这样才有那么一丝可能性赢得胜利。

就在战斗刚爆发时，计嘉羽已经悄悄撤离了战场。

随着他的撤离，原本在战斗圈外的五名五阶巅峰魔尊和一名六阶魔尊跟了过去。

在场的选拔者中，计嘉羽的实力最强，魔族对他的仇恨也最深，他走了，就带走了不少魔族主要战斗力王政瑜和宋煜辉他们这些选拔者的压力会骤降。

不过，他也危险了，因为他主动把自己变成了一个诱饵，一个猎物。

瓶颈

王政瑜、宋煜辉和几名五阶选拔者正在指挥和分配人员，而一直在计嘉羽身边，只是一时分神的丁鹿、叶子航两人忽然察觉到了不对劲。

计嘉羽不见了！

"计哥！"

"嘉羽！"

两人四顾寻找，大喊出声，吸引了宋煜辉等人的注意。

"计嘉羽人呢？"他们也很疑惑。

不过，没人往"计嘉羽逃跑了"这个方向去想，因为以他的实力，要是想逃跑，那根本是毫无阻碍，根本不用等到现在。

他要真想逃的话，只要不突然遭遇六阶魔尊或者魔族大部队，就算在圣耀世界里猫个十几二十天也不在话下，魔族小队和低阶魔尊在他面前连开胃菜都算不上。

那么，他去哪里了呢？

正当众人疑惑时，他们忽然发现魔群之中，有多名身穿特异黑甲、手执黑枪的魔离开了战场，向着北边飞速而去。他们顿时便明白了计嘉羽的去向，也明白了他的选择，担忧之色当即便挂在了脸上。

一向话多的叶子航沉默了。他在心里暗恨自己实力弱，如果自己再强一点的话，就能帮得上计嘉羽的忙，计嘉羽也就不必孤身犯险了。

丁鹿也闭着嘴不说话，双手死死地握着拳。在场的选拔者中，他是最弱的，一直处于被保护的状态。

"我们得去帮他！"有五阶选拔者道。

"那可是五个五阶巅峰魔尊，还有个六阶魔尊，他会死的！"

"他留在这里，就能活了吗？"危急关头，还是王政瑜最果断，"他知道自己是魔族的重要关注点，留在这里只会增加咱们胜利的难度，也只有他走了，咱们才有可能赢。你们清醒点，不要辜负了他的牺牲！"

王政瑜言下之意是计嘉羽死定了。

"现在这种情况，尽快解决这边的战斗后去帮他才是王道。"

"那可是五个五阶巅峰魔尊和一个六阶魔尊啊！"有人怒叹道。

"计嘉羽很强，具体多强咱们不知道，反正比我们都强得多，而且他既然这么做了，那肯定有他的道理，咱们还是先管好自己吧。"

多名五阶选拔者很快便统一了阵线。

这时，后面的选拔者们也都知道了计嘉羽为他们引走了多名魔尊的消息，一时间忍不住为他的付出而感到钦佩、感动。

但无一例外，他们都将计嘉羽的行为当作牺牲。

计嘉羽活下来的概率很低，毕竟对手实在是太强了。

五名五阶巅峰魔尊，比五阶中期魔尊不知要强出多少，更何况还有一名六阶魔尊压阵。

但敌手再强，杀他也需要点时间。

众多选拔者全部振奋起来。

为了能够营救计嘉羽，为了报恩，他们无不奋力作战，一时间，战况激烈得如魔族与光明族的主战场。

另一边。

计嘉羽双脚不停地踏在粗大的树干之上，飞快地前往他先前留意过的一座悬崖之下。

背靠崖壁，计嘉羽没有退路，只能背水一战。

看着对面飞快赶来的五名五阶魔尊和一名六阶魔尊，计嘉羽深深吸了口气。

今天此战，不是他们死，就是他亡，他必须拿出一切手段，以最好的状态应战。

计嘉羽忍不住伸手摸了摸自己额头上的红色疤痕，心情复杂。

六个魔包围上来后，没有第一时间集中火力攻击计嘉羽。他们用魔族语交流了一阵后，其中一名五阶巅峰魔尊忽然跨出队列，走向计嘉羽。

他边走边摘下了面甲，露出了一张深红色的面庞。除了肤色以及额头的长角之外，他跟人族几乎一模一样，都是一双眼睛一张嘴，一个鼻子两个耳朵。

他缓缓开口，用的竟是人族语。

"自我介绍一下，炎魔族，阎熄。"

听阎熄开口说的是人族语，计嘉羽颇有些惊讶，但转瞬间便重归镇定。修炼者的记忆能力普遍强于寻常人，非常轻松便能学会多种语言。

"这次，我来做你的对手，希望你不要手下留情啊。"阎熄眯着眼睛笑道。

计嘉羽望着他，面无表情。

下一秒，阎熄的身上猛地升腾起了紫色火焰形态的魔煞。

这种紫色火焰形态的魔煞显然比其他五阶魔尊的魔煞来得稀有和强大，光是从气息上感受，阎熄就比之前的五阶中期魔尊至少强个两三倍，这是一个非常夸张的差距。

这就是魔族中的天才吗？

魔煞覆体后，阎熄从背后抽出两个巨大的黑色铁锤。大铁锤顷刻间便被火焰魔煞燃烧得通红，但没有丝毫变形。阎熄像巨人似的踩踏在地上，咚咚咚地朝计嘉羽冲了过来。

计嘉羽从背后抽出一杆长枪，并将神圣之力覆于其上，双手握持着，先是高高举起，再重重地砸下。神圣之力擦过枪尖，形成的枪芒轰然冲出，掠过地面时带出一条数米深的坑洞，显然威力极大。

枪芒撞击在铁锤上，响起金铁交击之声。与此同时，计嘉羽的神圣之力开始侵蚀铁锤，而五阶魔尊的魔煞熊熊燃烧，把他的神圣之力烧去了百分之七八十，只有极少数能留在铁锤上，形成细小的白色斑点。

如果计嘉羽再次击中同一个地方的话，那白色斑点处必然会破出一个孔洞来。

感受到自己铁锤上的变化，阎熄脸色都变了。计嘉羽的实力有点超乎他的想象，但旋即他便笑道："果然，你的神圣之力的净化能力相当于七阶明圣了，有点东西！等我杀了你之后，一定要把你分开来看看到底是怎么一回事！"

话音落下，他双手挥舞着铁锤，猛地跃起，再从天而降，重重地砸向计嘉羽。

铁锤压迫空气，发出阵阵爆响。

五阶魔尊还未落地时，计嘉羽抬眼望向他，双眼中迸发出两道金色的光线，朝着阎熄射去。阎熄把一双铁锤挡在面前，魔煞流转于其上，抵御着神圣射线的冲击。

阎熄感知到自己的魔煞在衰减，脸色有些难看，刚刚的夸口仿佛在抽他的脸。

这人族也实在太恐怖了吧！三阶的境界，七阶品质的神圣之力，连自己的顶级紫火魔煞都无法抗衡。

他本来是想单独拿下计嘉羽，在同伴面前展示一番自己的实力的，可万万没想到的是，他有可能打不过面前的人族。

不过事已至此，他也不可能再去向同伴求助，那样太丢脸了。

阎熄调动起全身的魔气去催动魔煞，压制着计嘉羽的神圣射线，他人总算落到了计嘉羽的身前。此时，他已经没有力气用铁锤砸向计嘉羽了。

反倒是计嘉羽，一边用神圣射线攻击他，一边还挥动着黑枪——也没有用什么枪术，就是利用它来释放神圣之力。

即便如此，阎熄也感受到了巨大的压力，这神圣之力对他的威胁太大了。

这就像两个普通人族打架时，一方在不停地泼岩浆，另一方倒也的确能伤害到对方，可一旦被岩浆烫到，那可就是非死即伤的下场了。

他身后的几名五阶魔尊正在议论纷纷。

也不知道是不是错觉，阎熄隐约间听到他们说了一句"炎魔族的贵族也不过如此嘛"。

阎熄当即大怒，抛去原本想要稳妥行事的念头，右臂猛地浮现出两道血红色纹路，纹路一路延伸到手掌，又顺着手掌延伸到双锤上，原本只是笼罩着魔煞的双锤骤然燃烧起来。而后，阎熄挥动铁锤的速度开始加快，双手挥动之下，铁锤居然化作了残影。

"破碎之锤！"

铺天盖地的锤影落下，计嘉羽只能利用通透世界及时反应，拿黑枪去抵挡。可黑枪太细了，在破碎之锤的猛砸下居然开始弯曲。黑枪和铁锤相撞产生的冲击波掀翻了一株又一株大树，两人的战斗也逐渐呈现在了选拔者们的面前。

当选拔者们看到计嘉羽在阎熄手下艰难抵挡的样子时，全都有些失神、担忧，也有人因为他的处境而心生绝望。连计嘉羽都对付不了的五阶魔尊，显然是魔族中的大魔物。

他们这次在劫难逃了。

"砰！"

在阎熄连续不断的锤击之下，计嘉羽体内、体外的神圣之力都在震颤，本来汇聚于皮肤表层的神圣之力似乎有朝着骨骼中渗透的迹象，不过效率非常低下。这让计嘉羽有点失望，如果阎熄再厉害点的话，说不定能帮他打破境界的桎梏。

须知，圣职者到了三阶明灵阶段，表征为神圣肤质；而到了四阶明尊阶段，则会有神圣骨骼。当神圣之力渗入骨骼，按特定的玄奥规律排列，他的速度、力量、防御力都将大大提升。

锤击继续，没几下后，计嘉羽手中的黑枪轰然断裂。在黑枪断裂的那一瞬间，他左右手各执一半，猛地朝身前的阎熄的双肩刺去，黑枪断口处的神圣之力轰然冲出，阎熄当即狂退。

外人看着阎熄攻势凶猛，好像很厉害，可实际上，消耗了大量魔气、魔煞的他，根本无法支撑长时间的战斗，反观计嘉羽，其神圣之力深不见底，完全没有要耗尽的迹象。

而且更让阎熄无奈的是，伴着他的一锤锤敲击，计嘉羽竟然正朝着四阶迈进！

阎熄退，计嘉羽反倒开始追了。他再次抽出一杆黑枪，同时双眼迸发出神圣射线。

阎熄把双锤挡在身前，魔煞全开，同时朝身后的五阶魔尊们大喊了几句魔族语，似乎是求救的意思。

眼看着五阶魔尊们要开始围攻计嘉羽了，选拔者们既振奋又着急，振奋是因为看到魔族中的强者都不是计嘉羽的对手，被他耍得团团转，着急自然是因为在五名五阶魔尊的围攻之下，计嘉羽必输无疑。

与情绪复杂、念头繁多的选拔者们不同，此时此刻，即将面临五名五阶巅峰魔尊围攻的计嘉羽非常淡定，只不过心里有些遗憾。

阎熄的破碎之锤没能锤破他的瓶颈，他只能动用底牌了。

"唉。"他轻叹一声。

在最关键的时刻，他收敛了神圣之力，整个人复归平常。

然而，看到这一幕，不远处的六阶魔尊心里警兆顿生，脸色一变，刚想喊出声，可是已经晚了。

元纹

密林之中卷起滔天的魔气、魔煞，大树轰隆隆地倾倒。

选拔者们所在的区域内，神圣之力发出的光芒如同清晨的阳光，刺破了遮盖天地的黑暗。

双方不时爆发出激烈的喊杀声，但更多的是刀刀见骨、拳拳到肉的沉闷打击声。

低阶的魔和神圣之力修炼者并没有什么远程攻击能力。

不过战场中心也有不少四阶、五阶的明尊和魔尊，他们之间的战斗则更加激烈。四阶明尊已经可以利用器物输出神圣之力，五阶明尊更可以施展圣术，影响一大片区域，故而密林中偶尔还是会有圣光和魔气冲天而起。

忽然间，正在激烈战斗的魔和选拔者纷纷朝计嘉羽的方向望去。他们之中虽然大部分都没有修出魔念或精神力，但都本能地感知到那边正传来一股惊人的气息，一股强大到可以毁天灭地的气息。

现场的五阶、六阶的魔尊们实力强，感受得也更为清晰一些。当然，也有一部分原因是他们本不属于法蓝星，天生被法蓝星的力量排斥。

此时此刻，只见以计嘉羽为圆心、半径三十米的区域内，正有七彩斑斓的光芒在飞快亮起，光芒似由无数微小的元素粒组成。

有散发着极高温的火元素，有将空气中的水汽都冻结的冰元素，有让大地震颤的土元素，有让天上隐隐爆发出雷声的雷元素，有让树木飞快生长的木元素，有照亮黑暗的光元素，也有让黑暗重现的黑暗元素。

这是来自蓝域的元素之力。

"他不是来到天堂岛后才开始修炼的吗？"

"他怎么会操纵元素之力啊？而且，这种程度的元素之力，已经达到明圣那个层次了吧？"

看着正在发光的计嘉羽，众多选拔者都震惊无比。

熟悉计嘉羽的丁鹿和叶子航更是如此。其他选拔者还能乱想出一些理由，但他们不行，因为他们清楚计嘉羽就是和他们一起开始修炼的，究竟是哪里出问题了？

叶子航忽然有些后怕，幸好计嘉羽脾气好，也幸好自己当时没太招惹他，不然以他元素修炼方面的实力，让自己伤筋动骨岂不是轻而易举的事？

回到眼下，弥漫在计嘉羽身体周围的元素粒越来越多，它们互相撞击时也显得越来越狂暴，似乎有一倾而出的迹象，而这一切其实都发生在一瞬之间。在距离计嘉羽最近的那名六阶魔尊还来不及反应的时候，所有的元素粒忽地朝四面八方炸开了，引发了无数元素异象。

"轰隆隆！"

只见大地如同海浪一样翻卷，数十根尖锐的地刺从地底下探出，让五名五阶魔尊无处可躲，只能用自身的魔煞硬抗。

然而，这并没有太大的用处。

"噗噗噗！"

探出的地刺刺破了两名五阶巅峰魔尊的魔煞，刺破了他们的手臂，吃痛之下，他们急忙调整位置。可是天上狂涌的黑色云层中，忽地劈下了十几道粗大的紫色雷霆。

雷霆一闪而逝，精准地命中了五名五阶巅峰魔尊，被劈中后，他们身上的黑甲化作了灰甲，风一吹，如灰尘般散向四周。

他们原本坚实的皮肤表层布满了蛛网一样的黑色血线。

"轰！"

一簇簇紫色的火焰凭空浮现，伴着它们一起出现的，还有硕大而尖锐的冰锥。

不仅如此，磅礴的黑暗元素吞噬了五阶魔尊们的光明，过于明亮的光芒又摧毁着他们的魔族皮肤。

短短一两秒钟的时间内，他们就遭受了无数次沉重的打击，来不及防御，也防御不了。那个近处的六阶魔尊处于元素爆发的圈外，也没办法救援，而当他来到圈内的时候，原本难看的脸色逐渐变得苍白如纸。

他刚才在圈外时，感受其实已经很明显了，那就是以计嘉羽为中心的元素爆发，威能巨大，可能已经超越了他能抵抗的极限。可直到入了圈，他才清晰地知道他的感受没有错，不对，是错了，而且错得离谱。

这哪里是他的极限啊，七阶魔皇的极限也不过如此吧！

元素爆发摧毁了五名五阶巅峰魔尊后，又开始集中起来攻击这名六阶魔尊。

远方的那名六阶魔尊和其他五阶魔尊见状，全都想抽身去帮忙围攻计嘉羽，可忽然间，选拔者们的攻势加强了不止一倍，让他们无法抽身过去。

他们看见了计嘉羽那边元素爆发的场景，选拔者们当然也看见了，而且时时刻刻都在注意着。眼见计嘉羽有歼灭多名高阶魔尊的能力，选拔者们哪能给机会让更多的魔尊去围攻计嘉羽呢？

"轰隆隆！"

在磅礴的元素之力的爆发下，那名六阶魔尊被逼得只能将魔煞紧贴体表。他距离计嘉羽很近，他的精神力可以清楚地感知到，在计嘉羽施展这元素爆发的时候，生命力在急剧流失。

生命力的流失不会影响计嘉羽的修炼状态，但会影响他的寿命，换言之，他是在用生命施展这一手段，他会死的。

"你会死的。"六阶魔尊承受着来自四面八方的攻击，忽然朝计嘉羽大吼道，"你现在停下来，放我走，咱们相安无事，怎么样？不然你也会死的。"

计嘉羽听到六阶魔尊的吼声，神情不变，丝毫不为所动。

他当然知道自己这样做会死，但他怕吗？显然不怕。他为什么进圣耀世界？不就是为了拯救选拔者们吗？

他倒不是天生就是什么烂好人或者圣人，而是在他成长的过程中，方醒曾多次以实际行动教导他，强者要守护弱者。

能力越大，责任越大。

方醒也正是因为秉持着这个信念，才会去到乐居孤儿院，保护着他和其他小伙伴，让他们安然成长。不过也正是因为这个信念，方醒才最终死在了探究真相的路上。

现在他长大了，变强了，成了方醒一样的人，有能力守护弱者，那就一定要守护弱者。

而且，他这也是在赎罪。

数月前，在被陈妙一找到时，他正因方醒的死而昏迷。

昏迷后的他依然在乐居孤儿院的原址，但孤儿院和周边区域已经化作一片毫无生机的死地。

当时的他心中满是惊恐与不解。为什么会变成这样？方醒的尸体呢？乐居孤儿院和孤儿院里的护工、孤儿呢？

这一切全都不见了，仿佛蒸发了一样。

正当他疑惑的时候，陈妙一忽然神奇地来到了他的面前，邀请他前往神圣澄海天堂岛，成为一名选拔者。作为条件，她可以告诉他之前发生的事，并让他获取到足以探究真相的实力。

于是，计嘉羽知道了自己额头上伤疤的来历。

那其实不是什么伤疤，而是元纹，全称元素之纹。

陈妙一说："只有元素血脉浓郁到极致，才会产生这种元纹。尽管元纹代表着元素血脉浓郁，天资极高，但绝大多数情况下，具备元纹的人无法修炼元素之力，因为他们对元素的感知过于强烈，初次吸收元素之力时就会把身体撑爆。

"过去倒是有身具元纹但修炼元素之力成功的例子，但那是在蓝域尚有月神级强者引导的情况下。现在，蓝域似乎已经没有月神了，元纹天才的修炼也成了不可能的事。

"不过，这也不等于说身具元纹者就一无是处，相反，在某个时间段，身具元纹者是蓝域最强大的武器之一。他们虽然不能修炼元素之力，但本身是元素最佳的载体和引导物。经过特殊引导，他们可以使某个范围内的元素产生剧烈暴动，最后形成元素爆发。曾经就有过未曾修炼的身具元纹者杀死九阶巅峰魔皇的记录。

"但是，代价也是巨大的，是生命力流失，是死亡。

"你刚刚无意间完成了一次元素爆发，虽然威能不大，波及面不广，但你的寿命仍然折损了十年以上。

"跟我去天堂岛吧，我会给予你真正属于自己的能力。"

最终，显然，计嘉羽答应了陈妙一。

在从光明城前往天堂岛的那段时间里，计嘉羽几乎每天都沉默着，觉得痛苦和懊悔。

他虽说是无意的，但毕竟确实害了那么多无辜的孤儿，那都是和他从小一起长大的同伴啊！

他心中的痛苦可想而知。

有几个晚上，他甚至想结束自己的生命，一走了之，但方醒临终前的嘱托浮现在他的脑海里，让他放弃了那种念头，后来他还成功地扭转了自己的想法。

没错，孤儿院的惨景是他造成的，但他不是罪魁祸首，罪魁祸首是杀死方醒的人，是他苦苦追查的幕后主使。

在没调查清楚真相，没完成方醒的遗愿之前，他不能死，而且他还要好好活着！

只不过……他似乎要食言了啊。

"你不怕死吗？你还年轻，你还有未来啊！"

听着对面的六阶魔尊愤怒却又恐惧的叫声，计嘉羽不为所动，然而，其他选拔者却神色大变。

他们都知道计嘉羽刚刚解决了五名五阶魔尊，继续击杀一名六阶魔尊大概率不是一件简单的事，要付出一定的代价，但他们没想到的是，计嘉羽要付出的代价竟是生命。

可在这种关键时刻，他们还什么都不能说，因为计嘉羽要是不这么做，他们都得死。

计嘉羽是为了他们而做出牺牲，而他们却自私得不敢开口阻止。

许多人心中生出了愧疚的情绪，眼睛也逐渐湿润了。

光明至上

在计嘉羽生命力不断流失的同时，他身前不远处的六阶魔尊的伤势也在加重。

这名六阶魔尊逐渐无法抵抗元素爆发的攻势，十秒钟后，他被一根尖锐的冰锥刺穿了胸膛，紧跟着又被一团紫色火焰笼罩，在惨叫声中失去了生命。

看到这一幕，人族选拔者既振奋又担心，魔族士兵则感到恐惧、愤怒。

而在魔族士兵恐惧又愤怒的眼神中，计嘉羽没有结束元素爆发，而是朝他们的方向冲来。

亲眼见到那名六阶魔尊无助地死去的另一名六阶魔尊，想也不想，掉头便要逃离。但他才产生这个念头，便有一道闪电从天空中劈落，正好命中了他，让他陷入了麻痹、僵滞的状态，几乎动弹不得。

紧跟着，大地在翻涌，顷刻间化作了沼泽，似要将他吞没。

这名六阶魔尊顿时明白，他成了计嘉羽的主要攻击目标。

已经死了一名六阶魔尊，他若再死了，现场的魔族大军将群龙无首，士气大降，如果计嘉羽还有一定的攻击能力的话，这场仗，魔族必败无疑。

道理这名六阶魔尊都懂，可他根本无法逃离被元素爆发的威能笼罩的范围。

元纹这一恐怖的血脉，在整个法蓝星都是顶尖的。据说绝大多数身负元纹者都是蓝域先祖蓝琼的后裔，而蓝琼可是十一阶巅峰月神级强者。

短短十几秒钟后，第二名六阶魔尊也在元素爆发之下陨灭了。与此同时，计嘉羽的生命力急剧流失，躯体给人一种苍老的感觉，似乎是一个行将就木的老人。但他仍然没有停止施展元素爆发，掉头就冲向魔族与人族选拔者的战场，目标是那些五阶魔尊。只要他能歼灭他们，这场仗，人族选拔者必然得胜。

"快逃！"魔族的五阶魔尊们瞬间反应过来，大喊起来。

魔虽然大多自负，但并不蠢，面对绝对不可能击败的对手时，他们也会选择暂避其锋芒。但是计嘉羽动用元纹力量的状态实在太强了，这些五阶魔尊根本逃无可逃。

到处都有从天而落的闪电、凭空浮现的簇簇火焰、尖锐且密集的冰锥，空气会突然消失，光明与黑暗交替出现。

在种种元素的冲击下，这些被计嘉羽的精神力锁定了的五阶魔尊变成了一具具尸体。

见自己的上司们死得这么惨，四阶魔尊和三阶元魔们全都心惊胆战。他们虽然因为军队纪律没有直接崩溃，但战斗意志都变弱了，战斗力也直线下降。

更让他们崩溃的是，计嘉羽在解决了所有五阶魔尊后，居然又把枪头对准了四阶魔尊。

与此同时，人族选拔者们清楚地看见才十几岁的计嘉羽，那一头黑色的短发居然在短短几秒钟时间内变成了白色的，脸上的皮肤也从紧致变得松垮，整个人形似一个垂垂老矣的百岁老人。

如果他们不是亲眼看到这一切发生，绝对不敢相信这苍老的老者竟是计嘉羽，才十几岁的计嘉羽！

人族选拔者们沉默了。宋煜辉沉默了，王政瑜沉默了，丁鹿也沉默了，叶子航则是忍不住抹眼泪。

计嘉羽真的是用命在给他们争取活下去的机会。

十几秒钟后，现场的四阶魔尊们尽灭，残余的元素之能无限制地朝四面八方扩散而去。而那些元素之能波及四方时，竟能精准地避开每一个人族选拔者，攻击着所有三阶元魔，这让人族选拔者们松了口气。紧跟着，人族选拔者开始配合着计嘉羽扫荡战场。

三分钟后，原本局势一边倒的战斗便尘埃落定，魔族全军覆没。

待得战斗彻底结束，计嘉羽才结束了元素爆发。这时，他左额处的纹路几乎蔓延到了整张脸上，鲜红似血，看起来有些恐怖骇人。虚弱感瞬息间侵袭了他全身，他原本笔直站立的身体猛地倒在地上。

"嘉羽！"

"计哥！"

"快去帮他！"

好几道声音接连响起，而后破风声咻咻作响。

宋煜辉是最先去到计嘉羽身旁的人，他扶着计嘉羽的后背，将计嘉羽撑了起来。

计嘉羽皮肤松弛，脸部状态骇人，却强撑着挤出一个笑容："我们伤亡不大吧？没关系，我暂时还死不了。"

宋煜辉低着头，神色复杂地看着计嘉羽，心情有些低落，但很快他便又坚定了信念。他嘴唇轻启，发出了刻意压低的声音："真的很感激你所做的一切，你是个好人，但是对不起了。"

宋煜辉的表情猛然间变得淡漠而冷酷："光明至上，余皆劣者！圣耀珠那等神物，绝对不能让卑贱的人族来掌控！"

听到宋煜辉的话，计嘉羽并不感到惊讶。

早在来之前，王音岚就告诉过他，肯定会有光明至上教派的人族选拔者混进来。他们被光明至上教派洗脑了，平时还算正常，可一旦涉及光明至上教派的利益，就会变得非常疯狂，做出什么样可怖的事都不奇怪。

　　所谓光明至上教派，是近几十年来兴起的一个教派，该教派的理念很简单，那就是"光明至上，余皆劣者"。

　　数十年前，随着选拔者计划的开启和启明城的建立，大量落选的选拔者或主动或被动地融入了神圣王国的社会，与光明族人相知相爱，甚至生子，使得整个神圣澄海发生了天翻地覆的变化。

　　在这些变化发生时，光明至上教派应运而生。这个教派反对人族执掌圣耀珠，反对人族居住在神圣澄海，更反对人族与光明族人相爱生子。

　　无论是与人族相爱还是生子，在光明至上教派看来都是禁忌。

　　不过，选拔者计划总归是在大先知的推动下强制推进了，光明至上教派纵然极力反对也意义不大。

　　但近些年，随着人族在神圣澄海的影响力越来越大，光明至上教派也逐渐成长，变得更加庞大，组织也越发严密，策划了一次又一次或和平或暴力的行动。

　　譬如这一次。

　　在众多禁忌之中，人族执掌圣耀珠，排在他们绝对无法接受的事情之首，而计嘉羽所展现出来的能力、天赋，让宋煜辉对他的威胁性有了精准的判定。

　　其实，宋煜辉是很感激计嘉羽的付出的，也很感动，如果计嘉羽不说出那句"暂时还死不了"，宋煜辉可能还不会动手，但计嘉羽说出了这句话，宋煜辉就没办法了。

　　宋煜辉不能容忍一丝一毫的人族执掌圣耀珠的可能性存在。

　　宋煜辉的话音落下的同时，他撑着计嘉羽的右手猛地释放出一道精纯的神圣之力。

此时的计嘉羽已经是衰老之身、强弩之末，神圣肤质受损，体内的神圣之力也消耗殆尽，根本挡不住宋煜辉的攻击。

只一刹那，原本便已经快要衰竭的器官移位的移位，碎裂的碎裂。

计嘉羽眼前一黑，在彻底失去知觉之前，他只听到了丁鹿和叶子航焦急的喊声。

"嘉羽！"

"嘉羽！"

鼻尖萦绕着林木的清香，耳畔传来潺潺的溪水声，计嘉羽睁开了沉重的眼皮，入目所见，茂密的树冠遮挡了太阳，一束束光透过林间缝隙洒落在地面上。

"我这是……"计嘉羽伸手揉了揉自己微疼的脑袋，回忆起来。他记忆中的最后一幅画面，是宋煜辉那副冷酷又漠然的神情。

计嘉羽悚然一惊，自己不会死了吧？可是又不应该，这里哪像死亡后的冥界啊！这里仍然是圣耀世界内！

计嘉羽调动精神力，用通透世界检查自己的身体，他震惊地发现自己衰老、破损的内脏已经恢复到了正常状态，自己的神圣肤质、体内的神圣光粒也尽皆恢复到他使用元素爆发之前的状态，甚至连他的生命力、皮肤状态、脸上的元纹疤痕都恢复如初。

就好像先前他歼灭那么多魔的事根本没发生过一样！

可是，他清楚地记得，那一切的确发生过。

而且，现在的他跟以前多多少少还是有点不一样，他的神圣之力更多地渗入了骨骼中，换言之，他距离四阶明尊的境界更近了。

为什么会这样？计嘉羽满脑子的问号。

他应该死了才对，宋煜辉最后那一下可完全没留情。

"起来。"

正当计嘉羽百思不得其解的时候，一道没有情感波动的声音忽然响起。

计嘉羽顺着声音望去，当场便惊住了。

他看到了一个女子！她穿着破旧的皮袄，头发乱糟糟的，脸庞脏兮兮的，身材有些瘦弱，金色的双眼中流露着浓浓的淡漠之色。她有着一头黑色的长发，面容姣好，但面无表情。

"起来。"女子又说了一声。

计嘉羽这才反应过来，这不是他之前在幻象中见到的金瞳女子吗？

她怎么也在圣耀世界？她也是选拔者吗？但如果她是选拔者的话，肯定早就被找出来了才对啊！

奇怪。

第38章

金瞳女子

"起来。"

伴着金瞳女子这句话，一柄锋锐的竹剑忽然出现在计嘉羽的脖颈处。

计嘉羽甚至没发现剑尖是什么时候来到他脖子前的，他的神圣肤质没有刺痛感，精神力也没有示警。

快，快到极致。

仅从这种快，计嘉羽就知道金瞳女子比他强很多，甚至比六阶魔尊都要强得多。

她绝对具备七阶以上的实力。

可这金瞳女子明明看上去跟他差不多大啊！

计嘉羽忍不住倒吸了一口凉气。自打开始修炼以来，他每天都对修炼的难度有着更深的认知，所以清楚地明白一个十几岁的七阶强者有多可怕。而且恐怖的是，她未必只有七阶！

在思绪纷飞的同时，计嘉羽老老实实地站了起来。

不论金瞳女子是什么身份、什么实力，是不是选拔者，是不是救了他，现在他面临的最大问题其实是他的生命正受到金瞳女子的威胁。

计嘉羽站起身，看着眼前的金瞳女子。

金瞳女子见他起身，放下了右手中的竹剑，语气平静地说道："我救了你的命，你来当我的眼睛。"

"你在说什么？"

计嘉羽满头问号，有些摸不着头脑。

金瞳女子微微偏了下头，轻轻皱眉："哪句话、哪个字你不理解？"

看到金瞳女子仿佛看傻子一样的眼神，计嘉羽忙道："每个字我都理解，但合起来我就不太理解了。你说你救了我的命，你怎么救了我啊？"

紧接着，计嘉羽又道："不过我很确信，就是你救了我，我先给你说声谢谢。"

"很简单。"金瞳女子道。

计嘉羽闻言，等了一会儿，见金瞳女子一直没有下文，疑惑地问道："然后呢？"

"然后什么？"金瞳女子问。

"……"

计嘉羽无语了两秒："行吧，你要不想说就不说吧。"

也不怪她，像自己这种必死的人她都能救回来，事情必然涉及她的秘密了，计嘉羽心想。

"还有就是，什么叫让我当你的眼睛？"计嘉羽问。

"我看不见东西。"金瞳女子语气平静地说道，"我只能看见你。"

"……"

计嘉羽再次疑惑了："什么叫你看不见东西，只能看到我？"

"我是瞎子。"金瞳女子道，"但我能看到你。"

"……"

计嘉羽看着女子的金瞳，沉默了一会儿。

他看得出来，她没有撒谎，可她如果是盲人的话，为什么能看见呢？不过说起来，他当初通过幻象看到她也是一件奇怪的事吧？而且，当时他看到她的金色双眼就立刻陷入了昏迷，但现在没事。自己是跟她有什么羁绊吗？

计嘉羽看着金瞳女子，陷入了沉思。

无声无息间，金瞳女子的竹剑又抵在了计嘉羽的脖颈前，让他的额头忍不住冒出几滴冷汗。

"做我的眼睛。"金瞳女子道。

"你救了我的命，我报恩是应该的，但是，做多久呢？"计嘉羽苦笑道。

"不知道。"金瞳女子道。

"我有选择的权利吗？"计嘉羽问。

金瞳女子抖了抖右手，竹剑发出了啾啾的声音。

"行吧……"

沉默了几秒钟后，计嘉羽又道："我有一些事想问你，可以吗？"

"问。"金瞳女子道。

"首先从你的名字开始吧。"计嘉羽道。

"聂岚浠。"金瞳女子道。

"好，你是人族选拔者吗？你怎么进来圣耀世界的啊？"计嘉羽道。

"我不是，我也不知道。"聂岚浠言简意赅。

"你是人族吗？还是人族和光明族的混血儿？"计嘉羽问道。

人族和光明族人虽然外貌相似，但多少还是有些区别的，能从发色、眼睛、身材、气质等方面区分出来。

"人族和光明族的混血儿。"聂岚浠道。

"你什么境界了啊？"计嘉羽问。

"不知道。"聂岚浠道。

"这你都不知道？"计嘉羽很惊讶。

"嗯。"聂岚浠轻嗯了一声。

计嘉羽也不知道该继续问这个话少的金瞳女子什么了。

"算了，还是先想点现实的问题吧。"计嘉羽微微蹙眉，低声呢喃道，"该怎么打破圣耀世界呢……"

"很简单。"聂岚浠听到计嘉羽的呢喃，开口道。

"什么？"计嘉羽一时间没反应过来。

"达到百分之百的契合度，执掌圣耀珠，圣耀世界就破了。"聂岚浠道。

"百分之百的契合度？很简单？"计嘉羽不知道该说些什么好了，紧跟着，他又有些疑惑地问道，"圣耀珠是什么啊？"

不久前宋煜辉也说过这个名词，联想到圣耀世界的名字，计嘉羽大概知道圣耀珠就是选拔者最终要去尝试执掌的宝物，但是，圣耀珠究竟是什么呢？

"七神珠之一。"聂岚浠道。

"七神珠？"计嘉羽再次疑惑起来，这触及他的知识盲区了。

不过聂岚浠也没有要多解释的意思，计嘉羽也没再继续追问。

"你说达到百分之百的契合度很简单，怎么个简单法儿呢？"计嘉羽看着聂岚浠道。

聂岚浠道："你现在的契合度已经有百分之九十了，只要完成最后的考验，就能执掌圣耀珠了。"

"啊？"计嘉羽愣了，旋即问道，"你怎么知道我的契合度？还有，你怎么知道执掌圣耀珠的条件是哪些啊？"

聂岚浠不说话了。

"又是秘密？"计嘉羽迟疑了一下，问道。

聂岚浠还是不说话。

"好吧。"计嘉羽叹了口气，"那最后的考验是什么呢？"

"圣罚。"聂岚浠道。

"圣罚？"计嘉羽露出疑惑的神情，但聂岚浠没有要解释的意思。

"行吧。"计嘉羽看了面前面无表情的金瞳女子一会儿，真的拿她没办法。

"既然你知道这么多，那我问你，现在我们该做什么？"计嘉羽道。

"变强，然后去执行圣罚。"聂岚浠道。

"变强？"

计嘉羽感受了一下自己的境界状态，有些认可聂岚浠的话。

他现在距离四阶明尊的境界只有一步之遥，一旦他达到四阶明尊的境界，实力将会大幅提升，到时候，先不说什么圣罚了，单是再遇到五、六阶的魔尊，也不至于那么无助，要使出元素爆发来守护人族选拔者们。

"那就先修炼一下子吧。"计嘉羽看着聂岚浠道。

"嗯。"聂岚浠轻轻答道。

计嘉羽收回目光，环视了一圈，精神力向四周辐散，很快得出了这里非常安全的结论，于是他闭上眼睛开始冥想。

他的眼前顿时浮现出了圣光圣徽和圣骨圣徽的模样，不过此时的它们与之前有了极大的不同——它们变得圆润了许多，隐约间构成了一种奇特的形状。如果仔细去看的话，会发现它们形似一双眼睛，一虚一实，一金一白。

这是冥想达到高深境界后，圣徽开始朝神圣信标转换的迹象。

所谓的信标，就是神圣修炼者在修炼过程中最熟悉、最依赖的事物。

对于计嘉羽来说，他现在最依赖的是他的一双眼睛，所以神圣信标是眼睛的模样。只有神圣信标完全成形，神圣修炼者才能将其置于神圣海洋，开始大幅吸收神圣之力，完成神圣骨骼的渗透和神圣回路的创建。

在计嘉羽冥想时，金瞳女子正在看他。

她的视野当中是一片金色，不是纯粹的金色，而是稍微模糊一点的淡金色，整个世界都是如此，除了计嘉羽以外，没有任何物体的轮廓。

计嘉羽是她整个淡金色世界中的正常人，他的衣着、他的头发、他的眼睛，一切都和其他人看到的他没有任何差别。

聂岚浠也不知道为什么会这样，从小到大，就连她的父母都不曾出现在这个淡金色的世界中，唯独计嘉羽是例外。

看着计嘉羽，聂岚浠想了许多。

她就那么看着计嘉羽，眼睛都不眨一下，似乎要把这些年从未见过的风景全都想象到计嘉羽身上，然后看个够一样。

时间流逝，日落月升。

计嘉羽冥想中的圣光圣徽和圣骨圣徽已经完全化作了一对金白双眼的模样。当神圣信标形成后，计嘉羽的精神力释放而出。

不过，这次他的精神力不再是大面积地向四周辐散，而是像凝聚成了针一样，向着天穹上而去。

精神力越来越远，越来越高，而随着这种变化，计嘉羽感受到的神圣之力也越发浓郁、精纯。

想要晋入四阶明尊境界，精神力达到入门水平是必需的，甚至在这个阶段，精神力的强弱很大程度上决定了修炼速度的快慢。因为神圣澄海的能量的特殊性，越高处的神圣之力越多，而精神力能把神圣信标送入越高的地方，它吸收神圣之力的速度越快，吸收的神圣之力的精纯度也越高。

渐渐地，在计嘉羽的精神世界中，神圣之力逐渐浓郁得形成了一片淡金色的海洋。

但这还没到计嘉羽精神力的极限，于是他的精神力继续往上升，往上升，再往上升，终于，他的精神力达到极限，无法再继续往上升了。

这时，淡金色的海洋已经化作了纯金色。他开始把冥想中的神圣信标丢入这片纯金色的海洋中。

下一秒，整片金色的海洋像是遭遇了狂风暴雨一样，剧烈地翻腾起来！

第 39 章

圣耀珠虚影

"轰隆隆！"

金色的神圣海洋掀起狂浪，朝着下方的计嘉羽涌去。

几乎刹那间，原本浮动在计嘉羽双臂骨骼外的神圣之力便被推动、挤压，而后彻底渗入了其中，并以极其迅猛的速度攻占了骨骼的每一处，乃至于骨髓。

其骨骼的颜色逐渐转化为淡金色，这也标志着他进入了神圣修炼的第四阶的前期。

神圣化的骨骼配合神圣肤质，能大幅提升修炼者的防御力、攻击力、耐力、速度等。除此之外，神圣化的骨髓也会逐渐具备造出神圣血液的能力，从根本上改变修炼者的体质。

在完成了圣职者的突破后，计嘉羽并没有停止修炼。磅礴的神圣之力仍然狂涌入他的体内。原本整齐地排列在他皮肤下的神圣之力，在新增的神圣之力的推动下，开始流动，而且流速极快，冲刷着计嘉羽的血肉与筋脉。

在某种玄奥无比的力量的推动下，这些神圣之力在以一种十分神奇的规律流动着。

渐渐地，它们制造出了一条属于它们的路，类似筋脉与血管。

这条路逐渐成形，很快蔓延到了计嘉羽手臂的末端。

"噗噗噗！"

丝丝缕缕的神圣之力从他的手臂的毛孔处喷射而出。

看到这一幕，金瞳女子聂岚浠确定，计嘉羽已经以一个神职者的身份，晋升为了四阶明尊。

神职者的明尊前期就是制造神圣回路，完成神圣之力的输出，而不再像三阶明灵时那样，需要用外物才能释放出神圣之力。

当神圣修炼者完成了全身神圣回路的创建，则可以正式达到一个全新的状态，构建和施展圣术。到了那时，神职者的修炼才算是登堂入室。

圣职者的修炼也是相同的道理。

片刻后，计嘉羽稳固了自己的神圣骨骼和神圣回路，睁开了双眼，两道金光在他的眼中一闪而逝。

金光消逝后，计嘉羽看到金瞳女子聂岚浠正坐在不远处烤鱼，鱼在火焰上翻滚，不时滴落鲜香的油脂，发出嗞嗞嗞的声音。聂岚浠坐在火边，面无表情地转动木棍，似乎对这件事很熟练。

计嘉羽有些好奇了。

聂岚浠是在哪里长大的啊？看她的穿着，她肯定不是有钱人家的孩子，而她的实力深不可测。有这种实力的年轻女子，神圣王国或神圣教派不傻的话，肯定会将她招揽起来精心培养。

可是她看上去并不像是被精心培养的对象。

想不通，计嘉羽索性便不想了。

他饿了。

"咕咕咕。"

看到计嘉羽走来，听到计嘉羽的肚子咕咕叫，聂岚浠抬头看了他一眼，又收回了目光。

计嘉羽坐到聂岚浠对面，朝她打了个招呼，而后问道："我修炼多久了啊？"

"两天。"聂岚浠道。

"这么久了啊……"计嘉羽闷闷地说道。

圣耀世界内危险无比，别说两天了，那群人族选拔者能不能撑半天都是未知数，他必须尽快去帮助他们才行。

虽说宋煜辉恩将仇报，想要杀死他，可那跟绝大多数选拔者没有关系，只是宋煜辉和光明至上教派的错而已，关于这一点，计嘉羽还是分得很清的。

"你知道选拔者的大部队在哪里吗？"计嘉羽看向聂岚浠，目光中透露出希望。

聂岚浠各方面都显露着不凡，他觉得她可能会知道许多他不知道的事。

果然，聂岚浠点了点头。

"那我们去找他们吧！"计嘉羽道。

"去送死？"聂岚浠问。

"啊？"计嘉羽怔了一下。

"他们在光明族的大军中，正要和她们一起去迎战魔族。"聂岚浠道。

"那他们惨了啊！"计嘉羽没想到人族选拔者居然被卷入了光明族和魔族的战争之中。

如果是面对那种场合的话，他这点实力的确是不够的。

无论是光明族还是魔族，都必然会有七阶、八阶乃至于九阶的强者，那等强者都不用动手，看他一眼他就得跪。

他得想想办法。

元纹是他的底牌，但他总不能全靠元纹吧，先前那次聂岚浠救得他回来，下次就不一定了。

除了元纹，他所能依靠的，无非是有神级特性的神圣之力、比较快的恢复能力、比较多的神圣之力，以及基础的圣术神圣射线。这点能力在面临小规模的战斗和低等阶的魔族时还算回事，在六阶巅峰魔尊和七阶魔皇面前肯定是不够的。

自己还是太弱了啊！计嘉羽感叹了一声。

"所以，圣罚到底是什么？"计嘉羽看向聂岚浠。

如果他能完成圣罚，执掌圣耀珠，一切的问题也就迎刃而解了，可关键在于，什么是圣罚呢？

聂岚浠闻言沉默了一下，道："圣耀珠的执掌者，要有实力、修炼天赋、人族血脉，以及一些品质，例如不惧死亡、敢于牺牲、公平公正、诚实、有悲悯之心、善良，这些是正面的，但负面的，如愤怒，也不可或缺。"

"你经历了背叛，他们该受到惩罚。"

聂岚浠都说到这个份儿上了，计嘉羽也算是明白她的意思了，就是要报仇呗。

但解决宋煜辉就够了吗？

虽然计嘉羽已经解决了不少魔族，可那跟向人族下手是两码事！

他还有点没做好心理准备。可如果真的到了那种关键时刻，计嘉羽相信自己也是可以做出决断，不会心慈手软的。

虽然他心里有了决断，但现在他若去战场，依旧是送死。

计嘉羽盯着聂岚浠，希望能从她那里得到答案。

似乎从遇到她开始，自己就一直在从她那里得到东西，如果有机会的话，自己也要让她得到些什么，最好是光明。

看着聂岚浠的金色双瞳，计嘉羽心里有了猜测——她应该不是真正的瞎子，否则不可能能看见他，她之所以这样，会不会是因为某种天赋或者血统？

也只有这样才能解释，为什么聂岚浠才十几岁就能具备七阶以上的实力。

话又说回来，虽然聂岚浠很强，但计嘉羽并没有把希望放在她的身上，在他看来，没有让一个女生去面对危险的道理，还得是他自己来。

但如果她能给出一些方法，也算锦上添花。

再一次，聂岚浠没有让他失望。

聂岚浠朝他伸出了右手。

计嘉羽看着她那白皙的手掌，有些疑惑。

"握住。"聂岚浠道。

"啊？"计嘉羽有些脸红。

"握住。"聂岚浠重复道。

"这样不好吧……"计嘉羽犹豫了一下。

聂岚浠看着计嘉羽，眼神和神情都很漠然。

计嘉羽感受到她的漠然，心里想：人家都不在意，自己还在意什么呢？

于是，他伸出手，握住了聂岚浠的手。

聂岚浠的手掌冰凉，而在计嘉羽感受到冰凉的下一秒，他的眼前陡然呈现出了一个淡金色的世界。

这个世界广阔无边，除了淡金色的光，再没有任何其他物质。

不对，经过计嘉羽的仔细观察，在那光芒的深处，似乎有一团较深的金光在闪烁。

计嘉羽追逐着那团金光，去到了它的近前。

这是一枚珠子。

珠子只有葡萄那么大，外表是纯金色的，近看才发现内里是乳白色加点金色。

看着它，计嘉羽理所当然地想起了一个名字。

圣耀珠，聂岚浠口中的七神珠之一。

计嘉羽虽然不知道七神珠是什么，但想着既然光明族愿倾全族之力，用几十年的时间去为它选出一个执掌者，而且不惜付出令本族血脉被外族"污染"的代价，那圣耀珠必然是全法蓝星顶尖的神物。

这等神物，现在竟呈现在了自己面前。

为什么？

计嘉羽思索着，但没得出什么结论，想了想后，他伸出手去触碰了一下它。下一刻，计嘉羽眼前一黑，失去了意识。

等他再次醒过来的时候，第一眼看到的就是聂岚浠。

聂岚浠那双金色眸子冷淡地看着他，见他醒来了也没有任何波动，但计嘉羽有种感觉，她似乎松了口气。

"我刚才看到圣耀珠了！"计嘉羽坐起身，看着聂岚浠道。

"我知道。"聂岚浠道。

"我摸了它一下就昏过去了。"计嘉羽道。

"我知道。"聂岚浠说完，顿了顿，道，"你现在可以尝试着把它召唤出来了。"

"召唤出来？"计嘉羽的眼睛都亮了。

"圣耀世界是因圣耀珠的力量诞生的，所以你可以在这里凝出它的虚影，借用它的能力。"聂岚浠道。

"为什么是我？"计嘉羽怔怔地说道。

"不知道。"聂岚浠道。

"好吧。"计嘉羽道，"那我琢磨琢磨怎么召唤它，它又有什么能力。"

"嗯。"聂岚浠坐在一旁看着他。

虽然她的眼神淡漠，但计嘉羽从她的姿态中读出了一种乖巧来，也是有趣。

计嘉羽首先是冥想神圣信标，在神圣海洋中寻找圣耀珠虚影，没有找到，紧跟着，他的精神力探察自身，果然在额头处看到了一个金色珠子的虚影。

圣耀珠虚影。

第 40 章

圣炎洗礼

计嘉羽的精神力小心翼翼地向前蔓延，分化出一条触角后，轻轻地搭在圣耀珠虚影上，下一刻，圣耀珠虚影便呈现在了他的眼前。

计嘉羽收回了精神力触角，圣耀珠虚影又消失无踪。

"原来是精神力。"计嘉羽顿时了然。

紧跟着，他照葫芦画瓢，再次召唤了圣耀珠虚影，近距离观察起它来。

从外表和内里看，它都没有太出奇的地方。不过，它的能力一定会相当惊人，毕竟这是光明族倾全族之力都要掌控的神物。

计嘉羽想了想，分出第二个精神力触角，轻触眼前的圣耀珠虚影。在精神力与圣耀珠虚影接触的那一刻，计嘉羽的脑海中猛然间涌现了许多关于圣耀珠的使用方法。

他当即露出欣喜的神色，而后用精神力将圣耀珠虚影包裹了起来。

下一刻，一道淡金色的光芒从圣耀珠虚影中射出，照耀着四面八方。

计嘉羽环顾四周，发现淡金色光芒笼罩了周围五百米的区域。

不过，计嘉羽其实并不太清楚这道淡金色光芒的威能，他推测大概率不会是具有攻击性的能力，因为它消耗的精神力很少，而且没有那种具备杀伤力的感觉。

随后，计嘉羽又将精神力注入了圣耀珠虚影中。

下一秒，他的第二视觉里的画面发生了改变。

只见一望无际的世界被分为金色的、纯白色的，它们一个在上，一个在下，像是两片天空，而他就飘荡在两片天空的中间。

他的精神力向上飘动，片刻后抵达了金色世界，并沉入了其中。

那种感觉，就像是身体被水包裹住了。

当他的精神力与金色世界相融的那一刹那，圣耀珠虚影绽放出了璀璨的金光，并投射到了计嘉羽身上。金光融入他的身体，令他的神圣肤质和神圣骨骼产生了异变。

一片片淡金色的鳞片浮现在他的皮肤表层，然后微微翕动，喷发出淡淡的金色雾气，带给了他一种无可匹敌的力量感和速度感。除此之外，他相信自己的防御能力也得到了极大的增强。

神圣骨骼的变化则更大。他双臂的表层旋绕着一圈圈的淡金色纹路，在金色纹路的加持下，神圣骨骼能承受更多神圣之力，骨髓的造血功能也越发强大，血液中蕴含的神圣之力流转全身，让他的气质由内而外地发生了改变。

比起他自己，正坐在旁边吃烤鱼的聂岚浠对他的变化的感受则更为明显。计嘉羽变强了，一瞬间变强了很多，而且是身体素质全方位地变强了，以这种水平的身体素质，他已经可以施展一些基础的圣术了。

以四阶之身施展圣术，他基本上可以说是四阶内无敌了。

但计嘉羽的改变可不止这些。

将精神力从金色世界中抽离出来后，计嘉羽又把精神力沉浸入了白色世界，这下子，圣耀珠虚影投射出了白色的光。白光照耀到计嘉羽身上，他体内的神圣回路飞快扩张，短短几秒钟便变宽了不止五倍，而且韧性也增强了许多。

如果说先前计嘉羽的神圣回路是一条乡村土路，那么现在他的神圣回路就是神圣王国连接城市的青石主干道，两者不可相提并论。

神圣回路的变化意味着计嘉羽输出的神圣之力的量会大大增加，是正常四阶前期明尊的五倍，当然，前提是计嘉羽有那么多的神圣之力。

那么他有吗？显然是有的。他的神圣信标种在了神圣海洋的深处，由于恒定冥想的特性，每时每刻他都能吸收大量的神圣之力。

这种程度的神圣之力输出，让计嘉羽有了施展圣术的可能性。

结束了两种能力的测试后，计嘉羽睁开双眼，有些兴奋地看着聂岚浠，道："你看到了吗？"

"嗯。"聂岚浠点了点头。

"这两种变化，我觉得一种叫圣形态，一种叫耀形态，分别可以增强圣职者和神职者的能力。感觉怎么样？现在过去还是送死吗？"计嘉羽问道，语气里多少有点自得的意味。

"好多了，但还是送死。"聂岚浠道。

"没事，我现在可以学些圣术了。"计嘉羽怔了一下，旋即开心地说道。

先前王音岚给他的一些卷轴，上面记载着四阶、五阶的修炼方式以及一些圣术，现在他正好可以利用起来。

"学吧。"聂岚浠道。

计嘉羽笑容一滞，沉默了一下，他很想跟她说：你说话就不能有点表情吗？这样说话真的有点冷漠啊！

不过最后他还是没说，毕竟双方又不熟，才认识了一会儿，倒也没理由让她笑脸相迎。

但在学习圣术之前，计嘉羽有一个小小的请求。

"这个我可以吃吗？"计嘉羽看向火堆上已经烤熟的鱼，咽了口口水。

"自己抓。"聂岚浠道。

虽然早就知道聂岚浠会是这个回答，但计嘉羽还是想叹气，旋即他走向不远处的河边。

等填饱了肚子，计嘉羽这才拿出卷轴，沉下心研究起来。

圣术是神职者对神圣之力的细致运用，而圣职者其实会采用另一种方式，相比起圣术，圣职者的运用方式较复杂一些，即便计嘉羽的神圣肤质和神圣骨骼很强，他依旧无法去尝试。

他暂且只能学习圣术。

圣术有许多类型和属性，不过那都是五阶明尊要考虑的，此时的计嘉羽只能学习最基础的圣术。

卷轴上记载的圣术有许多种，但时间紧迫，计嘉羽只能学习一种，所以他在思索、挑选。

他首先要整理出自己的优势。

首先，在使用圣形态和耀形态的情况下，他的神圣回路够宽够坚韧，经得住神圣之力奔涌释出；其次，他的神圣骨骼和神圣肤质有着远超同阶修炼者的承受能力，可以抵御一定程度的反震之力；然后，他的神圣之力的总量大、品质高，具备一定的神级特性；最后，他恢复快，"续航能力"强。

在计嘉羽把一个个优点列出来后，做选择自然而然就变得简单了起来。

"圣炎洗礼。"

圣炎洗礼虽然是一个一阶圣术，但对应的修炼者其实是五阶明尊。

作为一个一阶圣术，圣炎洗礼有着超越不少二阶圣术的威能。不过，威力强的同时，它的缺点也多。

首先，这一圣术对神圣之力的消耗极大，几乎每时每刻都在燃烧着大量的神圣之力；同时，它对身体的伤害也大，它需要神圣之力在神圣回路中流通的时候便起火燃烧；而且，它的覆盖范围大，一定程度上削弱了威能，增加了消耗；最后，它的学习难度大。

这里的学习难度大，说的就是对修炼者身体的要求比较高。

反正这是一个绝大多数神圣修炼者都不会选择的圣术，经常有光明族人吐槽说这根本不是给五阶明尊创造的圣术，正常的五阶明尊哪里学得会，哪里施展得出来啊？

不过事实也正是如此，王音岚告诉过他，这个圣术的确不是专门给五阶明尊创造的，而是一个光明族天才给自己创造的。后来，随着实力的提升，那个光明族天才学习、创造了更多圣术，也就没有再改良圣炎洗礼，以至于这个圣术到现在依旧是无人问津。

不过，这一圣术恰好很适合计嘉羽。

他的身体素质极好，神圣回路怎么折腾都不会受伤，神圣之力多到他根本不知道该怎么用。神圣射线这一圣术毕竟太粗糙了，他还是得学习一些圣炎洗礼这种专门的圣术才行。

这简直是为他量身定做的圣术啊！

计嘉羽精神振奋，也没多想就开始修炼起来了。

所有圣术学习的第一步，都是利用精神力去感知空气中游离的神圣之力，让它以某种有规律的轨迹排列起来，以此容纳自身和世界上的神圣之力，达到施展圣术的条件。

一般来说，初入五阶的修炼者精神力水平都刚刚入门，普遍很弱，所以他们引导神圣之力时会很难，无法得心应手，但计嘉羽不一样，他已经学会使用神圣之力很久了。

在聂岚浠的注视下，计嘉羽的精神力扩散而出，在他身前的世界里排列起游离的神圣之力来。几乎只是眨眼间，属于一阶圣术圣炎洗礼的轨迹便已形成，下一秒，大量神圣之力从计嘉羽体内的神圣回路奔涌到他的手掌，而后狂涌而出，注入他面前的玄奥轨迹中。

四周游离的神圣之力受到吸引，也汇聚了过去。在极短的时间内，玄奥轨迹中便有火焰升腾，火焰逐渐升温变色，最终熊熊燃烧起来。

看着那团巨大的红色火焰，聂岚浠本能地皱了皱眉头，感受到了一丝危险。

她旋即有些惊讶，计嘉羽才四阶而已，居然都让她觉得有点危险了，这非常不可思议。

她仔细观察后，判断出计嘉羽的圣炎洗礼之所以强大，靠的还是他的神圣之力的那一丝神级特性。

神毕竟是神，无论如何也不是低阶修炼者能够抗衡的。

红色火焰燃烧着，始终没有熄灭的迹象，偶尔还会在计嘉羽测试性的高速输出时腾空倒卷而起。

五分钟后，计嘉羽还是神色如常，神圣之力没有消耗太多，而且时时刻刻都得到了补充，无论是神圣回路还是神圣肤质、神圣骨骼，都没有被灼伤的迹象。

又过了几分钟，计嘉羽测试得差不多了，于是睁开眼睛，看向聂岚浠。

"好了，我们现在可以出发了！"

其实，如果没有实战对手，正常来说，他不太可能做出肯定的判断，但先前聂岚浠的皱眉和戒备给了他自信。

聂岚浠都如此了，那些五、六阶的魔尊还消说吗？至于七阶魔皇，只能到时候再看了，实在不行，他也有办法。

苏梦梦

"嗯。"听完计嘉羽略显振奋的话语，聂岚浠只是轻轻应了声，旋即指向北方，"那边。"

计嘉羽闻言，迟疑了一下，问道："你说你看不见，那你是怎么认路的呢？"

"精神力。"聂岚浠道。

计嘉羽恍然，的确，精神力相当于人的第二视觉，通透世界下的景象虽然没有实体和颜色，但各方面的反馈比眼睛所看到的更加直观、细致。

那既然你能"看见"，为什么还要我做你的眼睛？计嘉羽有点想问，不过想了想还是没问出口，聂岚浠这样决定，必然有她的道理。

"那我要怎么当你的眼睛呢？"计嘉羽问。

"你正常走就行。"聂岚浠道。在她用金色双瞳看到的世界里，计嘉羽是那抹唯一的亮色。

"好。"计嘉羽看了她一眼，旋即收回目光，向北而行。他的精神力向远方辐散，以做侦察。聂岚则浠跟在他身后。

起初，计嘉羽的速度很慢，但随着他的观察，他发现聂岚浠跟得很紧，而且完全没有看不清路的意思。他便加快了步伐，聂岚浠仍然跟得很紧，且依旧行走自若。

于是，计嘉羽不再照顾聂岚浠，开始狂奔。

没过多久，计嘉羽便感受到了从远方扩散而来的能量余波。他感受到能量余波后没几分钟，就有交战的爆炸声、喊杀声传入耳中。他开始放慢脚步，回头看了一眼聂岚浠，后者神色平静。看着她的表情，不知怎么的，他略有些紧张的心绪也平静了下来。

在距离计嘉羽和聂岚浠不远的密林中，矗立着一座巍峨的雄城，雄城正前方数公里处，驻扎着大量的魔族军队。此时，正有无数魔族士兵朝雄城包围而去。

雄城之上，数以万计的光明族女战士列阵以待，靠北城门处的城墙上，赫然有着数千名人族选拔者，丁鹿、叶子航、王政瑜、宋煜辉等人也在其中。除了他们之外，还有不少四阶、五阶的人族选拔者，都是从四面八方寻来的。而在众多人族选拔者中，竟有一名六阶明尊！

这名六阶明尊是个女子，从略显稚嫩的圆脸来看，应该只有十几岁。她约莫一米五，皮肤白皙，微胖，眼神中带着些悲戚的意味。她环顾四周，神情有些悲伤。

有不少人族选拔者拱卫、保护着她，应该是她来到圣耀世界后聚集起来的队友、战友。

这个女子名叫苏梦梦，是一号营地里的天才，年纪轻轻就已经修炼到了五阶巅峰。从她现在的状态来看，她应该是在圣耀世界内有了突破，达到了六阶明尊的境界。

远方，聚集起来的魔族士兵越来越多，城墙上的光明族战士们也逐渐进入了备战状态。人族选拔者这边，开始有大量五阶选拔者朝苏梦梦走去。

苏梦梦看着这些五阶选拔者，深吸了一口气，道："我知道大家都对光明族有气，怪她们强行把我们送进了这次的圣耀世界里。但那些人的行为跟这座城里的光明族战士无关，这里的战士都是在灾变战场守护法蓝星的英雄，我们不能弃她们于不顾，必须尽全力帮她们守城。"

"说得咱们想走就走得了一样。"有人忍不住低声道。

他们都是为了保命才会聚到这座城来的，没想到这座城才是最危险的地方。现在城池的四面八方都是魔族士兵，他们避无可避，只能一战。

"咱们的任务是配合光明族守军守好城北区域。根据城内的大人物们的推算，城北应该是攻势最弱的位置。"苏梦梦道，"咱们会挺过去的，大家加油吧！"

苏梦梦虽然是现场唯一的六阶明尊，但不是军人，也不懂得鼓舞人心和指挥作战，只能作为一个标志存在——选拔者中的最强者。

苏梦梦讲完话后不久，众多人族选拔者高手便各自归队。

不多时，战斗爆发了。魔族大军宛如潮水般向着城池的近处狂涌而来，光明族守军开始射出箭矢，有实体的箭矢，也有由神圣之力凝聚成的神圣之矢。万箭齐发，遮天蔽日，如雨般落下，撞击在魔族士兵手中的黑盾上，撞击在一部分体表长有特殊防御器官的魔身上，响起金铁交击之声。

偶有惨叫声响起，都是些倒霉的魔发出的。

箭矢和神圣之矢继续飞落。

魔族大军顶着箭矢向前，继续推进了一会儿后，开始有巨石和巨弩砸落。现场有一些七阶明圣级强者开始出手，她们的高阶圣术堪称有毁天灭地之效，往往一个圣术便能对魔族大军造成数以百计的伤亡。但魔族大军也不是吃素的，他们的强者同样开始出动。

战况激烈。

人族选拔者实力较低，主要负责拦截攻城、攀城的低阶魔族士兵，那些会飞行的高阶魔族强者自有明圣级强者应对。

魔的数量实在是太多了，光明族的远程攻击武器根本不够，魔族士兵很快便攻到城下，开始攀城。

魔的身体素质极高，往往几个跳跃便能来到城头，人族选拔者和魔的战斗也由此爆发。

作为全场最强的人族选拔者，苏梦梦义无反顾地站到了最前方，她身后有大量人族选拔者，为她抵挡魔族士兵的偷袭。

在击退魔族士兵的同时，苏梦梦也在关心人族选拔者的安危，但凡看到有人陷入危机，她都想去救，哪怕自己受伤也在所不惜。她这样屡次施救的犯险行为，让守护着她的那些人族选拔者有了一定的伤亡，但他们好似有毛病一样，连受伤了甚至要死了都不愿意让苏梦梦看到、知道。

这确实有点奇怪。

在人族选拔者与魔族士兵进行激烈的城头战时，计嘉羽和聂岚浠来到了城北外的密林中，观望着战场和城头。

计嘉羽最先关注的是叶子航和丁鹿。虽然他与他们才分开不久，但丁鹿居然已经提升到了三阶明灵的境界，叶子航的实力也有了小幅度的提升，距离四阶明尊境界越来越近了。

两人所处的位置不算很靠前，所以暂且无事。

之后，计嘉羽又专门找到了宋煜辉。对宋煜辉，他肯定是有怒气的。不管宋煜辉信仰什么教派、有什么道理，都抹消不了计嘉羽好心好意救他，他却恩将仇报的事实，仅这一点计嘉羽就无法接受。

这个仇就算聂岚浠不说，计嘉羽也是要报的。他虽然善良、有正义感，但不是一个好欺负的人。

但计嘉羽看到宋煜辉的时候，发现他有点不对劲。

他明明是一个五阶明尊，在战局中可以发挥不小的作用，却时刻围绕在苏梦梦的身边，为她阻拦魔族士兵的攻击，为她冒险的行为擦屁股。

"她的契合度很高。"聂岚浠的声音响起。

"那个女孩子吗？"计嘉羽指了指苏梦梦。

"嗯。"

经过聂岚浠的解释，计嘉羽对获取契合度的条件有了一定的理解。

天赋要有，实力要有，经历要有，品质也要有。所谓的品质，都得是正面的，比如善良、有正义感、诚实、有牺牲精神、守护他人等。

苏梦梦现在在做的，不就是因善良而做出的守护吗？只不过，她真的不知道四周有很多人因她而受伤甚至死亡吗？

"她应该也是光明至上教派的人吧。"计嘉羽猜测道。

也只有因为她是光明至上教派的成员，宋煜辉才会牺牲自己去成全她，而一旦她掌握了圣耀珠，就等于光明至上教派掌握了圣耀珠。虽然执掌者依旧是人族，但想必在他们组织内部看来是不一样的。

诸多念头一闪而过，计嘉羽便不再多想，他在思索自己应该怎样潜入城中。要知道，此时城池的四周全都是魔族士兵。

"你确定我解决了宋煜辉后契合度就能达到百分之百吗？"计嘉羽忽然转头看向聂岚浠。

"嗯。"聂岚浠道。

"就这么简单？"计嘉羽问。如果是这么简单的话，为什么之前几十年都没诞生执掌者？

聂岚浠沉默了一下才道："这并不简单。"

计嘉羽闻言想了想，没说话，继续观察着战场。

几分钟后，计嘉羽忽然发现了一个机会。

由于受到七阶以上的明圣级强者与魔皇级强者的交战余波的影响，城北的魔族大军大面积死伤，计嘉羽当即决定利用魔族大军力量尚未补充上来的间隙冲入城中。

只有入了城，他才能去执行圣罚。

"走吧！"计嘉羽动身时，看了一眼聂岚浠，后者体外弥漫起神圣之力，已经准备好了。

下一秒，两人化作两道淡金色的光芒消失在原地，冲入了战场之中。

城墙上，几乎所有人族选拔者都看到了那两道淡金色的光芒。但由于两人速度太快了，选拔者们根本看不清他们的身影和脸，只能隐约判断出他们并不是魔，而是人族选拔者——毕竟他们身上的神圣之力太浓郁了。

"这也太快了吧！"城墙上的五阶选拔者们全都惊叹不已。

那两道身影的速度，他们绝对是比不上的，就连苏梦梦也肯定自己不如他们。

"他们是谁啊？"

一号营地的五阶强者并不算多，大家互相都认识，现在在城墙上已经会聚着绝大多数的五阶选拔者，其余的也不像能够爆发出如此速度的样子，哪怕六阶的都不太可能。

看着那两道光，不知为何，宋煜辉心中竟有了一丝不祥的预感。

守城

两道淡金色光影闪烁，吸引了人族选拔者、光明族人与魔族的注意。不少七阶强者都露出了惊讶的神色，不过旋即又警惕起来。

虽然现场的七阶强者算不上什么顶尖战斗力，但如果对方二打一，必然会很快结束一场有七阶强者的战斗，并形成碾压之势。

就连几名八阶魔皇都给予了两人一定的关注。周边有魔族士兵想过去拦截，可根本连两人的影子都摸不到。

短短几秒钟内，两人就已经凭借接连几个跳跃上了城墙。

由于两人有着浓郁的神圣之力，因此，无论是光明族人还是人族选拔者，都没有阻拦的意思。而等两人停下脚步，露出真容时，不远处的城墙上顿时传出一阵惊呼声。

"计嘉羽！"

"嘉羽！"

看到计嘉羽的样子，听到周围的喊声，宋煜辉瞬间瞳孔紧缩，全身汗毛竖起。

"嘉羽！"丁鹿和叶子航的脸上浮现出了狂喜之色，他们简直不敢相信自己的眼睛。

计嘉羽先前明明已经耗尽生命力而亡，是被他俩亲手埋葬的，现在却完好无损地出现在他们面前。不仅如此，计嘉羽的发色恢复了正常，状态也恢复了正常，甚至连实力都有所提升。

"他是鬼吗？"叶子航转头看向丁鹿，忍不住问道。

丁鹿一巴掌拍在叶子航的后脑勺上，怒道："你才是鬼！"

"是是是，我是鬼。"叶子航摸了摸头，笑眯眯地道，"只要他活着，我是什么都可以。"

"不过，他身边那个女孩子是谁呀？"丁鹿摸了摸下巴，有点好奇。

"管她是谁，叫嫂子就完事了！"叶子航兴冲冲地道。

"你一会儿可以试试。"丁鹿道。他虽然不认识那个女孩子，但直觉告诉他，那个女孩子必然很不好惹。

计嘉羽和聂岚浠的到来，短暂地吸引了众人的注意，但很快，大家就被魔族的下一轮攻势给吸引了。不管计嘉羽和聂岚浠的到来以及他们的身份、经历有多么令人觉得不可思议，大家现在首要面对的问题只有一个，那就是抵挡魔族的进攻。

但有人并不那么想。

宋煜辉。

作为造成计嘉羽身死被埋葬的罪魁祸首，宋煜辉此时心跳极快，目光偶然间扫过计嘉羽时，他就会本能地感到一阵恐慌。他感觉计嘉羽似乎在看他，在盯着他，甚至在筹划着什么。

这让他越发感到恐惧，于是，他开始用眼神去联系周围的光明至上教派成员。

光明至上教派的这些成员也都听说过计嘉羽，知道计嘉羽先前的表现以及宋煜辉的所作所为，因此，他们同样感觉很不可思议：计嘉羽怎么可能还活着啊？他应该死了才对啊！不过，既然他没死，那么他必然会把宋煜辉列为敌人，把光明至上教派列为敌人。

在这种情况下，现场光明至上教派的所有成员都对计嘉羽产生了敌意与警惕之心。

而就在他们对计嘉羽心生敌意与警惕之心时，计嘉羽借助通透世界，将这些情绪全都感知到了。他们的情绪就像一个个写着字的牌子，清晰明确地告诉了计嘉羽他们的敌我身份。

这令计嘉羽有些震惊：光明至上教派的成员未免也太多了吧！进入圣耀世界的人族选拔者都是如此，更何况神圣澄海的光明族人！看来光明族内部的分歧非常大啊……

计嘉羽暗自警惕，与此同时，他朝宋煜辉望了过去。

这是计嘉羽来到城墙上后，第一次认真地望向宋煜辉。宋煜辉顿时有种被锁定的感觉。紧跟着，计嘉羽一步步地朝宋煜辉走了过去。

"你们不来帮忙吗？"正当计嘉羽一步步积攒起气势的时候，一个略显焦急的女声响起。

计嘉羽闻言转过头去，发现说话的，赫然是现场人族选拔者中唯一的六阶明尊苏梦梦。

计嘉羽沉默了一下，然后摇了摇头。他并不准备过去帮忙，也用不着帮忙，他只要解决宋煜辉，达到百分之百的契合度，那么眼前的困局就会立马被破解。

"你应该去帮忙。"苏梦梦道，"大家都在帮忙守城，你也是人族选拔者，总不能坐视不管吧？"

计嘉羽闻言有点想笑，但他没有回应苏梦梦，而是转头继续朝宋煜辉走去。

看到计嘉羽的行动，原本守护苏梦梦的光明至上教派成员纷纷朝宋煜辉走去，竟然连苏梦梦都不顾了。

显然，在光明至上教派的这些成员心中，计嘉羽的重要性要大于苏梦梦。计嘉羽的天赋、能力、品质、运气，无一不彰显着他极有可能成为圣耀珠的执掌者的事实，而光明至上教派决不能让这样的事发生。

足足二十多名光明至上教派成员拦在宋煜辉四周，形成了某种具备强大威胁性的阵形。这让计嘉羽微微皱眉，有点犹豫。

他回头看了一眼紧紧跟在自己身边的聂岚浠，对她先前那句"这并不简单"有了更深的认识。她不只是在说杀人很难，哪怕是杀一个仇人，也是在说哪怕他真的下定了决心去解决宋煜辉，依旧会面临巨大的困难。

光明至上教派的成员实在是太多了，计嘉羽没把握击败他们，而一旦他不能迅速解决宋煜辉，其余人族选拔者和光明族人就必然会阻拦他。毕竟现在正处于守城战的艰难关头，计嘉羽想做的事无疑是在扰乱军心，说得严重一点，等于投靠魔族，帮魔族做事。

虽然计嘉羽还没有显露出杀意，但仅从光明至上教派成员的站位，有些聪明人就看出了不对劲的地方，然后他们就开始低声议论起来。不远处的光明族大军指挥者也派了人来询问。

在这种情况下，计嘉羽想出手解决宋煜辉，显然就不现实了，四面八方全是阻力。

计嘉羽想了想后，索性先把解决宋煜辉，或者说执行圣罚的念头放下了。

"还是先守城吧。"计嘉羽转身对聂岚浠说道。

聂岚浠微微点头。

于是，计嘉羽朝城墙上局势最危险的地方走了过去。

宋煜辉见状，不由得松了一口气，光明至上教派的那些成员也都开始散去，但并没有放下对计嘉羽的戒心。

城头处，大量的魔正从城下攀爬而上。这些魔，全都是魔域的低阶魔，长相各异，能力也各不相同。

计嘉羽站在城墙边，面对暴冲而上的魔，只是伸出双手，就轻而易举地把对方给推了下去，那个魔连反抗的能力都没有。

周围的人族选拔者看到这一幕，忍不住倒吸了一口凉气。

要知道，刚才被计嘉羽推下去的可是蚁魔族的魔，以力气大著称，其额头长须的长短代表其实力的强弱。如果周围的人族选拔者没看错的话，刚才那个蚁魔，应该是四阶魔尊。

一个来自蚁魔族的四阶魔尊，居然被一个同阶的人族给轻而易举地推下去了，那计嘉羽的力气得多大啊！

众人纷纷咂舌。

紧跟着，又有两名蚁魔从城墙底下飞快地攀爬而上，其中一个是四阶中期，另一个是四阶后期，但都没有意外地被计嘉羽给丢了下去。

起初，宋煜辉、丁鹿和叶子航他们还不敢相信，但看着看着，他们越发确信计嘉羽真的只是凭力气把蚁魔给推下去的，于是也确认他的确已经突破到了四阶，修出了神圣骨骼，否则他的力气不可能这么大。

"他这修炼得也太快了吧！"叶子航有些羡慕。大家都说他是天才，可是在计嘉羽面前，他根本不够看。

丁鹿抿了抿嘴，也有些羡慕，但他不说。

只有宋煜辉的情绪复杂一些，不再是恐惧和担忧了，此时，他心境平和，有一种破釜沉舟、不惧一切的淡然之感。

大量蚁魔在计嘉羽那里吃瘪之后，不再继续闷头爬墙，而是转去其他方位寻找机会。

计嘉羽迎来了更强劲的对手——仅凭一跃便能从数十米开外的地方，如落石一般砸落到城墙上的巨人魔。

巨人魔足有三米多高，从高处落下，力道比蚁魔大得多，往往双手一砸城墙，就能使城墙上出现一个窟窿，并造成不小的伤亡。可他们落在计嘉羽身前的时候，却被计嘉羽利用散落在四周的魔族黑盾挡住了。大量精纯的神圣之力覆盖在黑盾上，将其改造成了神圣之盾。

巨人魔砸落在黑盾上，计嘉羽略一低身，然后猛地抬身，以更大的力气把他们顶飞，使他们落在下方的魔群中。一时间，惨叫声此起彼伏。

看到这一幕，叶子航和丁鹿都沉默了。他们没有猜错，计嘉羽在神职者修炼方向也突破到四阶了。

他不愧是最有可能成为圣耀珠执掌者的变态人物啊！

计嘉羽是神圣双修这件事，许多选拔者都知道，所以他们很难不感叹——他才修炼多久啊！如果给他足够多的时间，他必然可以成为执掌者，甚至他可以借这次特殊的圣耀世界，一举成为执掌者也未可知。毕竟，这次真实的圣耀世界的诡异之处给他们带来了许多猜想。

这种不确定性给在场光明至上教派的所有成员的心头蒙上了一层阴影，并令他们做出了一些决定。

由于计嘉羽的到来，城北方向的守城压力稍微得到了一些缓解。

而就在计嘉羽于众人惊讶的目光中击退了多名五阶巅峰魔尊后，一道黑影忽然从远方倒飞而来，气势惊人。

（本册完）

更多精彩内容，敬请关注《神澜奇域 圣耀珠》第 2 册！